# What A Rogue Desires
by Caroline Linden

# 公爵代理の麗しき災難

キャロライン・リンデン
岡本三余［訳］



ライムブックス

# 公爵代理の麗しき災難

## 主要登場人物

ヴィヴィアン・ビーチャム……追いはぎ団の一味
デヴィッド・リース……エクセター公爵の双子の弟
マーカス・リース……エクセター公爵、デヴィッドの双子の兄
サイモン・ビーチャム……ヴィヴィアンの弟
フリン……追いはぎ団のリーダー
クラム……追いはぎ団の一味
ロザリンド……マーカスとデヴィッドの義母
ロジャー・アダムズ……マーカスの秘書
バネット……古株の召し使い
ホッブズ……新しい執事
ハーパー……マーカスの執事
エドワード・パーシー……デヴィッドの親友
アンソニー・ハミルトン……デヴィッドの親友
ジャック・ウェア……デヴィッドの友人

# 1

どんなならず者の人生にも、自らの生き方を悔い、まっとうになりたいと思うときがやってくる。肉体の衰えを避けることができないように、いつかは運も尽きる。デヴィッド・リースにはそれがわかっていたし、受け入れる覚悟はできていると思っていた。これまで死なかっただけでもじゅうぶんだ。運命の女神に挑むのはもうやめよう。そう決めていた。

唯一、彼が理解していなかったのは、女神の復讐《ふくしゅう》がいかに過酷かということだった。

「アダムズとはすべて調整ずみだ」マーカスが言った。「どんな局面でも彼が補佐してくれるだろう。銀行のミスター・クラベットと事務弁護士のミスター・ラスボーンも力になってくれるはずだ」

「すばらしい」デヴィッドはそう言ったあと、小声で〝やれやれ〟とつけ加えた。すでに一時間ほど、兄が外国を旅しているあいだに処理しなければならない事項について聞かされているというのに、補佐役の存在が示唆されたのはこれが初めてだったからだ。もちろん兄は、デヴィッドが単独で務めを果たせないことくらい承知している。そんなことを許すはずもない。だからこそデヴィッドはエクセター公爵の代理を引き受けたのだ。

マーカスはデヴィッドを一瞥《いちべつ》した。「確かにすばらしい。アダムズは——」彼は言葉を切って、机の上に積み重なっている書類をそろえた。「アダムズは秘書としてまずまずの男だ」

デヴィッドは兄の口調から、くだんの秘書が役立たずと紙一重なのだということをすぐに察した。「とはいえ、まだ若いし、経験も少ない」マーカスは再び一息置いた。「アダムズに頼りすぎるなよ。指示に従う能力はあるが、指示を出す力はないからな」

まったくどこまですばらしいんだ！　兄の秘書がすべてを承知していて、業務のほとんどをとり仕切ってくれると期待していたのに。「父上に仕えていた秘書はどうなったんだい？」

前公爵の秘書が非常に有能な男だったことを思い出して、デヴィッドは尋ねた。「なんという名前だったかな？　えっと……ホールト？」

マーカスはため息をついた。「ミスター・コールは健康上の理由から職務を退かざるを得なくなった。おまえがミスター・コールの病を治して職務に復帰させてくれるなら、一生、感謝するよ」

デヴィッドは小さくうなだれた。ちくしょう！　エクセター家の業務を隅々まで知り尽くしている男が、最近になって引退したとは。「でも、ミスター・コールはその……仕事のやり方をアダムズとやらに伝授したんだろう？」

兄の暗い視線がデヴィッドの希望を打ち砕いた。「そうしたい気持ちはあったが、現実は難しいらしい」マーカスは立ち上がった。「だからおまえが必要なんだ。ほかに信頼できる者はいない」デヴィッドはうなずいた。兄への同意の意味もあったが、本気で頼りにされていることに対する驚きを隠すためでもあった。兄に頼られた経験など久しくない。少年時代ですら重要な用件は任せてくれなかった。春先の事件を踏まえると、口をきいてくれることすら奇跡なのだ。それが三カ月のあいだこのぼくに代理業務を頼むなんて。今度こそしくじることはできないというプレッシャーが、デヴィッドの肩に重くのしかかった。

デヴィッドは腹を決めたように立ち上がった。マーカスは、ぞっとする量の書類や帳面を大きな革製のケースにしまい、紐《ひも》で縛って弟のほうへ押しやった。「目下必要な書類だ」兄の発言にデヴィッドの憂鬱《ゆううつ》が深まる。「残りはロンドンのわたしの書斎にある。おまえもそこで業務をこなすほうがなにかと便利だろう」

デヴィッドはどうにか笑みを浮かべた。まだ書類があるのか？　ぜんぶでどのくらいになるんだ？　「そうだな。ぼくは便利という言葉に弱いんだ」

マーカスはちらりと笑みを返し、机をまわって弟に歩み寄った。「おまえが代理を引き受けてくれて安心した」弟の肩を叩《たた》く。「そうでなければ、こんなに長く職務を離れることはできなかっただろう」結婚して一カ月にもならないマーカスは、長期の新婚旅行を計画していた。花嫁とともに三カ月かけてヨーロッパをまわり、一流のエンターテイメントを楽しんで、愛情と幸せにひたるのだろう。そのあいだ、頼りない秘書とともに簿記台帳の山に埋もれている自分の姿が目に浮かぶ。

だが、それでいいのだ。デヴィッドは協力を撤回したい衝動を押しやって、片手を革のケースの上に置き、うなずいた。兄には今回のことを遥《はる》かに上まわる借りがある。自分のしたことを考えれば、机に向かって書類を読むくらいなんでもないではないか。精一杯やろう。兄を死にそうな目に遭わせてしまった責任は大きい。

小さな音が聞こえたかと思うと、ドアがきしんでゆっくりと開いた。「ねえ、見て」少女が部屋に入ってくる。幼い体には重すぎるであろう大きなバスケットを引きずっていた。「あたしの猫ちゃん！」女の子はよちよちと部屋を横切り、マーカスの足元にバスケットを置いて覆いをとった。籠のなかから、明らかに雑種と思われる三匹の子猫が現れた。

デヴィッドの目前で兄がほほえみ、少女のカールした金色の髪にそっと手を置く。「なんてかわいいんだ。お母さん猫はどうしたんだい、モリー？」

「納屋よ」マーカスの義理の娘は、危なっかしい手つきで小さな子猫を抱き上げた。「この子がいちばん好きなの。ムーンっていうのよ。この籠《かご》のなかがいいんだって」子猫が少女の手のなかでもぞもぞと動く。「だめよ、ムーン！」モリーはそう命じて子猫を自分の胸に押しつけた。「だめだったら！」

モリーがムーンに気をとられている隙《すき》に、ほかの二匹がバスケットから飛び出して床の上を駆け出した。デヴィッドは笑いをこらえきれなかった。一匹は絨毯《じゅうたん》の縁飾りにじゃれつき、もう一匹は窓から差し込む日差しのなかで、綿ぼこりを追いかけている。「ほら、逃げちゃったよ」デヴィッドはモリーに指摘した。

少女がさっと振り向いて疑い深そうな茶色の目でデヴィッドをにらむと、彼は頭を傾《かし》げてほほえんだ。「つかまえてあげようか？」

モリーが跳ねまわっている子猫たちに気づいて甲高い声を発する。「だめだったら！　戻っておいで！」少女は走っていって、縁飾りに夢中になって逃げ損ねたグレイの猫をつかまえた。「バター、戻ってきて」黄色っぽい毛並みの子猫はすでにほこりを追いかけるのをやめ、カーテンをよじのぼっている。「バター！」懸命に体をよじり、盛んに鳴いている子猫二匹を腕に抱えて、モリーが訴えるようにマーカスのほうを向いた。「パパ、つかまえて。お願い」

生真面目《きまじめ》な兄が、上等なベルベットのカーテンから子猫の小さな爪を一本ずつ外していく様子を見て、デヴィッドは目を見張った。義理の娘が満足げに見守るなか、マーカスは三匹の子猫をバスケットに戻し、きちんと覆いをかぶせた。モリーが手を叩く。「よかった。また、あたしが運んであげるの」

ドアが再び開いた。「あの、モリーを見な……ああ、モリー！」女性の声はおもしろがっているようでもあり、ぐったりしているようでもあった。「子猫たちは、お母さん猫と納屋にいさせてあげましょうねって話したでしょう？　それなのにどうしてここにいるの？」

少女がうつむく。「新しいパパに見せたかったんだもん」彼女はそう言って口をとがらせた。少女の母親はぽかんとして夫を見た。肩をすくめたマーカスの口元を見たデヴィッドは、兄が〝パパ〟と呼ばれることを喜んでいるのだと思った。

「ベティの言いつけを守らなきゃだめでしょう？」少女の母親は優しく言った。「さあ、子猫を納屋に戻してあげて」

「はい、ママ」モリーがバスケットを引きずって、しょんぼりとドアへ向かう。母親は少女がそばを通った瞬間に彼女を抱き上げ、歓声をあげるまでぎゅっと抱き締めた。「おろして、ママ！」モリーが笑いながら叫ぶ。「あたしの猫ちゃんが！」

母親は笑って娘をおろしてやった。「じゃあ、行きなさい」ちょこちょこと部屋を出たモリーが乳母と遭遇して愛らしい声をあげる。その背後でドアがぴたりと閉まった。

デヴィッドは兄を見た。「パパねえ？」

マーカスが弟を見返す。「そう呼んでもいいか、とモリーにきかれたんだ。拒否する理由はない」それから彼は不安そうに妻を見た。夫婦の視線が絡み合い、無言の会話が交わされる。マーカスの表情が緩み、かすかな笑みが浮かんだ。デヴィッドは妙な気分だった。兄は他人の意見を気にかけるような男ではなかったのに。これほどにこやかな表情を見たのはいつぶりだろう？

「あの子ったら、次はあなたの呼び名を考え出すわよ」ハンナはおかしそうに言って、デヴィッドのほうへ近づいてきた。

彼はうめいた。「それならもう思いついたんだ。〝嘘《うそ》つき、嘘つき〟って、一カ月前にそう言われて以来、ほとんど口もきいてくれないんだよ」

再び夫婦が視線を合わせる。目で会話するのはやめてほしいとデヴィッドは思った。自分のことを言われているようなのに、どんな内容なのか見当もつかない。

「あの子はまだ子供なのよ」ハンナが言うと同時にマーカスがつぶやいた。「観察力の鋭い子だ」ハンナが夫をにらむ。「そのうち忘れてしまうわ」彼女はデヴィッドを励ました。「デヴィッド、お茶はいかが？　ずっとここに閉じ込められていたんでしょう？」

紅茶では刺激が弱すぎる。実際、ウィスキーでももの足りない気がした。馬車で最寄りのパブに乗りつけ、一カ月ほど入りびたりたい気分だ。「ありがとう。でも、遠慮するよ」彼は机の上に置いてある革製のケースを叩き、不安を押し殺して自信に満ちた表情を装った。「勉強しなきゃならないことがたくさんある。さっそくロンドンへ発《た》たないと」

「昼食も食べていないのに？」ハンナが抗議する。デヴィッドは足をとめ、エインズリー・パークの腕のいい料理人のことを思い浮かべたが、結局、首を横に振った。長く滞在すればするほど兄への協力をとり消したくなってしまう。だが、それだけはするものか。今度こそ途中で投げ出したりしない。

「さっさと仕事にかかるべきだと思うんだ。しくじりたくないからね」

「あなたがしくじったりするものですか」ハンナが断言する。「それにミスター・アダムズがいるもの」

「そうだ、忘れる前に――」マーカスは机のうしろへまわって引き出しを開けた。「おまえにこれを用意したんだ。仕事が進めやすくなるだろう」マーカスが差し出した小さな宝石箱のなかには、彼がはめているのとそっくりの印章つきの指輪が入っていた。

デヴィッドは自分の手に指輪をはめた。ずっしりとした感触に圧倒され、指を曲げたり伸ばしたりしてみる。この指輪があればエクセター公爵本人になったも同然だ。ふと、そんな考えが頭をよぎったことに、デヴィッドは眉をひそめた。兄の爵位をうらやましいと思ったことはない。見苦しくない格好をすること以外は期待されない弟という立場のほうが自分らしいのだから。デヴィッドは自分自身を生まれついてのならず者だと思っていた。ときおり兄が針路の修正をしてくれるのはありがたいにしても、風任せに生きることに心から満足していた。

しかし今、指にはエクセター家の印章、肩には公爵としての務めが重くのしかかっている。デヴィッドは無理に笑顔をつくり、新婚旅行から戻った義姉が、最終的には三、四人になるであろう息子の最初のひとりを身ごもっているよう、それで万が一にも自分が爵位を相続する可能性がなくなるよう早口で祈った。

「じゃあ、行くよ」デヴィッドは兄夫婦のために不安を押し殺してにっこり笑った。「兄上、ハンナ、気をつけて。よい旅を」

マーカスが弟の手を握り、ハンナが頰にキスをする。デヴィッドは硬い笑みを保って革製のケースを持ち上げ、冷や汗をかいていることに気づかれないうちに、さらには自分の口から逃げ口上が飛び出さないうちに部屋を抜け出した。〝責任感を持って、真面目に、信頼に足る態度で〟と繰り返し唱える。

ハンナは背の高い義弟が肩を怒らせ、背筋をぴんと伸ばして大股で部屋を出ていくのを見守った。まるで運命に挑みかかろうとしているかのようだ。「デヴィッドは大丈夫よ」

マーカスが息を吐いた。「もちろんだ。心配なのは公爵家のほうだよ」

ハンナは振り返って夫にとがめるような視線を送った。「約束したでしょう?」

マーカスは表情を崩してにっこりした。「わかってるさ。弟を信じて、名誉挽回《めいよばんかい》のチャンスを与えてやらないと、あいつを役立たずにしてしまうんだろう? なにかあるたびにわたしが助けていたら、いつまでたっても一人前になれないっていうきみの講義は拝聴したよ」

ハンナが眉を上げる。「でも、すべてを任せろなんて言った覚えはないわよ。どこかの領地ならいざ知らず」

マーカスの瞳にいたずらっぽい光がよぎった。弟がきっちりドアを閉めたことを確認してから妻を引き寄せる。「悲しいことに」彼は妻の鼻先にキスをした。「こうするしかない状況に陥ってしまってね」今度は右のまぶたにキスをする。ハンナはのけぞって夫の首に手をまわした。「アダムズだけでは長く家を空けられない。半月ともたずに破産してしまう」マーカスは笑い声をあげる妻の左まぶたにもキスを落とした。「誰かがアダムズを監督する必要がある。そして、デヴィッドにもお目付け役が必要だ。だからふたりを組ませた」そこまで言って今度は額にキスをした。「さすがにふたりそろえば、旅行から帰る家まで失うことにはならないだろう。わたしはきみを楽しませることだけに集中するつもりだからね」言い終わると彼は、妻の唇に長く、情熱的な口づけをした。

ハンナはもの憂げにほほえんだ。「まあ、そうなの?」

マーカスの唇がこめかみをかすめて耳たぶを甘噛《が》みした。「それがわたしの使命なんだ」

「デヴィッドならうまくやるわ」そう繰り返すハンナの耳の敏感な部分を夫の唇が刺激した。

「そうであってほしいね」マーカスがつぶやく。

「それに……」甘い攻撃にハンナは身を震わせた。「わたしならもう楽しんでるわ」

「まだ出発もしていないのに?」マーカスが言い返す。

そこで会話が途切れた。

# 2

ロンドンまでの道のりを半分ほど来たとき、デヴィッドは異変に気づいた。購入したばかりの栗毛《くりげ》馬の足並みがそろわないのだ。速度を緩めてみたものの、一度停《と》まって牝馬《ひんば》の脚を調べたほうがよさそうだ。彼は賑《にぎ》やかな宿屋の厩舎《きゅうしゃ》前に馬車を乗り入れた。

「お手伝いしましょうか?」デヴィッドが地面へ飛びおりると、若い厩舎係が声をかけてきた。

「雌のほうが脚を痛めたかもしれない」デヴィッドの言葉を聞いた若者は、馬車の前方へ走っていって牝馬に話しかけながらその脚に優しく手を這《は》わせた。しばらくして若者が視線を上げた。

「脚を痛めたわけじゃありません。こっちのひづめに石が挟まっているんです。この石を取って、しばらく休ませてやれば元気になりますよ」

デヴィッドは顔をしかめた。「それでロンドンまで走れるだろうか?」案の定、若者は首を横に振った。

「やめたほうがいいですね。そんなことをしたら本当に脚を痛めてしまうかもしれません。

ひと晩、うちの厩舎でひづめを湿らせてやれば、明日の朝にはすっかり元どおりになります」

それでは明朝早くここを発ったとしても、夕食の前にロンドンへ着くことはできない。ひづめを湿らせたあとの馬ではスピードも出せないだろう。あの馬には大枚をはたいたというのに、たいして走ってもいないうちにけがをするとは。デヴィッドは落胆して若者に手綱を渡し、馬を厩舎に連れていってひづめの手入れをしてやってくれと頼んだ。別の馬を借りれば、一時間ほどの遅れでロンドンに到着できるかもしれない。

しかし、厩舎長がにべもなく首を振ったところでその望みも砕かれた。「無理ですよ、旦《だん》那《な》。馬は一頭も残っていません。ラバすらいないんですから」デヴィッドは手のひらに手袋を打ちつけ、囲いに入っている馬たちに目をやった。自分の馬ほど立派ではないにしても、頑丈そうな馬が何頭かそろっているじゃないか！　たった一頭を、ほんの一日借りたいだけなのに。

「一頭ぐらいなんとかなるだろう。急ぎの用なんだ。手間賃をはずむから」厩舎長は値踏みするような目つきをした。デヴィッドは頭を傾げ、声を低めた。「たっぷりはずむ」

厩舎長はためらったが、残念そうに首を振った。「すみません。ですが、貸せる馬がないんだからどうしようもありません。こいつらは予約ずみなんで、旦那に貸すわけにはいかないんです」今度ばかりはデヴィッドも悪態をついた。せっかくやる気になっているというのに、なぜこうも簡単に出鼻をくじかれてしまうんだ？　だが、相手が金で折れないとなればどうしようもない。

「それならよそをあたるしかないな。ほかに馬を借りられるところは？」デヴィッドは喧噪《けんそう》や車輪の音にかき消されないよう声を張りあげた。

ちょうど乗り合い馬車が入ってきて、厩舎係たちが慌ただしく表へ飛び出していった。厩舎長もそちらのほうを振り返りながら、肩越しに早口で言った。「三キロ先の〈黄金の熊《ザ・ゴールデン・ベア》〉ならお役に立てるかもしれません」

デヴィッドは憤慨しながら厩舎長のうしろ姿を見送った。マーカスだったらこんなふうにあしらわれたりはしないはずだ。だが、彼ならもっと早くに出発したかもしれないし、そもそも兄の馬のひづめには石などつまりそうにない。双子とはいえ、向こうのほうがずっと運に恵まれているのだ。その幸運のほとんどが、なにごとも几帳面《きちょうめん》に計算してから行動する兄の性格に由来するものであるのはわかっているが。

デヴィッドはぶつぶつと文句を言い、踵《きびす》を返して大股で宿屋へ向かった。走ってくる厩舎係とあやうくぶつかりそうになる。ちょうど乗り合い馬車から客が降りてくるところだったので、彼らよりも先に宿屋の主《あるじ》をつかまえたかった。デヴィッドは勢いよく宿屋のドアを開け、主人に合図した。

「なんでしょう？　今夜のお部屋をお探しで？」主人は素早くデヴィッドの身なりに目を走らせ、おじぎをしてエプロンで手をぬぐった。「まだ、いちばん上等な部屋が残っていますよ」

どの部屋だって空いてさえいれば上等と言うに違いない。「おまえのところの厩舎長がぼくの頼みを聞いてくれなかったのだから、ここに泊まるしかないだろう」デヴィッドは冷ややかに言った。「言いたくはないが、これまでのところ宿の対応には不満足だ。部屋も見てから決めたほうがよさそうだな」

主人は心外だというように声をあげた。「うちの厩舎長が？　そんな、あの男が旦那の頼みを聞かなかったのは、ほかにどうしようもなかったからでしょう。あいつが馬がいないと言うのなら、本当にいないんです。ですが、客室はきれいですよ。もし、旦那が――」

「おまえの言うとおりなんだろう」デヴィッドはなにもかもが気に入らないというように宿のなかを見まわした。実際のところ、これまで利用した宿屋と大差ない。ただ、ここで足どめされたくないだけなのだ。「しかし、ぼくがほしいのは部屋ではなく馬だ。今日じゅうにロンドンへ戻らなければならないというのに、おまえのところの厩舎長のせいでそれができなくなった」

宿屋の主は厩舎長をかばうのをやめた。「その件についてはわたしから言っておきます。お任せください。明日の朝いちばんで馬を調達するよう話をつけますから。でも、今日のところは――」

「そんな返事は聞きたくないね」デヴィッドがとげとげしい声で遮ると、主人は開いたままの口をさっと閉じた。

「ほかに方法とおっしゃっても、ロンドン行きの乗り合い馬車しかありません。今着いたばかりで、じきに発ちます。お乗りになりますか？」

デヴィッドはもう少しでそれを却下するところだった。農夫でもあるまいし、乗り合い馬車など乗れるかという言葉が喉元まで出かかった。しかし宿屋の主がさっきまでのへりくだった態度を捨て、うんざりしたような、いい気味だとすら思っているような目つきをしているのに気づいて思いとどまった。ぼくが甘やかされた子供のような態度をとったからだ。

残された選択肢は二つ。乗り合い馬車に乗って今日じゅうにロンドンへ行くか、ここに一泊して明日、出発するか。しかし明日にするとしても、貧相な田舎馬か、ひづめを手入れしたばかりでまともに走れない栗毛馬を御さなければならない。乗り合い馬車なら当面の不快感はあるものの、先の利益につながる。

デヴィッドはため息をついた。「それでは乗り合い馬車の席を確保してくれ」

宿の主人が頭を下げる。「すぐに手配いたします」

デヴィッドは財布をとり出した。「ぼくの荷物も乗せ換えてほしい。馬は二、三日じゅうにとりに来させるから、よく面倒を見てやってくれ」たっぷりの報酬を受けとった宿屋の主人はさっきよりいくぶんうやうやしくおじぎをして、そそくさと表へ出ていった。デヴィッドは深く息を吐いて肩の力を抜き、いらだちを静めようとした。いつもなら時間に遅れるくらいはさして気にもしない。酒を引っかけて、酒場の女給でもからかえば気が晴れるというものだ。酒場で憂さを晴らすことには慣れているし、今日もそうしたいという思いは強かった。

だが、約束したのだ。六時間も経《た》たぬうちにそれを破ったとなれば、兄に顔向けできない。

デヴィッドは背筋を伸ばして酒場から視線をそらした。それから頭をかがめて戸口をくぐり、午後の日差しの下に出た。厩舎係が馬を交換している脇《わき》で、人夫たちが乗り合い馬車の屋根からトランクや鞄《かばん》をおろし、別の鞄を投げ上げている。暑さとほこりにやられた乗客たちは、飲みものを買おうとデヴィッドの脇をすり抜けて酒場に向かったり、日陰に入って体を伸ばしたりしていた。彼は観念したように馬車を見た。スプリングのきいた快適な二頭立ての軽四輪馬車を転がす代わりに、一般客に挟まれ、六頭の馬が立てるほこりをかぶりながらあっちへ揺られこっちへ揺られして旅をしなければならない。ロンドンへ到着するまでの時間を計算するとため息が出た。責任のある態度というのはなかなか難しいらしい。

デヴィッドは通りすがりの少年に硬貨をやり、エールを買いに行かせた。誘惑に負けないよう、表で立ったままエールを飲もう。これからの数時間、馬車のなかに押し込まれるのだから、今のうちに脚を伸ばしておきたい。少年がエールのマグを持ってくると、デヴィッドは木陰に入って酒をすすりながら、これから一緒に旅をする乗客を観察した。

黒ずくめの未亡人が小さなトランクの上に座っている。ボンネットをかぶっているせいで顔は見えなかった。背の高い男はぴかぴか光る懐中時計を磨きながら、年配の人夫たちを仕切るため指示を出していた。実直そうな身なりをした中年の夫婦が草の上に座ってバスケットの食べものを分け合っている。それから、かっぷくのいい男が宿屋のすぐ表にあるベンチにゆったりと横になって、あくびをしいしい体をかいていた。デヴィッドはエールのマグを傾けた。ああいう男はどこにでもいるのだな。あの太った男のそばにだけは座らないように注意しなければ。玉ねぎくさい息を吐いて、屁《へ》ばかりするに決まっている。

御者が出発を告げたので、デヴィッドは気乗りしないまま乗り合い馬車へ近寄った。馬車のなかはむっとしてほこりっぽく、思ったとおり窮屈そうだ。先に乗り込んだ中年の夫婦が未亡人に隣へ座るよう手招きすると、小さな鞄《レティキュール》を手にした未亡人はおずおずと馬車に近づいた。彼女は自分のトランクが屋根のいちばん上に積まれたことが気になるようで、二度ほど足をとめ、荷物を見上げていた。それからステップの前で立ちどまり、黒いスカートをたぐり寄せる。小柄なので馬車のステップをのぼるのもひと苦労に見えた。デヴィッドは未亡人の脇に進み出て手を差し出した。一刻も早く出発すれば、それだけ早く到着できるというものだ。「どうぞお手を」

こちらに向き直った未亡人がぱっと顔を輝かせて礼を言った。デヴィッドの耳に彼女の言葉はひと言も届かなかったが、彼は、こんなに美しい顔は見たことがないと思った。天使の顔だ。完璧《かんぺき》なハート形の輪郭と上等な陶器のような肌。柔らかでにごりのない青い瞳にふっくらとした桃色の唇。鼻の形も完璧だった。デヴィッドの胸に、神聖なものを目にしたときのおごそかな気持ちと、健全な男としてのよこしまな感情が同時にわき上がった。彼は無言でうなずいて彼女を馬車に乗せてやり、続いて自分も乗り込んだ。未亡人を見つめたまま真向かいの席に腰をおろす。

「時間どおりだ、ぴったりだね」太った男がデヴィッドの隣に尻をねじ込んで座席の半分を占領した。デヴィッドはできるだけ男から離れようとしたが、最後の乗客が乗り込んでくると、よける場所すらなくなってしまった。

しばらくして、乗り合い馬車が車体を揺らして走り出した。デヴィッドは窓に顔を近づけてみたが、もうもうと舞い上がるほこりに閉口した。「窓を閉めるのがいちばんですよ」中年の女性が言った。「主人とわたしは、クーム・アンダーウッドからこの馬車に乗っているんです。道はとてもほこりっぽいの。そりゃあひどいものよ。窓なんて開けていたら、みんなほこりまみれになってしまいますよ」

ほこりを避けて窒息しろというのか？　デヴィッドは苦々しく考えながら日よけをおろした。隣の男が身動きして、まぎれもない玉ねぎ臭を振りまく。デヴィッドはできるだけ男から体をそむけ、少しでも快適な姿勢を見つけようとした。馬車がわだちにはまってがくんと揺れる。座面が狭すぎて尻がずり落ちそうだ。とはいえ脚を突っ張るわけにもいかない。向かいの女性を蹴《け》らないように膝を抱えていなければならないからだ。

この馬車に乗ってよかったと思えるのはひとつだけだった。窓枠と日除《よ》けの隙間から舞い込んだほこりが外套《がいとう》に積もり、壁と太った男に挟まれて動くことも眠ることもできない状況で、デヴィッドは若い未亡人の容貌《ようぼう》を思う存分愛《め》でることができた。かわいい娘を見るのは初めてではない。美しい女性も少なからず知っている。体のラインを強調するようなみごとなドレスをまとった女性や、欠点を覆い隠し、チャームポイントを強調する巧みな化粧を施した女性、花や宝石、香水で飾り立てている女性もいた。だが、これほど野暮ったい身なりをしているのに目が離せない女性は初めてだ。そう思うのは夏の空のように青い、あの瞳のせいだろうか？　詩的な表現をした自分がおかしかった。隣の女性と話している未亡人の頬が桜色に染まっているせいかもしれない。未亡人がはにかむようにほほえむとえくぼが浮かび、口元が完璧な弧を描いた。醜いボンネットが髪を覆い隠してはいるが、こめかみの辺りにのぞいているおくれ毛は明るい茶色だ。香水はつけているのだろうか？　まあ、玉ねぎ男の隣に座っていては、たとえ浴びるように香水をつけていたとしてもわからないだろうが。スカートの裾《すそ》からのぞくすり減ったブーツの先も、指なしのレースの長手袋も、どこもかしこも黒ずくめだった。

デヴィッドは前かがみになりながら、視線を下へと滑らせた。旅行用の外套の前が開き、みごとなプロポーションを垣間見せている。ハイネックのドレスの下で、胸はきれいな丸みを帯びていた。デヴィッドの頭は見えない曲線のことでいっぱいになった。きゅっと締まったウエストからふっくらしたヒップのライン、すらりとした脚。しかし、なんと優美な口元なんだろう。あの唇を見ているだけで、いろいろと想像をかき立てられる。整った口を使ってどんなことができるか教えてやるところを想像すれば、旅の不快さも忘れられるはずだ。

未亡人がデヴィッドの視線に気づいた。ふたりの目が合う。彼女はすぐに顔をそむけた。怯《おび》えているというよりも警戒しているらしい。そう簡単に口説かれはしないということか。デヴィッドにとってもそのほうが楽しかった。締まりのない笑みを浮かべそうになったところで、彼はようやく我に返った。

まったく！　見ず知らずの、しかもこの先会うこともないであろう女性を誘惑するなんて、女に見境がないみたいだ。ほかにも四人の乗客がいるというのに、彼女の一糸まとわぬ姿を想像するとは。

いったい自分はどんな男なんだ？　デヴィッドの顔から笑みが消えた。ここ数カ月で、ぼくはなにも学ばなかったのだろうか？　これでは責任感のある態度などほど遠い。周囲の尊敬を集めるどころか、自分で自分に幻滅してしまう。このまま孤独に年をとって、片眼鏡越しに女性の足首を眺めまわし、扇子の向こうから嘲笑《ちょうしょう》される老人になりたいのか？　そんなことになれば好色な年寄りと陰口を言われるに決まっている。ただでさえろくな噂《うわさ》がないというのに。

デヴィッドは座席の隅に体を寄せ、未亡人から目をそらした。彼女が警戒する必要はない。この頭がどんな妄想を抱こうとも、それを実行に移すつもりはないのだから。

馬車はしばらく一定のペースで進んだ。美しい未亡人を凝視するのはやめようと心に決めたデヴィッドは、目を閉じて眠ったふりをした。ときおり窓の外をのぞくついでに、隣の女性とおしゃべりをしている未亡人の滑らかな頰のラインや、ちらりと浮かぶ笑みを盗み見る。さすがにそこまで我慢することはできなかった。もう一方の女性を観察する理由はまったく思いつかないというのに。

車輪の音に混じって、女性たちの会話が断片的に聞こえてきた。年配の女性はミセス・フレッチャーといい、もの静かな若い未亡人を話に引き込めたことをとても喜んでいるようだった。未亡人の声は低くて聞きとりづらいときもあったが、柔らかな響きを含んでいた。いい家柄の市民に特有のアクセントがある。漏れ聞いた話をつなぎ合わせたところ、金はないが生まれはいいらしいことと、最近、夫を亡くしたらしいことがわかった。親戚《しんせき》の家へでも行く途中なのだろう。デヴィッドはそんな推測を巡らせながら、ほかに考えることはないのかと自分を戒めた。行儀よくしようという意志はある。男の乗客とスポーツの話でもできればこれほど苦労はしなかっただろう。そもそも尊敬に足る男になろうと決意したこと自体が間違いに思えた。かつて友人のパーシーと手綱を握り、めちゃくちゃに馬車を走らせたことがある。疾走する馬車の屋根に乗って騒いでいた当時は、女性のことなど考える暇もなかった。乗りたくもない馬車に押し込まれ、官能的な若い未亡人の向かいに座っていながら、口説くどころかからかうこともできないでいる今の姿を見られたら、パーシーを始め悪友たちがばか笑いするに決まっている。自分で自分に課したこととはいえ、そこまで我慢することはないような気がしてきた。頭が麻痺《まひ》しそうな揺れと騒音だというのに、隣の男はうなだれ、口を開けて寝入っている。デヴィッドはさらなる嫌悪感に襲われて男から体を離した。そして今度こそ眠るぞと思ったとき、遠くから物音が聞こえた。鋭く響くその音はまるで銃声のように響いた。いや、間違いなく銃声だ！　デヴィッドは目を開けた。

「なんだ？　なんだっていうんだ？」隣の男が急に頭を上げる。「馬車が停まりそうじゃないか！」太った男は怒ったように言った。

「そのとおりだ」デヴィッドは乾いた声で答えると、日除けを上げ、横揺れしている馬車の窓から顔を出した。強風に吹かれる若木のように車体がしなっているものの、速度が落ちてきているのは間違いない。デヴィッドがのぞいたほうの窓からはなにも見えなかった。叫び声に続いて、さっきよりも近くから、今度はまぎれもない銃声が聞こえる。

「追いはぎだわ！」向かいに座っている中年女性が叫んだ。「神さま、どうかご慈悲を！」まったくどこまでついているんだ。追いはぎに遭うとは！　泣きっ面に蜂《はち》とはこのことだ。

神の名を連呼するミセス・フレッチャーの脇で、デヴィッドもかろうじて知っている祈りを唱えた。隣に座っているふたりの男たちが対処について口論を始め、ミスター・フレッチャーが窓から顔を突き出す。ミセス・フレッチャーは夫の背中にすがりつき、撃たれないように気をつけて、としきりに注意し始めた。

若い未亡人はぴくりともせず、目を見開いてレティキュールを両手で握り締めていた。硬直しているようだ。

デヴィッドは彼女のほうへ上体を近づけた。「気分でも悪いんですか？」彼のブーツは未亡人の正面に位置している。このうえブーツを履き替えるはめになってはたまらない。

ヤグルマギクのように青い瞳が彼のほうを向いたが、デヴィッドの質問を理解したようには見えなかった。完全に怯えきっているのだ。

馬車が急停車し、間髪を入れずにドアが開いた。「降りろ！」大男がどすのきいた声で言った。丈の長い黒いコートを着て、黒っぽい帽子を目深にかぶり、肌までが黒い。灰か泥を塗っているのだろう。脅すように拳銃《けんじゅう》を構える男を見ながら、デヴィッドは分析した。日は暮れかけており、相手の顔つきまではよくわからない。道路に長く影が延びていた。乗客たちは沈黙のうちに馬車を降りた。ミセス・フレッチャーは夫の腕にしがみつき、恐怖に顔をゆがめている。のっぽの紳士はほかの客からやや離れて立ち、しかめっ面をしていた。太った男は恐怖のためかぐっしょり汗をかいている。若い未亡人は真っ青な顔をして押し黙り、大きな目で強盗を凝視していた。デヴィッドはそんな乗客たちのうしろで、警戒しながらも逆らわずに立っていた。

「荷物を調べろ」追いはぎが言う。彼らはぜんぶで三人いた。体の大きな男がステップをのぼり、奇妙な形のナイフで荷物を縛っている紐を切り裂いた。数メートル離れたところで親玉らしき男が馬にまたがっている。その手に握られた二丁の拳銃は御者と乗客に向けられていた。最初の男がトランクを蹴り開け、中身を物色し始めると、三人目のひょろりとした男が乗客のほうにやってきた。犯人はみな黒っぽい服を着て、顔を黒く塗っていた。

「金目の品を出してもらおうか」痩《や》せた男が袋を差し出す。「宝石と現金を」

「こんなのあんまりですよ！」ミセス・フレッチャーがすすり泣いた。「盗人！　人でなし！」ミスター・フレッチャーが素早く妻の体に手をまわし、自分のほうに引き寄せる。そして無言のままベストのポケットから懐中時計をとり出して袋に入れた。

「宝石はないのか？」追いはぎが尋ねる。いかにも若そうな声で、かすかにアイルランド訛《なま》りがある。男はミセス・フレッチャーに銃口を向けた。「指輪は？」

ミセス・フレッチャーは両手を組み合わせてさらに激しくすすり泣いたが、夫が耳元でなにかささやくと、しぶしぶ手袋を脱ぎ、細い金の指輪を袋に入れた。太った男は銀製の嗅《か》ぎ煙草《たばこ》入れと財布を入れ、背の高い男も怒りに口元を引き結んだまま財布を差し出した。

「あんたも出しな」強盗が未亡人に命じた。彼女は一瞬ためらい、その目が乗客のあいだを泳ぐ。彼女はゆっくりとレティキュールを開き、一シリングをとり出して、震える手でコインを袋へ入れた。その姿を見たデヴィッドの胸に、夫を失った女性からなけなしの所持金までも奪う追いはぎに対する激しい怒りがわき上がった。男のぎらつく目がデヴィッドに向けられる。

「次は旦那の番だぜ」若い男は静かな脅しをにじませた。デヴィッドは黙って懐中時計と財布をとり出し、真珠のネクタイピンも外して袋のなかへ落とした。そのあいだ、一度も若い強盗から目をそらさなかった。男はデヴィッドの全身を眺めまわした。「その指輪もよこしな」

デヴィッドはなんのことかと思って視線を落とした。印章入りの指輪の存在を忘れていたのだ。

「だめよ、そんなもの！」未亡人が怯えたようにささやく。デヴィッドは驚いて彼女を見た。頬に赤みが戻っている。自分は最後の一シリングを奪われたというのに、なぜ他人の指輪のことなど心配するのだろう。余計な口出しはしないでほしい。この指輪を失うつもりはないが、そのために彼女が痛い目に遭うのは見たくない。

「その指輪をよこせ」再び強盗が言った。銃口が左右に揺らぐ。鼻の下には玉の汗が浮かんでいた。「金目のものはぜんぶだ」

デヴィッドは男から片時も目を離さず、拳《こぶし》を握り締めた。「いやだ」追いはぎが目を見開いた。反抗されるとは思ってもいなかったのだろう。「撃たれたいのか？」男は声を荒らげた。

未亡人が息をのむ。「だめよ！　お願いだからこの人を撃たないで。たかが指輪じゃないの。勘弁してやってちょうだい！」彼女は懇願するように片手を差し出した。その手が追いはぎの腕にふれる。男は体をひねって彼女の手を払い、その体を泥の上に突き倒した。軽い衝撃音とともに未亡人は地面に打ちつけられ、動かなくなった。デヴィッドは本能的に彼女のほうへ足を踏み出した。

「急げ！」馬上の男が叫んだ。「もたもたするな！」若い男がうしろを振り返る。喉仏がびくびくと動いていた。ほかのふたりは銃口をこちらに向けたまま、すでに引き上げる態勢に入っている。地面には物色された荷物が散乱し、御者と下僕は相変わらず手を頭の上にのせてじっとしていた。未亡人は体を丸めたまま地面に横たわっている。デヴィッドは再び彼女のほうに視線をやった。この女性は、ぼくのために勇気を振り絞って武装した相手に立ち向かってくれた。それが今や、意識を失って地面に倒れている。

またしても怒声が響いた。デヴィッドの近くに立っていた若い強盗が向き直る。「ちくしょう！」男はそう言って拳銃を振り上げた。デヴィッドはよけようとしたが遅すぎたらしく、最後に見たのは目前に迫りくる地面だった。

顔に水をかけられてデヴィッドは意識をとり戻した。まぶたをこじ開け、暮れゆく空を見上げる。「目は覚めました？」女性の声がした。

上体を起こすとひどい耳鳴りがして、思わず目をつぶってしまった。「ああ……」

「無理なさらないでね。あの無法者に思いっきり殴られたのだから」声の主はミセス・フレッチャーだった。彼女はデヴィッドの顔に、水で湿らせたハンカチをあてがってくれた。デヴィッドは深く息を吸い、軽く頭を振って意識をはっきりさせようとした。「残念だけれど、まんまと逃げられてしまったのよ。治安官がもう少し早く来てくれたらねえ。あんな連中は撃たれてしまうべきですよ！ 婦女子に乱暴をしたうえ、あなたをこんな状態で放置していくなんて」

「盗みも働きましたしね」デヴィッドはつぶやいた。

「まったく腹が立って仕方ないわ！ 主人に貴重品は持たずに行きましょうと言ったのに、このとおりよ。懐中時計を失い、あなたも……ねえ。わたしが正しかったでしょう？ 主人にもそう言ったんですよ。世間はまだ物騒だからって。あんな……指にはめている指輪まで奪っていく強盗を見るとは思ってもみませんでしたよ」

ロンドンの一部の地区ではもっとひどい光景が見られるはずだ。デヴィッドは手のひらが靴で踏まれたように痛むのに気づいた。手を顔の前に掲げ、薄暗がりで目を凝らす。全体が腫《は》れ上がり、すり傷もできていたが、指を曲げてみたところ支障なく動くようだった。しかし、印章入りの指輪はなくなっている。

ミセス・フレッチャーがデヴィッドに向かって不満を訴え続けているので、悪態をつくことはできなかった。たかが指輪じゃないか、と自分をなだめてみる。もともとがマーカスの指輪の複製なのだから、新しい複製をつくるのはそう難しくないはずだ。だいいち奪われたのはぼくの落ち度ではないのだし。だが、指輪をなくしたという事実は熱くなった石炭のように腹の底でくすぶり、彼のふがいなさを責め続けた。この三年というもの、兄が自分を監視していたのも無理はない。ぼくは一族の名と兄の金のおかげで生き延びている半端者だ。自力では、まともにロンドンにたどり着くことすらできない。

デヴィッドは頭の痛みもミセス・フレッチャーの制止も無視し、ふらふらと立ち上がった。どうにかして指輪をとり返さなければ。そしてあの追いはぎに、このぼくを殴ったことを後悔させてやる。「未亡人……」彼は失念していたもうひとつの事実に気づいた。「あの女性はどうなりました？」

「ああ、彼女ときたら本当にとり乱していましたよ！　目が覚めて、あなたが顔を血だらけにして死んだように倒れているのを見て、胸が痛くなるような声で泣き出したんです。主人が誰も死んだわけではないと教えてやってようやく少し落ち着きをとり戻したのですけれど、治安官が到着したらまた動転してしまったの。治安官の部下がつき添って休ませるということで、次の町へ連れていきました。でも、彼女のことを気にかけてくれる人がいて嬉《うれ》しいわ。お知り合い？」

デヴィッドは注意深く首を振った。「いいえ。けがをしなかったかと思いまして。追いはぎが彼女を突き飛ばしたので」

ミセス・フレッチャーは盛んにうなずいた。「そうなのよ。それもあって次の町で休ませることになったんですよ」

「なるほど。手当てをしてくれてありがとうございました」デヴィッドはこの場を仕切っているらしい男たちのほうへ移動した。「治安官は?」

背が高く、鉄灰色の髪をした男が口を開いた。「わたしですが。あなたは?」

デヴィッドは自己紹介をすませると、単刀直入に尋ねた。「手がかりはないのか?」

治安官はプライドを傷つけられたかのように胸を張り、憤慨して答えた。「ありますとも。連中がこの辺りに出没するのは初めてではありません。すぐにつかまえてみせますから、ご安心ください」

「初めてのときにつかまえられなかったというのに?」デヴィッドの言葉に治安官が赤面する。「今はどういう捜査をしているんだ?」

治安官と部下たちが一斉に口を開き、てんでにばらばらの方向を指し示した。それでいて誰ひとりその場を動こうとしない。こいつらはだめだ。デヴィッドは頭の痛みが増した気がした。「あなたたちがそうやって議論しているあいだ、我々は道のまんなかで待たされるというわけか?」デヴィッドは話し合いに割って入った。

治安官が口を閉じた。「もう一度、お名前を教えていただけますか?」

「デヴィッド・リースだ。明日はロンドンで、兄のエクセター公爵に頼まれた用をすまさなければならない。あなたたちの話し合いが終わるまで、追いはぎが出没するこの田舎道に立たされているほど暇じゃないんだ」

いつもどおり、マーカスの名前は魔法のような効果をもたらした。「承知しました」治安官は頭を下げた。「もちろん、お待たせしたりしません。トーマス！」部下のひとりを手招きする。「乗客のみなさんを直ちに次の町へ送り届けるんだ。事情聴取はそこで行う」周囲が一気に慌ただしくなった。乗客は馬車に戻り、治安官と部下も馬にまたがった。ようやく馬車が動き出す。ほかの乗客たちが少しつめてくれたので、デヴィッドはさしてクッションのきいていない座席に痛む頭をもたせかけ、反対側の開いた空間に目を落とした。「あの人の名前は？」

「誰？　ああ、ミセス・グレイのことね」ミセス・フレッチャーはデヴィッドの様子を気遣うように答えた。「なんてかわいそうな娘さんでしょう。あんなに若いのに旦那さまに先立たれるなんて。ご家族のところへ戻る途中だと言っていましたけど、あまり嬉しそうじゃありませんでしたよ。彼女とは〈三羽の雄鶏《スリー・ルースターズ》〉でいろいろおしゃべりをしたのに、こんなことになって。哀れな人ね。もうじゅうぶんつらい思いをしたでしょうに」

デヴィッドはそこから先を聞いていなかった。ミセス・グレイか。ファーストネームはなんというのだろう？　実家に帰るのが嬉しくないということは、家族とうまくいっていないのだ。デヴィッドの顔にかすかな笑みが浮かんだ。どうやらぼくは困った状況にいる若い未亡人に弱いらしい。とくに美貌の未亡人に。もちろん今回は兄に押しつけるわけにはいかないし、そうしたいとも思わなかった。

頭が割れそうだ。ミセス・フレッチャーは延々と話し続けている。まるで追いはぎに遭った後遺症で、息継ぎの必要がなくなったかのようだ。そのひと言ひと言が、石つぶてのようにこめかみに響いた。デヴィッドはうっすらと目を開け、衰弱しているところを見せつけておしゃべりをやめさせようとしたが、彼女は先ほどの出来事とそれによって生じた怒りをまくし立てるのに夢中で、彼のほうを見てもいなかった。デヴィッドはあきらめて目を閉じ、もっと楽しいことを思い浮かべようとした。たとえば麗しの未亡人のことや、彼女が今どこにいるかということを。

数えきれないほどのわだちや出っぱりに車輪をとられながら、馬車の旅は果てしなく続くように思えた。ようやく街道沿いの小さな村にたどり着く。見たところ、馬を休ませるための宿屋がある程度だ。馬車が大きく揺れて停まったので、デヴィッドはのろのろと地面に降り立った。前庭の騒がしさに顔をしかめる。治安官たちはすでに到着しており、首を絞めたくなるほどの大声を張りあげて、形式的な事情聴取を行っていた。デヴィッドは彼らを無視してまっすぐ宿屋に入り、主人の袖《そで》をつかんだ。

「個室を頼む」デヴィッドは言った。「今、すぐにだ」

「かしこまりました。こちらへどうぞ」主人のあとをついていくと、幸いにも街道に面していない小部屋に通された。デヴィッドはうめき声を発して小さなソファーに倒れ込み、ほっと気を緩めた。

「なにか必要なものはございますか？」宿屋の主人が尋ねる。

「ひとりにしてくれ。静かに休みたい」

「かしこまりました」主人は頭を下げてエプロンに両手をこすりつけたが、部屋から出ていこうとはしなかった。

「追いはぎに遭ったんだ」デヴィッドはうんざりしたように言った。「払いはつけで頼む」

沈黙がおりる。「残りの分とご一緒にですか？」

デヴィッドは薄目を開けて主人を見た。「なんの話だ？」

「残りのつけでございますよ」宿屋の主人は丁寧だがきっぱりと答えた。「この前いらしたときのお支払いが残っております」

デヴィッドは目をしばたたいた。以前にもここに来たことがあっただろうか？　まるで思い出せない。

「ピッチャーが二つに陶器類をいくつか割られましたね。それから椅子の脚を折って、マットレスを水浸しにされました」主人が続ける。「しめて一八ポンド二シリング九ペンスになります」

椅子の脚と聞いておぼろげな記憶が戻ってきた。友人のパーシーに数本のワインボトル、それからかわいい女給がふたり。あれはいつのことだっただろう。去年か？　いや、たぶん今年の春だ。「ああ、そうだったな」デヴィッドはつぶやいた。「それもつけておいてくれ」

主人が息を吐いた。「わかりました」ドアが閉まると、部屋は心地よい静けさに満たされた。ロンドンに戻ったらすぐに代金を送り、椅子の脚についてパーシーに問いただそう。そう考えてクッションに頭を預ける。

さほどしないうちに治安官が部屋を訪ねてきたので、デヴィッドは義務的に自分の見聞きしたことを説明した。追いはぎについていくつか質問をされたが、答えられることはあまりなかった。彼らがやってきた方向も、逃げた方向も目撃したわけではないからだ。襲撃に絶妙な時間帯だったため、人相もわからない。周囲は黒く塗った顔を見分けられるほど明るくはなかったし、馬車を襲えないほど暗くもなかった。デヴィッドは自分の盗まれたものと、人相について覚えていることを話した。犯人をつかまえて、盗まれた品をとり返す見込みがあるのかどうか探りを入れてみたが、曖昧《あいまい》にごまかされただけだった。

「あの未亡人は？」部屋を出ようとする治安官に尋ねる。「ぼくをかばうような発言をして、強盗に突き飛ばされたんだ。彼女は大丈夫なのか？」

「それがよくわからないのです」治安官が答えた。「事情をききたいので探しているのですが、足取りがつかめなくて」

「かばってくれたお礼がしたいんだ」かがったあとのある古びたレースの手袋の上で、悲しく光っていた一シリングが思い出された。お礼をしたいと思うのは、彼女を気の毒に思っているからだ。なにか力になりたいだけ。そう自分に言い聞かせる反面、金をちらつかせれば、治安官が分け前をあてにして彼女の居場所を突きとめてくれるだろうことも承知していた。

真面目に生きるという誓いを立てたとはいえ、あの未亡人のことをもっとよく知りたい気持ちがあるのは確かだ。マーカスへの務めを果たしたら、彼女がまだひとり身かどうか尋ねてみてもいいだろう。あんなに美しくはかなげな女《ひと》が、心ない家族のもとにいるべきではない。

「あの女性を見つけたらご連絡します。お任せください」治安官はそう言ってひょいと頭を下げた。

治安官が部屋を出ていったあと、デヴィッドは再びソファーに身を横たえた。頭の痛みはさっきよりもましになっている。この宿でひと晩明かすというのは本意ではなかった。乗り合い馬車に乗ったのは今日じゅうにロンドンへ到着するためだったのに、これでは徒労に終わってしまう。デヴィッドは体を起こし、宿屋の主人を呼ぼうとした。なんとか馬に乗れるのではないかと思ったが、部屋を横切る途中で倒れそうになってあきらめた。まだ回復したわけではないのだろう。

ほどなくして、主人が食べものと驚くほど上等なワインを運んできてくれた。「旦那はこのワインがお好きだったので」皿を並べながら主人が言う。デヴィッドはいぶかしげに相手を見た。ぼくの人生には、深酒のせいで思い出せないことがどのくらいあるのだろうか。この宿のことはほとんど記憶にないが、しばらく滞在していたのは間違いないようだ。主人と一緒に食事を運んできた女給が、雇い主のうしろからしきりに目配せをして、意味ありげに眉を上下させていた。見覚えがないので無視しようとしたものの、女給はうまく言い繕って、主人が頭を下げて出ていったあとも部屋に残った。

「また会えて嬉しいわ」彼女は媚《こ》びるように言うと、テーブルに両手をついて身を乗り出し、自分の胸がデヴィッドの目の前に来るようにした。「今度はどんな冒険をしたの？　追いはぎですって？」

「ああ、そうだ」デヴィッドは視線をそらしたまま、ごくごくとワインを飲んだ。「金を奪われ、殴られた」

「野蛮ねえ」女給はさらに体を寄せて、デヴィッドのこめかみにかかった髪を指でなぞった。「この前みたいに慰めてあげましょうか？」

デヴィッドはようやく相手の顔を見た。ちょっとぽっちゃりめの、化粧っけのない平凡な女だ。過去にこの女給とベッドをともにしたらしいが、そのことも、彼女自身のこともまったく覚えていない。

「すまない」デヴィッドは落胆したように言った。「頭をひどく殴られたから、ひとりじゃまっすぐ立つこともできないんだ」

女はくすくす笑った。「あたしが助けてあげる。脚のほうじゃないけど、楽しめるくらいに、ぴんとね。どう？」

「今夜はだめだ」デヴィッドは膝を滑る女の手をつかんだ。紳士ぶったキスをしてからエプロンのポケットに押し戻す。「非常に残念だが」

女給は心配そうに眉間《みけん》にしわを寄せた。「かわいそうに！　その気にならないほど疲れきっているなんて。ほら、あたしが看病してあげる」女給はデヴィッドのグラスにワインを注《つ》ぎ足し、暖炉に火をおこし、彼の背にあてられているクッションをふくらませた。デヴィッドは、彼女がもう一度くすくす笑って部屋を出ていくまでどうにか笑顔を保った。ようやく部屋に静けさが戻る。

ワインを飲み干し、暖炉の炎を見つめた。なんてことだ。どんなに頭をひねっても、この質素な宿のことも、ちょっと太めの女給のこともなにひとつ思い出せない。パーシーと一緒に兄や偽札づくりの一味、そしてパーシーの横柄な父親を避けるためにロンドンを離れたのはほんの数カ月前のことだ。どうせ田舎を遊びまわっていてここへ流れ着いたのだろう。最初はイタリアへ行くつもりだったのだが、パーシーが資金の半分を闘鶏に注ぎ込んでしまったのだ。デヴィッドにはもちろん金などない。いくつもの宿屋や酒場の記憶がごちゃ混ぜのワイン漬けになっていた。ちょうど今、この部屋を出ていったような女たちが記憶に彩りを添えている。そのほとんどをはっきり思い出せなかった。ロンドンへ戻ってこてんぱんにされたあとのことはちゃんと覚えているのだが。実際、そっちのほうはいやになるほどよく覚えている。折れた肋骨《ろっこつ》はいまだに完治していない。

もう過ぎたことだ。これからはうまくやると決めた。どれほど頭や体が痛もうとも、明日は夜明けとともに起き出して馬を借り、ロンドンへ戻ろう。マーカスに頼まれた仕事に集中し、身辺を整理して、新しい、尊敬に足るデヴィッドとしてこの事態を乗りきるのだ。

その手始めとして、まずはあの指輪をとり戻さなければ。

# 3

「なんてばかなことを！」ヴィヴィアン・ビーチャムは激情にかられて弟を平手打ちしそうになった。「いったいなにを考えていたの？　というより、なにか考えてた？」

サイモンが顔をしかめ、部屋の隅へと体を寄せる。「そこまで悪くなかったさ。あの男があんまり強情だから――」

「だからなによ？　あの男を撃ちでもしたら、殺人罪でみんなつるし首になるのよ！」ヴィヴィアンは黒いスカートをひるがえして弟の前を行きつ戻りつした。「そんなのものすごくばかげたことだわ。あんただってそのくらいわかってるでしょう？」怒りに任せて続ける。「わたしたちをつるし首にしたかったの？」

「違うよ」サイモンは小声で言うと、下唇を震わせ、手の甲で目をぬぐった。「ちょっとでも余分に稼げたらいいなって思ったんだ。役に立ちたかっただけさ」

ヴィヴィアンはため息をついて両手で髪をかき上げ、怒りを静めようとした。サイモンの言うことに偽りはない。弟は役に立とうとしただけだ。計画を台無しにするつもりなどなく、ただ成り行きでああなってしまっただけ。サイモンはほとほとこの仕事に向いていない。

「役に立とうとしたのはわかってる」ヴィヴィアンは声を和らげた。「でも、そんなこと考えなくていいの。あんたは言われたとおりにしてさえいればいいのよ。あんな指輪なんの役に立つと思う？　溶かさなきゃ売れないのよ。つまり、余計な質問をせずに指輪を溶かしてくれる人を探さなきゃならないの。そこまで手間をかけるほどのものじゃないでしょう？　時計やちょっとした宝石類、多少の現金、それだけでいいの。そういうものならすぐに売れるし、そうそう足がついたりしない。ロープの先でダンスするなんてわたしはいやですからね」

「ごめん」サイモンがしゅんとしてつぶやいた。「ぼくはどうしようもない間抜けだ」

「そこまでひどくないわ」ヴィヴィアンは再び息を吐いた。「でもね、わざわざ仕事の最中に助け船を出したのに、あんたときたらわたしを押し倒したのよ。あのときばかりはあんたの頭に煉瓦《れんが》を落としてやりたかったわ」

サイモンは居心地悪そうにもぞもぞした。「あんなことすべきじゃなかった」

「ようやくわかったわけね」ヴィヴィアンは目を閉じてゆっくり数を数えた。それからしゃがみ込んで弟と目を合わせる。「こっちを見て」ヴィヴィアンが命じると、サイモンは警戒するように視線を上げた。「わたしもがんばってるの。本当よ」ヴィヴィアンはささやいた。「でも、もうちょっとましな生活をするめどが立つまで、言うことを聞いてくれなきゃ――」

「このばか野郎が！　てめえの喉をかっ切ってやる！」ふたりの頭上から腹立たしげな声が響き、ヴィヴィアンはさっと立ち上がった。

「フリン、わたしから叱《しか》っておいたわ」

大男が彼女をにらむ。「あたり前だ。このガキはトラブルのもとだ。こいつのせいでみな殺しなんてごめんだぜ。窃盗犯はつるし首だ。わかってんのか?」男はこれ以上ないほど激怒してサイモンにつめ寄った。フリンの怒りは、自分たちのような泥棒がつるし首になることに向けられているのであって、指輪を盗んだことに向けられているのではなかった。

「この子にもそれはわかってるわ!」ヴィヴィアンはぴしゃりと言い返した。フリンの発言はことごとく的を射ているし、彼女自身、サイモンにたっぷり説教するつもりでいた。だが、この男が弟に暴力を振るうのだけは許さない。弟も、逆の立場なら体を張ってわたしを守ってくれるはずだ。だいいち、サイモンが盗みに手を染めたのはわたしのせいなのだから。

フリンはしばらく歯ぎしりをしていた。「ついてるガキだぜ。姉貴がいなかったら、とっくに川面《かわも》に浮いてるだろうよ!」

サイモンの頬がさび色に染まる。この子はもはや、フリンの脅しに委縮する年齢ではないのだ。じきに一七歳。激昂《げっこう》して挑みかかっていってもおかしくない。

「もう終わったことよ」ヴィヴィアンはそう言ってその場を収めようとした。「あんたはサイモンの喉を切り裂いたりしないし、サイモンも二度とこんな間違いを犯さない」それを祈ろう。フリンはまだサイモンをにらんでいた。

「こいつの取り分はどうするんだ?」

ヴィヴィアンは眉を上げた。サイモンの分け前をごまかされるつもりはない。「どうするってなにが？　サイモンは仕事をしたんだから、当然、分け前はもらうわ」

「こいつが言われたとおりにしてあの野郎にかまわないでいれば、もっと稼げたかもしれねえ」ヴィヴィアンは、フリンが諸悪の根源である指輪を手のなかでもてあそんでいることに気づいた。

「その指輪はわたしが始末する」彼女は手を差し出した。「こっちへちょうだい。ロンドンは近いわ。あそこまで行けば、こっそり売りさばける店がたくさんある。いつもみたいに作り話をして現金をせしめてくるわ。その指輪ならかなりの金額になるはずよ」

フリンは指輪を手放さなかった。「さてな」

ヴィヴィアンは手を引っ込めた。「じゃあ、あんたが売ればいいわ。あんたみたいな男がなんでそんな品を持っているのか質問されたときのために、答えを用意しておくのね」

フリンは渋い顔をした。「わかったよ。だがな、必ずいい値をつけさせろよ」彼はサイモンをぎろりとにらんだ。「さもなきゃそいつを八つ裂きにするからな」

フリンが足音も荒く部屋を出ていくのを待ってヴィヴィアンは両手でスカートを引き寄せ、サイモンの隣に腰をおろした。古い粉ひき小屋は湿っぽくて今にも崩れそうだが、人目を気にせず自由に出入りできる。彼女が床に腰をおろすと同時に近くでねずみの鳴き声がした。ヴィヴィアンは顔を引きつらせて尻の位置をずらした。ねずみは大嫌いだ。いつの日か、自分のささやかな家を持てたなら、丸々と太った猫を飼うのが夢だった。

「こんなのもうやめにしよう」隣室のフリンや仲間たちに聞こえないよう、サイモンが低い声で言った。

ヴィヴィアンはため息をついた。「わかってる。とくにあんたはね」

「姉貴もだよ」サイモンが言い返した。「姉貴はぼくらのなかじゃいちばん安全な役まわりかもしれないけど、ひとりで行動しなきゃならないだろ？　いつまでも気絶して治安官の目をごまかせると思うのか？　事件現場に必ず姉貴がいることに気づかれたらどうするんだよ？」

「だから未亡人のふりをしているんじゃない」ヴィヴィアンが答えた。「悲しみに沈んだうら若き未亡人を問いつめたがる人はいないわ」

「数年後は？」サイモンが食い下がった。「姉貴だっていつまでも若いわけじゃないんだ。それに、フリンは姉貴が役に立たなくなるのを待ってる。そうしたら力ずくでスカートをまくってやろうと思ってるんだ」

「そんなことしたら殺してやるわ」

サイモンは首を振った。「フリンはたちが悪いよ。ぼくは好きじゃない」

ヴィヴィアンは尻の位置をずらした。フリンが善人だなどと思っているわけではない。だが、あの男のそばにいれば食べものにありつくことができる。フリンのもとを飛び出して、どうやって食いつなげばいいというの？「このご時世、気高い追いはぎを見つけるのは大変なのよ」ヴィヴィアンはサイモンを笑わせようとした。だが弟は壁に頭を預け、息を吐き出している。

「こんなのいやだよ」サイモンがぼそりと言った。「盗みのことじゃない。盗まなきゃ飢え死にするんだから、それはぜんぜん気にならない。だいいち、ああいう指輪をはめてる金持ちは、貧乏人に寄付する余裕くらいあるはずだ。でも、ぼくたちはいつつかまってもおかしくないだろ? しかも、ぼくのへまでそうなるかもしれない。ぼくはなにをやっても裏目に出る。このままじゃ、みんなそろって牢屋《ろうや》行きか、下手すると……」

弟の言うとおりなのだろう。サイモンには盗みの才能がない。自分と違って嘘も演技も下手だ。いつも緊張のあまり大げさに反応して、ミスを犯してしまう。今日だってあの印章つきの指輪に固執して仕事を妨害し、仲間を危険にさらした。今夜こそじめじめして寒い、しかし、食べものと自由のある人里離れた粉ひき小屋ではなく、牢獄で過ごしていたかもしれないのだ。

ヴィヴィアンは黙って弟の手を握った。自分にもう少し蓄えがあったなら……。サイモンをまっとうな仕事に就かせてやりたいとずっと思ってきたのに、現状から抜け出す見込みはなかった。わたしが弟を盗みの仲間に引き込んだことを知ったら、天国のママは失望するだろう。「わたしがなんとかする。あんたはフリンに余計なことを言わないようにしなさい。あいつは確かにどうしようもない男だけど、鋭い刃を隠し持ってる。あいつがあんたの喉を切り裂いても、ほかの連中は気にもしないでしょう。でも、あいつがあんたを殺したら、わたしはあの男を殺す。姉弟そろって死ぬはめになるわ」

サイモンは長いあいだ黙っていた。どこからか聞こえるかさこそという足音に、ヴィヴィアンは身震いをこらえた。「でも、ずっと姉貴の背中に隠れてるなんていやなんだ」サイモンが細く、悲しげな声で言う。「ぼくは男だから」

「でも、まだ一六歳よ」ヴィヴィアンはきっぱりと言った。「ママが生きていたなら守ってもらう年齢だわ。だから、ママの代理であるわたしに叱られないよう、よく考えて行動するの」

サイモンは力なく笑った。「はい、はい。でも、ぼくだって自分の足で立てるようにならないと」

「いつかそうなるわ」そうであってほしい。「まずは腹ごしらえしなきゃ。おなかが減って気絶しそう」

サイモンが肩をすくめて立ち上がり、姉を助け起こした。ヴィヴィアンは、ねずみがしがみついていませんようにと祈りながら黒いドレスをはたいた。「先に行って。わたしはこのぼろを着替えてから行くわ」サイモンは曖昧に笑うと、建てつけの悪いドアをうしろ手に閉めて出ていった。ヴィヴィアンは私物の入った古い旅行鞄をたぐり寄せ、中古で手に入れたみすぼらしい喪服を脱ぎ始めた。未亡人のふりはたいていうまくいく。今日も例外ではなかった。あの中年女性はずっと手を握っていてくれた。あまりの過保護ぶりに鼻を鳴らしたくなったほどだ。生き延びたいなら気を許してはだめ。だいたい、あの馬車に乗り合わせていた男たちときたら、人の胸元にいやらしい視線を送っておきながら、目が合うといかにも紳士ぶった顔をしていた。

いや、違う人もいた。あの金持ちの男だけは好奇心を隠したりしなかった。とてもハンサムな男だったが、頭の回転は鈍いらしい。賢明な人なら、サイモンに拳銃を突きつけられたときに逆らわずに指輪を差し出しただろう。彼が抵抗したおかげで、恐怖のあまり卒倒しそうな演技を中断し、サイモンを説得するために虚《むな》しい抵抗を試みるはめになった。その結果、地面に突き飛ばされてしまったのだ。

さらに腹立たしいのは、金持ちだと思っていた男の財布に二ギニーしか入っていなかったことだ。厩舎前にけばけばしい馬車が入ってきたときから、あの男を襲えば当分は食べていけると確信していた。カモにうってつけの、甘やかされたお坊ちゃんが現れたと思った。自分の前には世界もひれ伏すかのような口調で男が馬を要求するところも見ていたし、上等な馬の世話をさせるために気前よく金を出すところも見ていた。金のにおいを嗅ぎとったからこそハンカチを落としてサイモンに合図し、乗り合い馬車に乗ったのだ。それなのに財布の中身がたった数ギニーとは。それっぽっちでは、胸元に注がれるいやらしい視線に耐えた見返りにもならない。

ヴィヴィアンは喪服の肘の部分が破けていることに気づいて悪態をついた。これで衣装も繕わなきゃならなくなったわ！　いつも寝るときに着るたっぷりしたズボンと生地の厚いシャツをとり出しながら、喪服が破けたのはあの男のせいではないと思い直す。弟が考えなしだっただけだ。ヴィヴィアンには最近、サイモンの考えていることがよくわからなかった。

しかしともかく、すんでしまったことは仕方がない。彼女はズボンのウエスト部分に細い紐を通してきつく結んだ。こうしておけばフリンが手を出してきても、服を脱がされる前に威嚇してナイフをとり出すくらいはできる。喪服をたたんで脇によけながら、ヴィヴィアンは口をゆがめた。サイモンの言うとおりだ。フリンは機会を狙《ねら》っている。今はまだ手を出してこないだろう。そんなことをされたらこっちも死ぬ気で抵抗するし、それで命を落とさなかったとしても追いはぎ団から抜けることが目に見えているからだ。自分が仲間うちで重要な役割を果たしているのはわかっていた。カモになる客を選ぶのも、おとりとして馬車に乗り込むのも、気絶して客の注意をそらしたり、ヒステリーの発作を起こして逃げる隙をつくってやったりするのもヴィヴィアンだ。彼女がいなくなれば、フリンは無差別に馬車を襲わなければならなくなる。あの男にそれでやっていけるだけの裁量がないことは仲間の誰もが承知していた。

だが、この街道沿いにはすでに長居しすぎた。別の場所に移るべきだという思いは常にあったが、今日の弟のミスでさらに確信を持った。あと数日をいつも以上に息をひそめてやり過ごし、昨日の出来事の噂が静まるのを待って、もっといい場所に移動するべきだ。ヴィヴィアンにしてみれば、近場で二度も仕事をすればじゅうぶん危険なのに、フリンが意固地なせいでケントのこの界隈《かいわい》だけですでに四度も馬車を襲っている。ヴィヴィアンの顔にぴんとくる者がいれば、気づきもしないうちにゲームオーバーを迎えるだろう。

衣類をしまい終えると、ヴィヴィアンは弟を追って隣の部屋に移った。仲間たちはすでに食事を始めている。彼女は旅行鞄を部屋の隅に置き、アリスの手からシチューの皿を受けとった。サイモンが座る位置をずらして暖炉の脇を姉に譲る。しばらく誰も口をきかなかった。朝にオート麦でつくった堅焼きビスケットを食べた以外、その日初めての食事だったからだ。玉ねぎの強い香りで、馬車にいた、あさましい目つきの口臭男が思い出されたが、ヴィヴィアンはかまわずシチューをかき込んだ。それにしてもここ三日間というもの、うさぎ肉ばかりだ。肉が入っていないよりはましなのはわかっていても、近いうちにフリンから小銭をせしめて鶏肉《とりにく》を調達しようと思った。

反対側に座っているフリンが空の皿をよけ、上着のポケットから革の袋をとり出す。サイモンと、アリスの恋人のクラムは皿を置いて背筋を伸ばし、床の上に空けられた袋の中身を凝視した。フリンは金貸しのような抜け目ない目つきで、金を平等に五つの山に分けた。そして四つの山から数枚のコインを抜き、五つめの山に加えた。それがリーダーたる自分の取り分だという意味だ。ヴィヴィアンは歯ぎしりをしつつも、フリンの冷たい一瞥を受けて発言を控えた。フリンはヴィヴィアンの不満を知りながら、彼女に味方するのはサイモンだけだと高をくくっている。クラムはといえば、追いはぎに参加したことのない、か弱いアリスが分け前をもらえることで納得しているようだった。これまでヴィヴィアンは表立って反論せずに売りさばいた宝石類の上前をはねてきたが、フリンが腕力の分だけ多く稼ぐというなら、自分だって頭脳で貢献している分の稼ぎをもらっていいはずだ。

だいいち上前をはねるといってもたいした額ではない。「今日は四ポンドそこそこだな」フリンが苦々しげに言った。あの伊達男《だておとこ》が二ギニーしか持っていなかったのはヴィヴィアンのせいだと言わんばかりににらみつける。ヴィヴィアンとて男の財布がたっぷり肥えているものと思っていたし、そうでなければあの馬車を襲ったりはしなかった。

「ほかには?」ヴィヴィアンがせっつくと、フリンはぶつぶつ言った。

「石のはまってない金の指輪、嗅ぎ煙草入れ、懐中時計が二つ、うちひとつは宝石がはめ込まれている。それに真珠のネクタイピンだ」フリンはそれらの品を床に並べた。

「それと?」

フリンはヴィヴィアンをにらんで、いわくつきの指輪をポケットからとり出した。

「純度の高い金でできた豪華な指輪ね」ヴィヴィアンが指摘する。「少なく見積もっても金貨一枚にはなるわ」隣に座っていたクラムがぱっと顔を上げる。それまではいつもどおり押し黙って成り行きを見守っていたのだ。よきにつけ悪しきにつけ、クラムは口数が少ない。屈強な体格の男だが、感情をあらわにするのはアリスを守るときだけだった。

「そんじゃあ悪くないな」クラムが言った。

「悪くないどころじゃないわ」ヴィヴィアンはフリンが口を開く前に答えた。「今月最高の上がりよ」

フリンが口元をゆがめる。サイモンの手柄を認めたくないのだ。ヴィヴィアンは顎を上げてフリンを正面からにらみ返した。

「まだ売ったわけじゃねえ」フリンがうなった。「買い手を見つけるのが大変かもしれねえぞ」フリンは手のなかで指輪をもてあそんだ。ヴィヴィアンには、フリンがサイモンに文句をつけながらも、指輪に魅せられているのがわかった。かすかな不安がよぎる。この男は突拍子もないことを考えるし、一度決めたらラバのように頑固だ。

「明日、売りに行くわ」やっかいな品はさっさと手放すに越したことはない。「ウォーリングフォードから乗り合い馬車でロンドンへ出て、質屋を探してくる。これならちょっとした金額になるでしょう」ヴィヴィアンは手を差し出した。フリンは渋い顔で盗品を集めて彼女に渡した。それでも指輪だけは手放そうとしない。ヴィヴィアンは手を出したまま待った。しばしのあいだ両者のにらみ合いが続いた。ヴィヴィアンはたっぷりしたシャツの陰でもう一方の手を握り締めていた。フリンが指輪をこちらへ渡さなかったらここを出ていこう。突然、そう思った。ほかの品を売って仲間の取り分を渡し、サイモンと一緒に出ていくのだ。このままフリンが指輪を手放さなければいいとすら思った。そうすれば互いの不信感を理由にグループを抜けられる。

ところがフリンが指輪をぽんと投げた。ヴィヴィアンは手首を素早く返してそれを受けとったものの、はずみでほかの宝石を落としてしまった。落ちた品を集め始めたところでフリンが大声で笑った。ヴィヴィアンは唇を引き結んだ。いずれにせよもう潮時だ。この男の嘲《あざけ》るような笑い方も、いやらしい目つきも、これ以上は我慢ならない。

「仕事の場所を移りましょう」彼女は唐突に言った。「この街道沿いはもう危険すぎる」

フリンは笑うのをやめ、眉をひそめた。「場所を動くタイミングはおれが指示する！」ぴしゃりと言い返す。「それまではここを動かねえ。おまえは自分の仕事のことだけ考えな。

おれは、おれの仕事をやる」

ヴィヴィアンは喉元まで出かかった反論をのみ込んだ。不満をこらえてどうにかうなずく。せっかく神が警告を発してくださったのに！　もう少しで治安官につかまるところだった。フリンはつまらないプライドにこだわって、その事実を無視するつもりなのだ。自分以外の人間が最初に指摘したというだけで、常識的な判断を拒むつもりなのだ。

ヴィヴィアンは宝石類を喪服と一緒にして、毛布を手にとった。それぞれいつものように就寝準備を始める。アリスは、夜のあいだに火が消えないよう、暖炉の火を熾火《おきび》にした。ヴィヴィアンは毛布にくるまってサイモンの脇に体を横たえ、弟の体がこれまでになく大きく見えたことで別の不安に心が痛んだ。あと少しでもこんな生活を続けたら、サイモンはまともな生き方ができなくなる。かすかな明かりに弟のゆがんだ笑みが見えた。

「元気を出しなよ」サイモンがつぶやいた。「すべてうまくいくさ」

ヴィヴィアンもなんとか笑みを返す。「わかってる」きっといつかなんとかなる。そのために全力を尽くすのだ。明日の朝、あの盗品を売りにロンドンへ向かうそのときから……。

サイモンは、わたしが怒っていることも、わたしにかばってもらったこともわかっている。だが、ヴィヴィアンとていつまでも弟を守ってやることはできない。遅かれ早かれ、彼女かフリンのどちらかが我慢の限界に達するだろう。その前にフリンの愚かさのせいでみな殺しになるかもしれない。やがて部屋のなかにいびきが響き始め、ヴィヴィアンは天井を見上げた。

隣に寝ているアリスに目をやる。彼女は仰向けの状態で体をまっすぐに伸ばし、口をかすかに開けていた。アリスはいつも焦点がずれたような目つきをしている。聞いたところによると、馬に頭を蹴られたらしい。なにがあっても文句ひとつ言わず、反抗もしない。口を開くことはめったになく、自分の仕事——食事の準備と、クラムの古い外套や靴下を繕うことを淡々とこなしている。人柄はいいが頭が鈍く、クラムなしではすぐに途方に暮れてしまう。

クラムもあてにならなかった。彼はどこまでもフリンの手下なのだ。アリスに関することとなると優しくて忍耐強い一面を見せるが、それだけだった。フリンは、クラムの揺るぎない忠誠心の見返りとしてアリスを養うことを妥当だと考えているようで、サイモンやヴィヴィアンにはすぐに食ってかかるくせに、アリスにはひと言も文句を言わない。フリンとクラムは互いのことには関与せず、うまくいかないことはすべてビーチャム姉弟のせいにするという協定を結んでいるようだった。ビーチャム姉弟には頼る人も、行く場所もないからだ。ヴィヴィアンにはサイモンしかいない。しかし、その弟ときたら助けになるどころか足を引っ張ることさえある。

ヴィヴィアンはため息をつき、枕《まくら》にしている薄い毛布をさらに半分に折りたたんだ。床で寝るのは大嫌いだ。仕事で宿に部屋をとるときは、早いうちからベッドに入ってなるべく遅くまで眠ることにしていた。清潔とは言いがたい粗悪なシーツや、その下のぼこぼこしたわらのマットレスも、床にすり切れた毛布を引いて寝るよりはずっとましだった。いつか自分の家を持ったら、きれいで柔らかなベッドで眠るのだ。たとえそれを買うために一年間オート麦のビスケットを食べることになったとしても。

部屋の向こうからフリンの寝言が聞こえた。クラムのいびきがやや大きくなる。青白い月の光に照らされながら無表情で眠るアリスは死体のようだ。ヴィヴィアンはふいにすべてがいやになって目をつぶった。どうしたらここから逃れられるのだろう。生まれてからずっと盗みばかりしてきたし、サイモンもほかの世界をまったく知らない。ふたりの泥棒に、盗み以外のなにができる?

翌朝早く、ヴィヴィアンはくたびれた灰色のドレスを着て、宝石類の一部をレティキュールに入れ、ロンドンへ向けて出発した。フリンとクラムは高いびきをかいていたが、昼前には近くの酒場へ繰り出して、稼ぎを飲みつぶすに違いない。アリスがはにかんだほほえみを浮かべて、冷たいオート麦のビスケットを用意してくれた。それから彼女は水汲《みずく》み用のバケツを抱えて小川のほうへ歩いていった。サイモンは一緒に起き出して、馬車が停まる宿場へ続く道を途中までついてきてくれた。

「姉貴、気をつけて」そろそろ別れる地点が近づいたとき、サイモンが注意した。「あの金持ちが懸賞金をかけているかもしれない」

ヴィヴィアンはにっこりした。「だから今日のうちに売ってしまうの。昨日盗まれた品のことを、今日知っている質屋なんていないから」

サイモンはそれでも安心できないというように顔をしかめた。「わかってる。確かにこういうことは姉貴のほうが機転がきく。でも」サイモンはそこまで言うと、木々のあいだからのぞいた太陽に目を細めた。「今度はぼくが姉貴の面倒を見るべきだと思うんだ。姉貴に面倒を見てもらうんじゃなくて」

ヴィヴィアンにしてみれば弟の心配がじれったかった。「お互いがお互いの面倒を見るの」きっぱりと言う。「さあ、戻って。自分の仕事をなさい」馬車を襲わないとき、サイモンは馬の世話を割りあてられていた。ヴィヴィアンはほこりっぽい乗り合い馬車に乗ってロンドンへ行き、アリスは料理をする。フリンとクラムは日がなぼけっと座っているだけでなにもしない。悪くすると町へ行って一カ月以上の稼ぎを飲み果たしてしまう。本当にどうしようもない連中だ。

ヴィヴィアンは別れのしるしに弟の手をぎゅっと握って、そのまま街へ向かった。ロンドン近郊までの運賃を財布から出して数え、誰かに話しかけられればすらすらと作り話をした。住み込みの家庭教師をしているのだが、休暇なので、病気で衰弱した母のもとを訪ねるところだ、と。口数少なく、伏せ目がちにしていれば誰の注意を引くこともないし、昼過ぎにはロンドンに到着するはずだ。

彼女はエレファント・アンド・キャッスルで馬車を降り、市内へ入った。ロンドンへ来るといつも神経がぴりぴりする。人が密集している場所が好きではなかった。うるさくて汚い。少なくともヴィヴィアンの知っている地区はそうだ。ここで育ったというのに恋しいと思ったことは一度もなかった。彼女はレティキュールを握り締め、うつむいて足早にセント・ジャイルズへ向かった。みすぼらしい家が密集して並んでいる。通りには、ぼろを着た汚らしい子供がうようよしていた。大嫌いな地区だが、質屋が多いのはこの界隈だった。

ヴィヴィアンは毎回、行ったことのない質屋を訪れるようにしていた。店主にはいつも違う作り話をする。セント・ジャイルズの住人はそれほど詮索《せんさく》しないが、足取りをたどられないようにしておきたかった。自分が無防備な状況に置かれていることも、盗品を持っているところをつかまったらどうなるのかもわかっている。足にまめができたのではないかと思うほど歩いたころ、ようやく探していたような質屋を見つけた。

戸を押し開けると同時にヴィヴィアンは目を見開き、緊張している演技をした。小さくて地味な店だが清潔で、いかにも若い未亡人が選びそうな店だった。彼女はレティキュールを体の正面で握り締め、丸々とした体軀《たいく》にはげ頭の中年男がいるカウンターへ向かっておずおずと歩いた。男は無表情のまま、頬づえをついてこちらを見ている。

ヴィヴィアンはさっと店主を値踏みした。いかがわしそうな男だ。すべてを見尽くしたような雰囲気がある。彼女は、哀れで頭の鈍い女を演じることに決めた。「ご、ごめんください」できるだけ無邪気そうな声を出す。「ミスター・バードドックですか?」

「いかにも」店主は下唇だけを動かして答えた。ヴィヴィアンは息をのみ、カウンターに近寄った。

「お願いです。わたし……売りたいものがあって。あなたならよい値をつけてくださるって聞いたものですから」

店主はそれでも表情を変えなかった。「いかにも。いい品にはいい値段をつけますよ」

「もちろんいい品ですわ」ヴィヴィアンは急いで言った。「夫が、亡くなった夫が……」そこまで言うと彼女は首を振り、レティキュールの持ち手をさわって悲しみと羞恥心《しゅうちしん》をこらえるようにうなだれた。「夫の形見を持ってきたんです」彼女はささやいた。「とてもいいものです」

「どれ、拝見しましょう」彼はカウンターに両手を広げ、頭を傾げた。ヴィヴィアンは玉ねぎくさい男から巻き上げた懐中時計をゆっくりととり出した。バードドックが時計をとり上げ、冷ややかな目で眺める。「まずまずですな」彼はさして興味がなさそうに言った。

ヴィヴィアンの頰が赤く染まった。恥ずかしさのためではなく、怒りのためだ。これがいい時計だということは彼女にも店主にもわかっている。それでも彼女はだまされているふりをした。「これも」真珠のネクタイピンをとり出す。

バードドックはそれを光にかざしてあくびをした。「本物の真珠ですか?」

「もちろんですわ!」

店主は唇をゆがめてピンをカウンターに戻したが、言い返しはしなかった。ヴィヴィアンにはそれがかなり値の張るものだという自信があった。「これだけかな?」

彼女は迷っているように唇を嚙んだ。「ええ。いいえ。あの、それが……」わざと指先を震わせながら、再びレティキュールのなかに手を入れて印章つきの指輪をとり出す。その重さだけでも相当な値打ちに違いない。小さな店のくすんだ照明の下で指輪が富の輝きを放った。「夫の指輪です」彼女は指輪をカウンターに置かず、手に持ったままそっと言った。

男はしばらく指輪を見ていたが、ついにその顔に光が宿った。彼が手を伸ばしてきたので、ヴィヴィアンはしきりにまばたきしながら指輪を渡した。バードドックは指輪をひっくり返して確認し、手のひらにのせて重さを計った。「これはご家族の紋章ですかな?」鋭い目つきで尋ねる。

「ええ。夫が受け継いだ品ですが、今となってはあとを継ぐ息子もおらず——」彼女は言葉を切って唇を噛み、うつむいた。

バードドックは指輪を何度も反転して確認していた。「確かによくできた指輪だ」そう言って指輪をカウンターに置く。「実際、上物ですよ。かなりの額になる」彼は急に態度を一転させた。ヴィヴィアンは警戒するような笑みを返した。

「そうですか? ああ、そのお言葉でどんなにほっとしたことか。チャールズがまた助けてくれたんだわ」

「ひどく困った状況にとり残されたようですな」バードドックは相槌《あいづち》を打ちながら、彼女の顔をじっと見た。

「あなたにとっては珍しくもない話でしょう?」ヴィヴィアンはため息をついた。「夫のものはこれしか残っていません。まさか哀れな未亡人をだましたりはしませんわよね?」彼女はすがるような表情をつくってみせた。「先ほどの言葉でひどく期待してしまいましたわ」

店主の顔に笑みのようなものがよぎった。「サディアス・バードドックは決してだましましたりしませんよ。いい品にはいい値を、というのが信条ですから」彼の口にした値段にヴィヴィアンは声を漏らしそうになった。思っていた以上の額だ。これでフリンも指輪を奪ったサイモンの軽率さを二度ととやかく言わないだろう。自分の分け前とこれまで貯《た》めた分で、まともな商売をやっている男のところへサイモンを見習いに出すことができる。弟が無事に落ち着いたなら、自分も盗みから足を洗えるかもしれない。花に囲まれた、スイカズラの絡む小さいが静かな家と、窓辺で日なたぼっこをする太った猫のイメージが心に広がった。

彼女は興奮を抑えて目の前の仕事に意識を戻した。焦りは禁物だ。「結構ですわ」息も絶え絶えに答える。

「そうでしょう」店主は指輪を置いた。「しかし金額が金額ですから、こちらもすぐには用意できません。明日の午前中にお越しいただければお支払いしますよ」

ヴィヴィアンは落胆したものの、相手の提示した気前のいい額を考えて気をとり直した。

「なんとかなると思います。あとの二つはどうでしょう?」

バードドックは改めてネクタイピンと懐中時計を調べた。「これらも先ほど思ったよりはいい品のようだ。まとめて明日お支払いするということでいいですかな?」

店主はほかの二品についても納得のいく額を提示したので、ヴィヴィアンはすぐに同意して三つの品をレティキュールに戻した。「それではまた明日、ミスター・バードドック」

「お待ちしていますよ」

彼女は頭を下げた。「ええ、明日の朝いちばんでまいります。ありがとうございました」

「こちらこそ、わざわざどうも」彼がうなずいたので、ヴィヴィアンは店を出た。震える手を握り締め、なるべく落ち着いた足取りで通りを歩く。あの指輪を売るのはひどく危険だと思っていた。もちろん高価な品であることは間違いない。だが、セント・ジャイルズの外れにある質屋ともなれば、いわくありげな品を毎日のように扱っているのだろう。指輪を溶かしてくれる人を探して金塊にしなければ売れないと思っていただけに嬉しかった。明日も朝からロンドンまで出てこなければならないにもかかわらず、帰路を急ぐヴィヴィアンは興奮に身震いしていた。

その手紙は夕食の直前に届いた。デヴィッドにとって長く苦しい一日が終わり、追いはぎに殴られてから痛みっぱなしだった頭をようやく休めたところだった。やるべきことはやった。その日の働きを誇らしく思うものの、頭痛のひどさときたら頭蓋骨《ずがいこつ》が脳みそを締め殺そうとしているようだ。小さな応接間のソファーに横たわり、顔の上にクッションをあてがったちょうどそのとき、玄関の呼び鈴が鳴った。しばらくしてもう一度、それからもう一度。デヴィッドは顔の上からクッションを押しのけた。「バネット！」

ようやく足を引きずるような音が玄関ホールに響いた。ドアが開いて、閉まる。しばらくしてバネットが応接間のドアをノックした。「ご主人さまにお手紙です」

デヴィッドはぶつぶつと文句を言ったが、呼び鈴が鳴った時点ですでに休息は妨害されていた。上体を起こすとめまいがする。彼はぎゅっと目を閉じてから、バネットの差し出した手紙の封を破った。しばらく紙面をぼうっと見つめているうち、その意味するところが脳にしみ込んできた。急に気分が明るくなる。

〝泥棒に会いたいのなら、明日の朝早くに当店へお越しください。　バードドック〟

「すばらしい」デヴィッドはぼそりと言った。ようやくうしろ暗い過去が役に立った。追いはぎに遭ったあと馬車を雇ってロンドンに戻り、知っている盗品買い受け人と質屋を自ら巡り歩いたのだ。ありとあらゆる賭《か》けごとに手を染めてきたおかげでその筋の店はかなりたくさん知っていたし、誰もがデヴィッドと取引をしたがっていた。だが今回、彼が持ち込んだのは銀製品や懐中時計ではない。懸賞金の話だ。印章つきの指輪を見つけた者に二〇ポンドを与え、泥棒をつかまえるのに手を貸してくれたらさらに倍払うというものだった。かつて両ぶたの懐中時計を担保に金を貸してくれたサディアス・バードドックという質屋が、追いはぎの訪問を受けたらしい。

「最高だよ、バードドック」デヴィッドはつぶやいた。ソファーに身を横たえ、眉間にしわを寄せて考えにふける。ボウ・ストリートの連中は同行しないほうがいいだろう。計画に反対されるからではなく、経験を積んだ泥棒なら、捕り手の存在に気づくかもしれないからだ。犯人をとり逃がしたくはない。それだけは困る。デヴィッドは気絶させられた恨みを忘れていなかった。反射的に痛むほうの手を動かしてみる。卑怯《ひきょう》な犯罪者のみぞおちにこの拳をめり込ませてやったら、どんなにすっとするだろう。

盗んだ品を早々に売りさばこうとしているところをみると、脳なしというわけではなさそうだ。一両日中には懸賞金の告知が貼《は》られるだろうし、被害者たちが泥棒ハンターを使って盗品をとり返そうとすることもあり得る。デヴィッドの知る限りまだそういう動きはないが、それは乗り合い馬車の乗客たちが今日にならないとロンドンに到着しないからだった。追いはぎの狙いどおりにことが運べば、被害者たちがロンドンに着いたころには盗品はすでに売られており、犯人をつかまえる確率はぐっと下がったはずだ。デヴィッドには、銀行のミスター・クラベットとの面会を延期してまでも質屋を訪ねたほうがいいとわかっていた。銀行員は待たせることができる。デヴィッドは追いはぎをつかまえて、驚愕《きょうがく》の表情を見物して笑ってやるつもりだった。それから捕り手に引き渡し、絞首刑のときは拍手してやるのだ。

残酷な想像にほくそえむと、デヴィッドは夕食の合図をした。頭痛は奇跡的に回復していた。

# 4

翌朝、デヴィッドは開店前に質屋に到着していた。ナイトキャップをかぶったままのバードドックがドアを開け、店の奥にある小さな事務所に通してくれた。店主はデヴィッドに紅茶を勧めたが、デヴィッドが断ったので二階の居住スペースに引き上げていった。再び店主がよたよたと階段をおりてきて店を開けるころまでに、デヴィッドは雑然とした店内をすっかり探索し終わっていた。あとは待つしかない。

事務所に戻ってみたものの、じっとしているのは苦痛だった。右足から左足へと体重を移してため息をつく。この店に来てまだ一時間ほどだが、すでに永遠に待っているような気がした。バードドックは犯人が朝の早い時間に戻ってくると請け合った。しかし、得られた情報はそれだけだ。薄汚れて狭苦しい事務所には、ミートパイとすえたエールのにおいが漂っている。すり切れたカーテンの隙間から店内をのぞくと、先ほどと同じく、だらしない姿勢で椅子に腰かけているバードドックの広い背中が見えた。デヴィッドは咳払《せきばら》いした。

「辛抱ですよ」振り返りもせずにバードドックが忠告する。

「してるさ」デヴィッドは鋭く言い返した。「もっとましな助言はないのか?」

バードドックが肩越しにカーテンの奥を見る。「座っていてください。泥棒ってやつは時間に正確な人種じゃありません」

確かに一理ある。デヴィッドはしぶしぶ長椅子のほこりを払い、端のほうに腰かけた。指先で肘掛けをこつこつと叩きたくなる。表の通りを歩きまわりたかったが、犯人を見つけて殴ってやるまでは衝動に負けるわけにはいかなかった。貧民街で追いはぎを追跡するなど狂気の沙汰《さた》だ。そんなことをしたらこっちの命が危ない。もう少し待って、計画どおりにことが運ぶかどうかを見届けないと。

しかし、我慢の限界はすぐにやってきた。部屋の壁が自分のほうへ迫ってくるような気がする。悪臭が強くなり、息がつまりそうだった。デヴィッドは勢いよく立ち上がって、今一度カーテンの隙間から店をのぞいた。依然として店内に客の姿はない。「ぼくは外で待つ」デヴィッドはきっぱりと言った。「犯人が来たら必ず指輪を買い戻してくれ。そのあと店の外まで送り出すんだ。それを合図にしよう」

「旦那がそうおっしゃるなら」バードドックは肥満した体を動かさないようにするほかはなにも関心がないようだった。デヴィッドはいらだたしげに口を引き結び、裏口から路地へ出た。ぶらぶらと店の正面へまわり、通りを渡って自分の馬車に近寄る。雑踏に目を走らせてみたが、とくに変わった様子はなかった。デヴィッドが声をかけると、御者はかすかにうなずいて座席の上で尻の位置をずらし、再び待ちの姿勢に入った。やることもないので、デヴィッドは道端の物売りから温かいロールパンを買い、それをかじりながら街灯に寄りかかって質屋を見張った。

さらにしばらく待った。数人の客が店に入っていったが、出てくるときはみなひとりだった。パンを食べ終わったデヴィッドはハンカチで指をぬぐった。まったく、犯人はどうしたんだ？　もしこれがバードドックの作り話だったとしたら……。

そこまで考えたところで思考が途切れた。店のドアが開く。サディアス・バードドックが客のためにドアを支えているのが見えた。

女だ！　しかもただの女ではない。デヴィッドは唖然《あぜん》とした。乗り合い馬車にいたあの美しい未亡人ではないか。ミセス・グレイとか名乗った、天使の顔の女性だ。

ぽかんと開いていた口を閉じる。つまりあの未亡人は無垢《むく》な被害者ではなかったというわけか。そんなこととは露知らず、彼女の言動に奮起して殴られたとは。一度はだまされたかもしれないが、二度めはそうはいかないぞ。

デヴィッドは帽子の角度を直して御者へ合図をすると、御者がうなずいた。未亡人を視界の隅にとらえたまま、デヴィッドはゆっくりした動作で通行人のなかに分け入った。女の歩幅は彼の半分ほどだったので、追いつくのは難しくなかった。あれほどきゃしゃな女性が追いはぎの常習犯とは信じがたいが、外見はあてにならないものだ。農作物を積んだ馬車が行き過ぎるのを待って彼女が角で立ちどまったところで、デヴィッドは行動を起こした。

「見つけた！」未亡人の体を抱え込み、肘を押さえる。「二度と見つからないかと思ったよ」

怯えたような青い瞳がデヴィッドのほうへ向けられた。「あ、あの……」彼女は口ごもったが、デヴィッドの顔を認識したらしく息をのんだ。「放してください」遅ればせながらしらを切るつもりのようだ。「どなたかと勘違いなさっているのでは？」

「ぼくもそれを心配しているんだ。この際はっきりさせようじゃないか」ふたりの脇に馬車が横づけされる。デヴィッドは片手でドアを開けると、もう一方の手で未亡人を馬車に押し込もうとした。彼女がドアの枠に腕を突っ張って抵抗を試みる。デヴィッドは踏み板に足をかけて彼女の体に手をあて、まるで大きな小麦粉袋かなにかのように体全体を使って馬車のなかに押し入れた。ドアも閉めないうちに馬車が走り出す。

デヴィッドは意地の悪い喜びを感じながら、野暮ったい灰色の布地の塊が懸命に立ち上がろうとする様子を観察していた。相手は息を乱し、皿のように目を見開いている。そして、その目をこちらに向けたかと思うと、急にドアへ突進した。デヴィッドが向かい側の座席のほうへブーツを身につけた脚を伸ばして進路を阻む。彼女はやけどをしたように素早く身を引き、馬車の隅に身を寄せた。

「ミセス・グレイだったね」デヴィッドは気さくに話しかけた。相手をもっと動揺させてやりたい。「ぼくは人の名前を覚えるのがひどく苦手なんだが、所持品を奪われたうえに頭を殴られたとあっては、さすがに忘れられなかったようだ」

「ああ……」彼女は奇妙に苦しげな声で答えた。「あ、あなたね……ようやく思い出したわ。ブロムリーの宿場から乗った方でしょう？」

彼は首を傾げた。「今ごろ思い出したのかい？　もう少し前からわかっていたはずだが」

彼女は唇を舐《な》めた。口の形は完璧だ。あの口で次はどんな嘘をつくつもりだろう。「わたし……確信が持てなくて。突然だったので。よく知らない方から道端で挨拶《あいさつ》されるとは思ってもみなかったんですもの」その非難めいた口調にデヴィッドは興奮した。なかなか肝が据わっているらしい。

だが双方にとって残念なことに、嘘つきは嘘つきを見破ることができる。デヴィッドが上体を近づけると、相手はさらに身を引いて目を丸くした。「なるほど。だが、ぼくらの絆《きずな》はもっと強いはずだ」なんのことかわからないとでもいうように相手がまばたきをする。「きみがバードドックに売りつけようとしていたのはぼくの指輪なんだから」デヴィッドは切り札を突きつけてやった。

これ以上、目を見開くことができようものなら、彼女はそうしていただろう。「まあ、そんな！」鋭く息をのむ。「違うわ！　あなたの指輪ですって？　なんのことかさっぱりわからないわ。わたしはただの哀れな未亡人よ。亡くなった夫の形見を売るしか食べていくすべがないの」

「かわいそうに」デヴィッドは相槌を打った。「それが事実だとすればね。だが、盗みは犯罪だ。窃盗犯はつるし首だぞ」彼女はまったく身動きせずにこちらを凝視していた。馬車が急に停まる。「いいぞ。到着した。本当のことを言う気になったかな？　これが最後のチャンスだ」デヴィッドは不敵な笑みを浮かべた。

「本当のことって？　わたしは――」彼女はそこで言葉を切り、窓の外へ素早く視線を移動させた。御者は言いつけどおり、バードドックの店の裏手に馬車をつけていた。店主がふたりを待ち構えている。

デヴィッドは脚を反対側の座席にのせたまま、黙ってドアを開けた。バードドックがよたよたと歩いてきて馬車のなかをのぞき込む。「そうです、この女です。これを売りつけられました」店主は真珠のネクタイピンと、小さなルビーのついた懐中時計をとり出した。デヴィッドは顔をしかめた。

「指輪は？」

バードドックが片方の肩を上げる。「今日は持ってなかったんです」

「まさか！」未亡人が懇願するように言った。「あなた、この男と通じているなんて言わないでちょうだい。この悪人ったら、通りでわたしを拉致《らち》したのよ。お願いだから助けて！」

バードドックは黒くにごった瞳で彼女をじっと見つめてから、デヴィッドに向き直った。「旦那のおっしゃったとおり、二品とも買いとりましたよ」

デヴィッドは盗品を受けとって、ネクタイピンを光にかざした。「よくやった。金はあとで届けさせる」

バードドックがにやりとした。「ありがたい。お役に立てて光栄です」

「しかし肝心の指輪がない」デヴィッドは切り返した。質屋の店主が口ごもる。

「持っていなかったんですよ。少なくともこの女はそう言いました」デヴィッドににらまれたバードドックが一歩後退し、言い訳するように腕を広げた。「これ以上どうしろっていうんです？　ここから先は旦那のほうがうまく処理できると思いますがね」

デヴィッドは泥棒を——色白で美しい顔をした未亡人のほうを振り返った。「ああ、そうだな」厳しい声で答える。それから馬車の天井に拳を打ちつけた。「出せ！」

彼女の視線がネクタイピンからデヴィッドへと移った。「お願いだから逃がしてちょうだい」か細い声で訴える。「お願い。お願いですから」

「いずれはそうなるだろう」彼は懐中時計を日の光にかざした。「これはブロムリーの追いはぎが盗んだやつだな？　あの玉ねぎくさい、太った男の時計だ。なんという名前だったかな」デヴィッドは時計を裏返して調べるふりをしながら、目の端で未亡人の様子を観察していた。彼女は今にもジャンプしようとしている猫のように全身を緊張させ、クッションを握り締めている。「まあいい」彼は時計をポケットに入れた。「治安官に知らせれば所在を教えてくれるだろう」

相手は無言のまま、まばたきもせずにこちらを見つめていた。

「きみは残りの連中と通じているんだろう？」天気の話でもしているかのような口調で続ける。「さもなければ、乗り合い馬車の乗客から盗んだものを持っているわけがない。だが幸いなことに、ぼくにとってはどうでもいいことだ。必要なのはあの指輪だけさ。まあ、きみをつかまえるのはなかなか大変だったから、懐中時計も返してもらおうかな。そうしたら自由にしてやろう」

「持っていないわ」

デヴィッドは優しくほほえんだ。「それなら指輪を手に入れないと。仲間に連絡するんだ」

「できないわ！」

デヴィッドは笑顔のままため息をついた。彼女を詰問するのは楽しい。「では、それができるまでわが屋敷の客人になってもらう」

女はさっと身を引いた。顔が蒼白《そうはく》になっている。「なんですって？」

デヴィッドは上体を傾けた。「ぼくのゲストになるんだ。所持品を盗まれるのは嫌いでね。もちろん頭を殴られて置き去りにされるのもいやだが。きみはそのあとでヒステリーを起こしたらしいな。ぜんぶ聞いたぞ」

「けがをしたあなたがかわいそうで」

「よく言うよ。ぼくは紳士らしくきみの具合を尋ねた。だが、きみがどこに消えたのか誰も知らないようだった」男が首を傾げてほほえむと、ヴィヴィアンの体内を血液が狂ったように駆け巡った。この人はわたしをからかっているんだ。目玉を引っかいてやりたい。

「それはご親切に。でも――」

「ぼくの心配はまったく的外れだった」彼は言葉を継いだ。「仲間とはすぐに合流できたのか？」

「わたし……あの……いいえ」ヴィヴィアンは両手で顔を覆い、混乱を静めようとした。質屋でわたしを見かけただけで、どうしてそんなことまでわかってしまったのだろう？　さっさと逃げ出して、正体がばれたことを仲間に知らせなければならないのに。この男が治安官に通報するかもしれない。こんなことになる前に場所を移ろうと言ったのに！　スコットランドまで逃げてもいいくらいだ。「なにを言っているのかわからないわ」彼女は哀れっぽく訴えた。

「これは、これは」彼が言った。「そんなことでかわいい頭を悩ませなくてもいいよ。気を楽にしてくれ。じきに答える気になるだろう」

ついにヴィヴィアンは涙に訴えることにした。絶望的な状況に陥ったときの最終手段だ。これが効かなければもうあとがない。しかし、こんなにまずい立場に立たされたのは初めてなのだから仕方がなかった。彼女は眉間にしわを寄せ、胸の痛くなるような声で泣き出した。

「すばらしい演技力だな」しばらくしてから彼が言った。ヴィヴィアンは相手をにらみつけないよう、手の甲で涙をぬぐった。

「泣くしかないでしょ。なにを言っても信じてくれないじゃない」

「そのとおりだ」男が認めた。「信じないね」馬車が速度を緩める。ヴィヴィアンは窓の外をちらりと見た。馬車を降りた瞬間に逃げ出してやる。

男がドアを押し開けて地面に降り立った。彼の体が出口をふさいでいる。「一緒に来るんだ」

ヴィヴィアンは胸の前でレティキュールを握り締めた。「いやよ」

だが、相手はそんなことでは動じなかった。彼女は混乱と恐怖を顔に出すまいとして生唾《なまつば》をのんだ。「一緒に来いと言ったんだ。いやなら力ずくで従わせるぞ」

いったいなにをされるのだろう？　ぞっとする想像が脳裏をうずまく。ヴィヴィアンはすり切れたブーツのつま先を踏ん張って、馬車から降りまいとした。「いやよ！」

彼がドア枠に両手をつき、ヴィヴィアンのほうへ身を乗り出した。「おいで」さっきとは打って変わって誘惑するような滑らかな声だ。ヴィヴィアンは左手を握り締めた。しっかりタイミングを合わせなくちゃ。

「意地を張るなら」予想よりも素早い動作で男は彼女の手首をつかみ、引きずるようにして馬車から引っ張り出そうとした。ヴィヴィアンは驚いて小さく叫び、バランスを崩しながらもめちゃくちゃに腕を振りまわした。拳がどこかにあたる。腕に走った衝撃からして、かなりの打撃を与えたに違いない。ところが、彼はちょっとうめいただけですぐに笑い出した。それから体勢を立て直してまた笑った。憎らしい男！

ヴィヴィアンは本気で抵抗したが、気づくと馬車から引きずり降ろされ、彼に向き合って立たされていた。肩と腰に腕がまわされている。相手は手の位置をずらしたかと思うと、ヴィヴィアンの足が地面から浮き上がるところまで持ち上げた。彼女は男の手に爪を食い込ませ、つま先立ちになってバランスをとろうとした。彼の手が喉にあてがわれる。大きな手に首元をなでられ、ヴィヴィアンはびくっとした。心臓が爆発しそうだ。

「きみの負けだ」彼が耳元でささやいた。「傷つけるつもりはないのだから、抵抗しないでくれ」

ヴィヴィアンは脚をぶらぶらさせてなんとか勢いをつけようとしたが、くたびれたハーフブーツでは、たとえ蹴ることができたとしてもたいした打撃は与えられないだろう。「放して」食いしばった歯のあいだから声を出す。「人殺しって叫ぶわよ」

彼はため息をついた。「隣人は気にしないさ」彼はヴィヴィアンの腰にまわした手に力を込め、いっそう高く持ち上げて玄関へ続く石段をのぼった。屋敷全体が不気味に迫ってくる。周囲を見まわすと、改めて自分がどれほど深刻な状況に陥っているのかがわかってきた。ここは金持ちの住む地区だ。きれいに掃き清められた歩道、広々とした通りや大きな屋敷が午前の日差しに輝いている。彼はヴィヴィアンの抵抗などものともせずに石段をのぼりきった。屋敷のなかから無表情な男がドアを開けた。

「助けて！」ヴィヴィアンは恐怖もあらわに訴えた。「この人がひどいことをするの」

男は彼女を見もしなかった。「お帰りなさいませ」それだけ言うと、ヴィヴィアンが暴れたせいで主人の頭から落ちた帽子を拾うために身をかがめる。

「バネット」彼はそう言ってヴィヴィアンを床におろしたが、その手はがっちりと彼女の体をとらえていた。やや息が切れているだけで平然としている。「客間を用意してくれ。この――」彼はわずかに言葉を切った。「客人のためにね」

「こんなところに留《とど》まる気はないわ」ヴィヴィアンは叫んだ。さらに恐ろしい想像が頭を満たす。ああ、ここはこの男の屋敷なのだ。監禁されてしまったら相手の思うつぼ。上流階級の紳士がいかに邪悪なふるまいをするかは、いやというほど耳にしている。監禁され、言いなりにさせせられることを恐れたヴィヴィアンは、拳をぎゅっと握り締めると、相手の脇腹辺りに肘鉄を食らわせた。彼が鋭い叫び声をあげて身を引く。彼女はその隙にドアに駆け寄ろうとしたが、緩んだと思った相手の手を振りほどくことはできなかった。

「バネット、さっきの指示は取り消しだ」彼は苦い声で言って、ヴィヴィアンを階段のほうへ引っ張っていった。「このお嬢さんはほこりだらけでも大丈夫らしい」

「かしこまりました」バネットが答えた。主人の帽子を手にしたまま微動だにしていない。この使用人に助けを求めても無駄だ。自力でなんとかしないと。一段一段階段をのぼるごとに恐ろしい事態が迫ってくる気がして、ヴィヴィアンは金切り声を出した。

二階に到着すると彼は左に曲がり、失神しかけたヴィヴィアンを引っ張り起こした。「そんな演技をしても無駄だよ」そう言ってドアを開ける。「もうだまされたい気分じゃないんでね」彼は大きくてほこりっぽい部屋に彼女を押し入れた。

うしろ手にドアを閉め、鍵《かぎ》をかける。ヴィヴィアンは激しく呼吸をしながら、警戒心をむき出しにして相手を見つめ、一歩、また一歩とあとずさった。この男は見るからに危険そうだ。黒髪が乱れて顔にかかっている。うしろで束ねているのだろう。紳士の平均からするとだいぶ髪が長い。顔色は悪く、黒い目が異様にぎらついていた。腕を組み、足を開いた姿勢で兵士のようにドアの前に立ちはだかっている。ヴィヴィアンはなによりもその目が恐ろしかった。男がひどく大きく、邪悪に見える。一メートルも離れていないところにベッドがあるのに気づいて、ヴィヴィアンはめまいに襲われた。

「ぼくは肋骨を折ったばかりなんだぞ。傷つけないとは言ったが、そっちがその気なら考え直すからな」

ヴィヴィアンは唇を舐め、あとずさりしながら必死で考えた。「肋骨を折ったなんて知らなかったんだもの」

「言う必要はないと思ったんでね」

ヴィヴィアンは反論しなかった。言う必要ならあるに決まっているじゃない。知っていればもっと早いうちに、もっと強烈な肘鉄を食らわせてやったのに！

「しかし」男が続けた。「大目に見てやろう。ぼくは盗んだものを返してほしいだけだ。そのあとは、誰を襲うのも好きにするがいい。取引成立かな？」

「持ってないの。本当に」

彼がブーツの踵《かかと》を不気味に鳴らしながら近づいてきた。「それなら手に入れないといけない」

ヴィヴィアンは唾をのんでうしろへ下がった。「ここに閉じ込められて、どうしてそんなことができるの？」

彼の口元にぞくっとするような笑みが浮かぶ。「それはきみが考えるべき問題だろう」

とり乱すまいと思っても、平静さが失われていく。「無茶言わないで！　持ってもいないものをどうやって手に入れるのよ。仮に持っていたとしても、こんなところに閉じ込められていてとりに行けるわけがないでしょう！　わたしは負けないわよ。負けませんからね。簡単に手なずけられると思ったら大間違い――」

「これまでのところ、うまくいってると思うけどね」彼が遮った。ヴィヴィアンはぴくりともせずに足を踏ん張り、いつでも動けるよう神経を張りつめていた。この男の目は夜のように黒い。しかも……この状況をおもしろがっているようだ。彼女の胃がもんどりを打った。彼にとってこれは茶番劇でしかないのだ。「ぼくの所持品を持っているのが誰なのか、どこに行けば見つかるのかを話してくれたら、喜んで誰かをとりに行かせるよ。そうしたらきみは自由だ」男は魅力的な笑みを浮かべた。「簡単だろう？」

「わたしを閉じ込めたりできないわよ！」ヴィヴィアンはわめいた。「これじゃ誘拐だわ」

いまいましい笑みを浮かべたまま相手が首を傾げるのを見て、引っぱたいてやりたいと思った。「では、しかるべきところへ通報しようか？」男は気軽な調子で言った。「そっちの事情を話すといい。連中は興味を示すに違いない。とくに、盗品をバードドックの店へ売りに行った経緯についてはね。もちろん誘拐されたことも話していいよ」

ヴィヴィアンの心臓はどきどきしていた。呼吸に合わせて胸が上下する。どんなに頭をひねってみてもひと言も反論できなかった。この男の所持品を持っていたことはもちろん、それを売ろうとしたことも言い逃れはできない。彼女は息をつめ、小さな嗚咽《おえつ》を漏らした。「でも、わたしはなにも知らないのよ」目を細めて涙を絞り出す。「わかったわ。本当は、あの品を売ったら分け前をやるって言われたの。お願いだから逃がしてちょうだい。あなたの指輪のことなんてなにも知らないわ」

「なかなかうまい言い訳だな」男は感心したように言った。「だが今、拳銃を持っていたなら、きみは間違いなくぼくの胸を撃ち抜くだろう。それで、いくらやると言われた？」

「えっ？　なぜ？」ヴィヴィアンは額に指先をあて、頭を働かせようとした。「五シリングよ」

「盗品を売るのに五シリングでは割に合わないな。価格に応じて取り分をもらわないと。とくに上物はね。昨日、バードドックから買値を聞いたあと、なぜ報酬をつり上げなかった？」突然彼が上体を寄せてきたので、ヴィヴィアンは小さな叫び声を漏らしてしまった。

「指輪はどこにあるんだ？」彼が穏やかに尋ねる。静かで不気味な口調と頬にかかる黒髪が、彼の風貌にすごみを与えていた。ヴィヴィアンは、貞操どころか生命の危険を感じた。孤立無援だ。こんなところに監禁されてしまっては、仲間に助けてもらうこともできない。「どこにある？」彼はもう一度尋ねて壁に手を打ちつけた。ヴィヴィアンはびくりとした。壁際に追いつめられていることすら気づいていなかった。迫りくる男を前に彼女は身を縮めた。

「はっきりさせておこう」彼は迫力のある声で続けた。「ぼくはあの指輪をとり戻したいし、なんとしてもそうするつもりだ。きみが協力しようとしまいとね」

「わたしを解放しない限り、指輪はとり戻せないわ」考えるより早くヴィヴィアンはそう言い返していた。

男は彼女を囲い込むようにもう一方の手を壁に突いた。「それならこのまま客人でいてもらうしかないな。もう少し協力的になるまで」

ヴィヴィアンはかっとなって、恐怖も忘れて相手の胸を押し返した。彼はびくともしなかった。「やめてちょうだい」食いしばった歯のあいだから声を絞り出す。「さもないと、うんと後悔することになるわよ」

相手の顔に挑発するような笑みが広がる。彼女は歯ぎしりをして、背中に手をまわした。「あなたはミスを犯しているのよ」ヴィヴィアンはもう一度だけ警告した。「わたしは指輪なんて持ってないし、手に入れることもできない。ここであなたと無駄話をしてるっていうのに指輪が手に入るわけないでしょう。とり戻したいならわたしを解放して。そして明後日にでもお気に入りの質屋を訪ねるのよ。探しものはあの店主が持ってるわ。誓ってもいい。それでめでたしめでたし。そうでしょ？」ヴィヴィアンはそう言ってから、彼の脇に小さなナイフを突きつけた。

男は視線を落とした。「袖に隠していたんだな。これは不注意だった」

「そのとおりよ、油断したわね」ヴィヴィアンが同意する。「さあ通して」

彼は左右に頭を傾け、ナイフを吟味した。「いいだろう」上体を起こす。ヴィヴィアンは切っ先を相手のほうに向けたまま、彼と壁のあいだから抜け出した。「きみの言うとおりにするよ」彼はかなり間を置いてから続けた。ヴィヴィアンは絨毯の端につまずきながらも急いでドアまで後退した。彼が一定の距離を保ってついてくる。動きはゆっくりだったが、その目は彼女を凝視していた。痛いほどの視線だ。ドアにたどり着いてノブをまわしたところで、ヴィヴィアンは施錠してあったことにようやく気づいた。

「鍵をちょうだい」彼は背筋を伸ばしてポケットから鍵をとり出した。

「これのことかな?」今度は相手が優位に立つ番だ。「とりにおいで」鍵を投げて反対の手で受けとめ、彼女の鼻先で揺らす。

ヴィヴィアンは息をのんだ。とことん憎らしい男だ。そもそも、なんで鍵のことを忘れていたんだろう! さっきナイフで刺しておけばよかった。こんなちっぽけなナイフでは致命傷を与えることはできないだろうが、それでも逃げるチャンスができたかもしれないのに。

相手が意地の悪そうな笑みを浮かべた。「万事休すのようだな」彼はわざとらしく鍵を見つめてからポケットにしまい込んだ。彼女はそのポケットに目をやり、ナイフを握り直した。このナイフを投げつけてやれば、鍵を手に入れて逃げられるかもしれない。だが、かすり傷を負わせただけでも、殺人未遂でつるし首にされてしまう。彼女はナイフをおろし、相手をにらみつけた。

「さっきも言ったようにいずれは解放してやるが、こちらも指輪をとり返したいんでね。ぼくはきみと同じ石頭だから、合理的ではないとわかっていても自分のやり方を曲げないんだ」彼は笑った。「それにきみと違って、ほしいものは必ず手に入れる」

ヴィヴィアンは衝動的にナイフを投げた。驚いたことに、彼はそれを手でつかんだ。上体を横にずらしながらも素手でつかんでしまったのだ。ヴィヴィアンは呪《のろ》いの言葉をつぶやいて窓へ駆け寄った。この男の慰み者になるくらいなら飛びおりたほうがましだ。しかし相手に腕をつかまれ、引き寄せられて腰をしっかりつかまれてしまった。背後から男の胸がぴったりと押しつけられる。さらにののしり声をあげて足をばたつかせているあいだに、彼がストッキングのなかに隠しておいた二本めのナイフを見つけ出し、それを引き抜いてヴィヴィアンの目の前に掲げた。「もう油断はしないぞ。これだけかな?」彼は小さな声で言った。ヴィヴィアンがうなり声で答えると、彼は笑って彼女を解放した。安楽死させられそうになった野良犬よろしく、ヴィヴィアンは憎い捕獲者から飛びのいた。彼は床に落ちているレティキュールを拾い上げると素早くなかを確認し、ベッドに投げた。「そんなにかっかするなよ。さっきは傷つけたりしないと約束したが、それはきみがぼくを殺そうとするのをやめてくれたらの話だ」ストッキングから引き抜いたナイフを、警告するようにヴィヴィアンのほうへ向ける。「きみの態度は感心できないな」彼はそこで言葉を切った。「ミセス・グレイ、本当の名前は?」ヴィヴィアンがきっとにらみ返す。「おっと、まあいいさ。条件はわかっているだろう? 話す気になったらいつでも聞いてやる。じきにそうなるだろう」彼は小さく会釈した。「ようこそ、わが屋敷へ」彼は二本のナイフと鍵を携え、部屋を出ていった。

廊下に出たデヴィッドはナイフを調べた。安っぽいつくりで刃先は薄っぺらく、持ち手も頼りない。それでもナイフはナイフだ。彼はハンカチをとり出して、傷ついた指に強く巻きつけた。彼女を責めることはできない。ぼくがサーカスの曲芸師のようにナイフをつかむとは予想できなかっただろう。あれを見て肝を冷やしていたのは間違いない。そのときの表情を思い出すと頬が緩んだ。どうやらぼくは謎《なぞ》めいたミセス・グレイのことが気に入ったようだ。それこそが愚か者の証《あかし》だが。

これから彼女をどうすればいいだろう？　てっきりあの若造か、もうひとりの大男が現れるものと思っていた。ボウ・ストリートの捕り手に引き渡すと脅せば、それで慌てふためくだろうと思ったのに。デヴィッドとしても捕り手の介入は避けたいのだが、彼女にそれを悟られるわけにはいかない。先日までの所業のせいで世間的な信頼が失墜していることはよくわかっていたし、法的機関の人間とはかかわり合いたくなかった。単純に盗まれたものをとり返して、彼女を引き渡せるのであれば話は違っただろう。だが、監禁したとあっては、事情をうまく説明できる自信もない。生意気なミセス・グレイはこんなふうに監禁などできるはずがないと言っていたが、ぼくは実際、彼女を屋敷に監禁してしまったのだ。

〝毒を食らわば皿まで〟だ。彼女をしばらく閉じ込めて弱気にさせ、指輪をとり戻すチャンスを待とう。説得には自信がある。とくに相手が女性の場合は。あの冴《さ》えないドレスを脱ぐように説得する機会があれば全力を傾注するのに。しかし、それはあくまでも最終手段だ。デヴィッドは背後のドアを振り返り、あの部屋のなかには武器や脱出手段として使えるものがあっただろうかと検討した。あるとは思えない。もともとたいしたものは置いていないのだ。この屋敷を買った当時、義理の母が内装を整えようとしてくれたがそれは何年も前のことで、以来、誰も手を入れていない。そもそも客人を迎えたこともなかった。栄えある第一号の客に逃亡されたり、放火されたりしないよう、部屋の入り口に見張りを立てるべきかもしれない。

そこまで考えたとき、従僕と執事を兼ねた男が、足を引きずりながら階段を上がってくるのが見えた。バネットでは見張りにならない。彼は最近のごたごたでこの屋敷を去らなかった数少ない召し使いのひとりだ。これからは誠実な人間に生まれ変わると誓ったので、そんな生活ともおさらばし、給金もきちんと支払うつもりだった。マーカスの帳簿を調べたところ、兄は今年だけで召し使いたちに二回も給金を払っている。そもそも兄の召し使いは、困っている主人になんの断りもなく辞めたりはしないだろうが。

「バネット、ミセス・グレイの部屋に食事の用意をしてやってくれ。ナイフはだめだぞ。それとほかに必要としているものがあればそろえてやってほしい。ただし、部屋からは出すな」デヴィッドは鍵を差し出した。

バネットは主人が女性を監禁したというのになんの警戒も示さず、素直に鍵を受けとった。デヴィッドは召し使いの顔をまじまじと見た。この男は驚くことがないのだろうか。以前はどこで雇われていたのだ？

召し使いは落ち着いた表情で主人の目を見返した。「はい。どんな食事をご用意すればよろしいでしょうか？」

〝パンとバターでいい〟と答えたいところを我慢する。彼女はそういう食事を予想しているに違いない。「ぼくの客人だ。相応に給仕してやってくれ」

「承知しました」バネットは冷静に答えた。「しかし、客人用の食事とはいかなるものでしょう？　料理人が暇を申し出まして、今朝方出ていったものですから」

デヴィッドは呪いの言葉を漏らしそうになった。どうしてこんなときに料理人が辞めるのだ？　せっかくまっとうな生活をしようと思っているのに。「なぜだ？」彼は問い正した。「なぜ、誰も報告しなかった？」

バネットは目をしばたたいた。「あの料理人は、ご主人さまがロンドンを出られたあとに辞めたいと言い出したのです」召し使いは続けた。「わたしがその訴えを聞きました。それでご報告申し上げているのです、帰られてすぐの今」

デヴィッドはまぶたを閉じた。すばらしい。なんというタイミングだ。「わかった。別の料理人を雇う。どのみち使用人をそろえ直すつもりだったからな」バネットがうなずいた。踵を返して去りかけたデヴィッドは、あることを思い出して振り返った。「しかし、当分のあいだはエクセター・ハウスの料理人に料理をバスケットにつめてもらえ。それと、ここで料理人として働きたいという腕のいい助手がいないか尋ねてみてくれ」

「承知しました」バネットが答えた。

自分の判断に満足して、デヴィッドはほかの用事にとりかかった。夕方までには彼女もぼくが本気であることを悟り、指輪のありかを白状するだろう。そうしたら、彼女は盗みとナイフ投げの世界に戻ればいいし、ぼくはぼくで、再び尊敬に値する責任感のある男を目指すのだ。

# 5

男の背後でドアが閉まる。施錠の音が無情に響いた。

燭台《しょくだい》を両手でつかみ、振り上げてドアに投げつけようとしたところで、ヴィヴィアンは思いとどまった。この燭台がいくら重いとはいえドアを破ることはできない。扉に傷をつけたからといってここから逃げ出せるわけもなく、むしろあの男を呼び戻してしまうだけだ。それだけは避けたい。

彼女は燭台をおろし、部屋のなかをうろついた。ほこりっぽいが広くて上等な部屋だ。床に敷かれた絨毯にはまったくほころびがない。窓は二つあるものの、手入れのされていない小さな庭まではゆうに六メートルはあり、途中、足場になりそうな場所も見あたらなかった。ヴィヴィアンはいらいらとガラスを指で叩いた。ベッドのシーツは使えないだろうか？　部屋を横切って上掛けを引きはがしてみる。ほこりが舞い上がり、息がつまって余計に腹が立った。シーツはかかっていなかった。

だがマットレスは弾力があり、はたいて腰をおろしてみると非常に快適だ。やはりあの男は金持ちなのだ。ヴィヴィアンは上掛けを引き裂いてロープにできないか検討してみた。いかんせん生地が厚すぎる。ナイフがあれば切って編むこともできるかもしれないが、素手では無理だ。部屋のなかにあるものはすべて造りがしっかりしすぎていて、脱出に使えそうもなかった。

頭を働かせなくては。ヴィヴィアンは胸の前で腕を組み、下唇を噛み締めて脱出手段を模索した。あの男は、指輪をとり返すまでわたしを解放するつもりはないと言った。だが、手元に指輪はない。連絡もなく粉ひき小屋にも戻らないとなれば、さすがのフリンもアジトを移動するだろう。そうなると指輪の所在はわからなくなる。そもそもあの金持ちにアジトを教えたら治安官を引き連れて乗り込んでいくに決まっているし、そんなことになったらサイモンや仲間たちがつかまってしまう。フリンに伝言を送らせてくれと頼んでみようか？　だが、狡猾《こうかつ》なフリンが助けてくれるとも思えなかった。あいつが、わたしなんかのために金目のものを手放すはずがないではないか。

それに今となっては素直に男の言うことを聞くのも癪《しゃく》だった。通りで拉致された時点なら返したかもしれない。あのときレティキュールに指輪が入っていたなら彼に投げつけて、その隙に貧民街の路地に逃げ込んだはずだ。だが監禁された腹立たしさに、そういう気持ちは消えてしまった。あの男を満足させることなくここから脱出したい。簡単にはいかないだろうが、いずれにせよ自由を手に入れない限り指輪も手に入らない。

まずは、あいつを出し抜く方法を探さなくては。だいたい、どうしてそこまであの指輪に固執するのだろう？　代わりなどいくらでも買えるだろうに。両手の指ぜんぶに指輪をはめ、それで不満なら足の指の分も買えるのではないだろうか。それにしてもバードドックの裏切り者め！　ここから逃げ出すことができたなら、あの質屋について悪い噂を流して、バードドックが二度と上物を拝めないようにしてやる！

それもこれも、脱出できたらの話だった。ヴィヴィアンは窓辺へ引き返した。窓は頑丈な造りでがたついている箇所もない。部屋のなかは暖かかった。きっと木枯らしの入る隙間もないのだろう。窓を引き上げてみると滑らかに動いたが、ほんの数センチ開いたところでとまってしまった。それ以上は押しても引いてもびくともしない。ひざまずいて下方からのぞいてみてもなにもわからなかった。窓までがわたしの脱出を阻もうとしているのね！　彼女は部屋のなかを歩きまわり、窓をこじ開けるのに使えそうな道具を探した。

フリンが気にかけるとしたら、手に入れ損なった売上のことくらいだろう。だが、弟は気が狂いそうなほどわたしのことを心配しているはずだ。ヴィヴィアンはレティキュールをとり上げられていなかったことに気づき、ベッドの上に中身を空けてみた。

バードドックからせしめたコインが転がり落ちる。ヴィヴィアンはドアのほうをうかがいながらコインをかき集めた。あの男に奪われてはたまらない。だが、片手いっぱいにあるコインをどこに隠せばいいだろう？　ナイフもとり上げられてしまったくらいだから、身につけておくのは危険に思えた。ふいに、男の指がガーターの下のストッキングから小さなナイフを抜きとったときの感触がよみがえって、体に震えが走った。コルセットのなかに隠しておかなくてよかった。コインだって同じだ。おかしなところに手を入れさせる理由を与えるわけにはいかない。

迷った末にドレスの裾に隠すことに決めた。歯を使って、コインがようやく入る分だけ縫い目を割く。それから苦労してコインを穴に通した。完璧だ。彼女は立ち上がってくるりと回転し、スカートがひるがえるさまを眺めた。以前よりも重くなったために生地が張っているが、コインが隠してあるとはわからないだろう。小さな達成感に満足して、ヴィヴィアンは腰に手をあて周囲を見まわした。次はなにをしよう?

利用できそうなものはなにもなかった。暖炉の火床は長いあいだ使われていなかったことを強調するように冷えきっていて、かびくさい。部屋の隅の衣裳《いしよう》戸棚も開けてみたが、入っていたのはほこりだけだった。建てつけの悪いモールディングでもあれば武器にできるのにと、壁に手を這わせてみる。しかしなにひとつ見つからず、ヴィヴィアンは欲求不満を抱えて一脚しかない椅子に座り込んだ。この椅子で窓をぶち破っても、安全に地上におりる方法がなければ意味がない。窓の下枠をこつこつと叩きながら、ヴィヴィアンは考え続けた。

あの男はわたしを傷つけるつもりはないと言った。紳士ぶりたいのだ。金を持っているのは間違いないので、名士なのかもしれない。そういえば、人殺しと叫んでやると脅したとき、彼は動じる様子もなく、隣人は気にしないと言っていた。ヴィヴィアンはぞっとして息をのんだ。あの男はいつもこんなことをしているのかもしれない。隣人たちもそれに慣れっこで、この屋敷に連れてこられた女性が悲鳴をあげても気に留めないのかもしれない。あいつはわたしよりずっと大きくて力も強い。抵抗しようにも限界があるだろう。だからといってあきらめたりはしないけれど。

少なくとも紳士を気どるつもりなら食事は与えてくれるだろうし、そのときにドアが開くはずだ。

しばらく経って本当にドアが開いたとき、ヴィヴィアンは飛び上がってしまった。鍵が差し込まれる金属音が予想以上に大きく響いたのだ。彼女はドアから身を離して縮こまった。しかし、足を引きずりながら入ってきたのは召し使いだった。覆いをかぶせたトレイを持っている。

「昼食です」バネットはぼそぼそと言い、小さなテーブルにトレイをのせた。

ヴィヴィアンは躊躇《ちゅうちょ》しなかった。ドアの前に立っている召し使いを押しのけて部屋を飛び出し、無我夢中で廊下を走った。背後からバネットの叫び声が追いかけてくる。階段が見えると彼女はスカートをつまみ上げ、転げ落ちるように一階を目指した。と、目の前に背の高い、恐ろしげな人影がぬっと現れた。

彼女は手足をばたばたさせて甲高く叫んだ。「お出かけかな？」男が迫ってくる。瞳がぎらぎらと輝いていた。「まださよならを言う準備はできていないんだがね」

「勝手に言ってれば！」彼女は怒鳴った。

彼はにやりと笑った。まるで海賊のようだ。「バネットにけがをさせなかったかな？　この屋敷には今、バネットしかいないんだ。彼の勤労意欲をそいだりしたら、大目には見てあげられないよ」

「あの人とは争ったりしてないわ」男の肘のあいだから玄関が見えた。ヴィヴィアンはわざと熱心に扉を見つめてから、左に動くふりをした。男がそちらへ突進するのを見てすかさず反対へ移動する。彼は罵声《ばせい》をあげ、バランスを崩して膝をついた。ヴィヴィアンですらぎょっとするような暴言を吐き、彼女のドレスをつかむ。ヴィヴィアンは足をばたつかせ、相手のあばらを狙おうとしたが、逆に足首をつかまれて床に引き倒されてしまった。彼女の手足を押さえ込もうとした男が、バランスを崩して倒れかかってきた。ヴィヴィアンは衝撃のあまり気絶しそうになった。

「とんだ跳ねっ返りだな！」男は信じられないという口調で言った。「もっと厳しく接しないといけないようだ」彼はあっけにとられているヴィヴィアンをすくい上げ、再び階段をのぼった。ベッドの上に仰向けに落とされたときは、肺の空気がすべて抜けてしまったような気がした。

「下がっていいぞ、バネット」腹黒い悪魔が、トレイを手に入り口に立ち尽くしていた召し使いに向かって命じた。「今後はぼくがミセス・グレイの面倒を見る」

バネットは頭を下げ、なにごとかつぶやいて出ていった。

「なんてことするの！」ヴィヴィアンは息を切らし、男からさっと離れた。「悪魔！　あんたは悪魔よ！」

「そうかもな」デヴィッドはバネットが出ていったあとでドアを閉め、片方の肩を扉にもたせかけてヴィヴィアンを観察した。彼女はベッドの端に腰かけ、体を抱え込むようにしている。呼吸に合わせて胸が激しく上下していた。「だが、今のきみはぼくの情けにすがるしかない」ヴィヴィアンは黙ったまま、憎々しげに彼をにらみつけた。

彼は椅子を持ち上げてベッドのそばに運び、ヴィヴィアンと向き合うように座った。そのまましばらく心を読もうとするかのように彼女を見つめる。「きみは賢い人だ」ようやく彼は口を開いた。「だから、抵抗しても最終的にぼくが勝つとわかっているだろう？　ぼくは話がわかるほうなんだがね」彼女がばかにしたように笑う。「ボウ・ストリートの捕り手に引き渡したら、間髪入れずにニューゲート監獄送りになるんだぞ」ヴィヴィアンは身を震わせた。

「まったく自分を追いつめることばかりして」彼は同情するような声色で続けた。「指輪のありかを言う気になるまでは、ぼくの存在に耐えてもらうしかない。今この瞬間から、きみはぼく以外の人と接触もできなければ、話もできない。きみと話すのはぼくだけだ。ぼくの腹のうちは見せた。今度はきみの番だぞ」彼は口を閉じてヴィヴィアンの出方をうかがった。ヴィヴィアンは黙って彼をにらんだだけだった。

「わかった」男が立ち上がった。「昼食はバネットが運んできただろう。食べたほうがいい」彼は小さなテーブルの脇で立ちどまり、食事を確認した。「毒など盛っていないから心配するな」一瞬、からかうような表情を浮かべる。「こっちも指輪を返してもらうまで、死なれては困るんでね」

昼食と言われてヴィヴィアンはどれほど空腹だったかに気づいた。トレイから食欲をそそる香りが漂ってきた。

「あとでトレイを下げに来る。いつまでも強情を張るとどうなるか考えてみることだ」終わりのほうは厳しい口調になっていた。ヴィヴィアンが投げやりに片手を振ると、彼は楽しげに笑って部屋から出ていった。施錠の音がしたあとも、ドアの外でくすくす笑いが尾を引いていた。

憎たらしい男。ヴィヴィアンは体を抱えるようにしてのろのろとベッドからおり、テーブルに近寄った。スープとロールパン、それにワインの入った小さなグラスが並んでいる。腹がぐるぐると鳴り、口内に唾が溜《た》まった。空腹すぎて、たとえ毒が入っている可能性があっても抵抗できたとは思えない。ヴィヴィアンはためらうことなくスプーンをつかみ、トレイの食べものを片っ端から平らげた。

食べるものがなくなると、ヴィヴィアンは背もたれに寄りかかって満足のため息をついた。食事――温かくておいしい食事。ヴィヴィアンはスープ皿の内側に指先を走らせ、その指を口に含んで吸い上げた。こんな食事が出るならとらわれの身も悪くない。正直、これほどおいしいものは食べたことがなかった。逃げる気がなくなったわけではないが、胃が満たされたせいでいくらか楽観的な気分になった。

パンの入っていた皿に目を落とす。陶器だ。ワイングラスもある。うまく割って武器にしたらどうだろう？　あの男にとり上げられるだけか……。

まさに行きづまりだ。お手上げだった。こんな金持ちの住む一角に閉じ込められては、サイモンや仲間と連絡をとる方法はない。そもそもあの男に仲間の連絡先を知られるわけにはいかなかった。ああいう男は、わたしたちがひとり残らずつるし首になるのを笑って見届けるに決まっている。信用しちゃだめよ。つかまっただけでも最悪なのに、弟まで危険にさらしてなるものですか。

だが、少なくとも飢え死にさせる気はないらしい。彼女はもう一度スプーンを舐めてトレイに戻した。あとは辛抱強く待つしかない。脱出の機会が訪れるまで、相手がしびれを切らすのを待つのがいちばんだ。

しばらくして男がトレイを回収しに来た。ヴィヴィアンは終始、彼の視線を感じていたが、意図的に背を向けて壁を見つめていた。

彼女のそんな姿を見て、デヴィッドは笑いそうになった。小さな鼻をつんと上に向け、腕組みをして背筋をぴんと伸ばしている。へそを曲げた上流階級の娘みたいだ。さっきはナイフを投げ、脇腹を殴り、言葉を尽くしてぼくをこきおろしたくせに。「率直に言って、きみの根性は見上げたものだな。なんの役にも立っていないが尊敬するよ。ところでボウ・ストリートの連中に相談してみたんだ」彼は注意深く相手を観察しながら続けた。動揺している気配を感じて満足感を覚える。もちろん捕り手に相談などしていないが、彼女にはわかるはずもない。

「ぼくが話をした男は、直接ここに来てきみを尋問したいと言っていた。荒っぽい大男だ。あんなやつにきみを任せるのは酷な気がして……。その気になればぼくだって説得できるからね」肩越しに彼女がきつい視線を投げてくる。デヴィッドはにっこりした。「昔から、女性を説得するのは得意なんだ」

それを聞いた彼女の表情が揺らいだ。しきりにまばたきをして頬を引きつらせている。いいぞ。もっと動揺させてやれ。「きみを説得するにはどうするのがいちばんかな」デヴィッドは思案するように顎に指を這わせた。「きみはわざわざ事態を難しくしているようだから、なにか特別な……手段が必要だろうな」

彼女が身を硬くした。呼吸に合わせて胸が上下している。こちらを向かせたら、鼻から煙を上げているに違いない。ミセス・グレイは激怒している。デヴィッドにはなぜかそれが嬉しかった。

「よく検討してみないと」デヴィッドは声を落とし、彼女に考える時間を与えた。「今夜までにね」

そう言って、彼はトレイを手に部屋をあとにした。

# 6

二日かけて脱出方法を思案したのち、ヴィヴィアンはさじを投げた。バネットが部屋を訪れそうもないのだから手の打ちようがない。せっかく同情を誘うような話を考えたというのに。無表情な召し使いは清潔なシーツを持ってきてくれたきり二度と現れず、哀れな身の上話を披露する機会は一度も巡ってこなかった。ドア以外に脱出経路も見つからない。閉じ込められた部屋は最初の見立てどおり丈夫な造りだった。しかも毎日顔を合わせるのはあの男――自分をここに閉じ込めた憎たらしい男だけ。その男にしても、朝食と夕食を運んでくるにすぎない。すべての元凶である指輪のことはもちろん、どんな話題でもあの男とは口をききたくなかった。しかし、ひとりぼっちで部屋に閉じ込められていると、どうにかなってしまいそうだ。

欲求不満と退屈から、ヴィヴィアンは部屋のなかを歩きまわった。一日じゅうなにをしろというのだろう？　座って壁を見つめるしかない環境に置いて、精神的に衰弱させようとしているのだろうか。窓のそばに椅子を寄せ、どすんと腰をおろす。そして表の景色をうらめしげに見つめた。すばらしい天気だ。自由に外へ出られたらどんなにいいか。

そうしたらサイモンのもとへ戻れる。弟のことが心配だったし、顔が見たかった。わたしが失踪《しっそう》したことで、フリンと殴り合いでもしていたらどうしよう。フリンは間違いなく激昂しているはずだ。わたしがいなければ次の仕事の段取りもつかず、盗品の売上も回収できないだろう。あいつのことだからスカートの裾に入っている売上分をサイモンに要求しているに違いない。そして哀れな弟には逆らうすべもない。

弟のもとへ戻るということは、フリンのもとへ戻るということでもあった。拉致されたのは腹立たしいが、フリンといるよりここのほうがましであるのは認めざるを得ない。いいものを食べて、ふかふかのベッドで眠れ、スカートをめくられそうになったこともない。もっと悪い事態になっていても不思議はなかった。最初の怒りが収まると、ヴィヴィアンは拉致されてよかったとさえ思うようになった。弟の助けにはなれないが、フリンの顔は見なくてすむ。将来のことを――ここから抜け出したあとのことを考える時間もある。

複雑な心境だった。本物の快適さを味わったことで、地べたに寝て、オート麦の堅焼きビスケットや水っぽいシチューを食べ、つかまることを恐れて逃げまわる生活がいっそういやになった。弟がへまをするのではないか、泥酔したフリンに襲われるのではないか、そんなことに心を悩まされなくてすむのはとても楽だ。一時的ではあっても肩の荷がおりたことで、いつもどれほど不安定な精神状態に置かれていたかを思い知らされた。

立派でなくてもいい、まっとうな仕事を見つけて落ち着きたい。いつもそう願ってきた。数えきれないほどねぐらを移ったが、そのほとんどは狭苦しくて汚らしく、記憶する価値もないような場所だった。居心地のいいこの部屋とは比べものにならない。捕り手が来たらすぐに移動できるよう、数少ない身のまわりのものはひとつにまとめておく習慣がしみついていた。部屋の隅の立派な衣裳戸棚にちらりと目をやる。衣類を収納するためだけにあんなに大きくてしっかりした棚をつくるなんて、投獄を恐れて夜逃げをしたことがない証拠だ。その点についてはうらやましかった。物心ついたころからそういう安心感に憧《あこが》れてきた。毎晩、安全で居心地のいい家に帰ることができたらどんなにいいだろう。夜の寒さに震えるのも、ひもじさに耐えるのもたくさんだ。なにより、自分の生き方は自分で決めたい。ところが現実はというと、大切にしているほんのわずかなものさえ、一瞬にして消えてしまうかもしれないのだ。

ヴィヴィアンはしばらく目を閉じた。心のなかに夢の家が浮かぶ。薔薇《ばら》の絡まる小さな石造りの家で、煙突からはもくもくと煙が出ている。開け放たれた窓の敷居に黄色い猫が体を丸め、もの憂げにしっぽを振っていた。一度しか見たことのないその家を、ヴィヴィアンは今でもくっきりと思い浮かべることができた。本物はエセックスに立っている。サイモンと徒歩でコルチェスターの町へ向かう途中に見かけたのだ。木の下で夜を明かしたため衣類は湿っていたし、火もおこせなかったので寒かった。ひもじいことといったら、サイモンが胃の痛みに目を覚まして泣き出したほどだ。あのときは、その小さな家が手に入ればほかになにもいらないと思った。弟のために、四方を頑丈な壁に囲まれ、しっかりした屋根があり、火の上には鍋《なべ》がかかっている。弟のために、そしてなにより自分のためにその家がほしかった。

ヴィヴィアンはため息をついて頭を窓枠にもたせかけた。窓の外、遥か下の地面の上を、小さな鳥が虫を探して庭土をつついている。小鳥は手入れもされていない小さな庭をまんべんなく掘り返そうとせかせか動きまわっていた。脚で土を引っかく動作を何度か繰り返してから、進捗《しんちょく》状況を確かめるように小さな茶色い頭をひょいと下げる。だが、花もない庭には虫もいなかったようだ。小鳥はふいに翼をはためかせ、飛び去ってしまった。もっと青々として、餌《えさ》の豊富な牧草地を目指して。

ヴィヴィアンは唇をゆがめた。自分もどこか遠くへ、もっと生きやすい場所へ飛んでいくことができたらいいのに。実際は、不毛の地に縛りつけられ、来る日も来る日もあるはずのない神の恵みを待っている。彼女は再び大きなため息をついた。日に二度も食事ができることに感謝しなければ。だが、閉じ込められるのはいやだ。これほど長い時間、表へ出ずに過ごすのは初めてだ。

小さな物音がした。ヴィヴィアンは警戒して上体を起こした。誰かが遠慮がちにドアをノックしている。「誰?」彼女は神経質に立ち上がった。

「バネットでございます」召し使いがドアの向こうからもごもごと答えた。

「なに?」彼女は探るように尋ねた。二日も姿を見せなかったというのに、今ごろなんの用だろう。

「読みものでもどうかと思いまして」バネットが答えた。「ご主人さまから、お部屋を出さないよう言いつかりましたので」

ものは言いようだ。「ここから出してくれる?」ヴィヴィアンはすがるように言った。

「いいえ。それはできません。ご主人さまの言いつけですから」

「でも、あの男はわたしをここへ閉じ込めているのよ!」ヴィヴィアンは叫んだ。「外に出たいわ。こんなの監禁じゃない!」

「しかし、ご主人さまは相応のもてなしをしておられるはずです」腹立たしいほど落ち着き払ってバネットが答えた。「かばうつもりはありませんが、あの方は紳士ですし、あなたさまは客人です」

「望んだわけじゃないわ」

「ご主人さまはお忙しくて、ずっとこの屋敷にいるわけではありませんので、図書室から気に入っていただけそうな本を持ってまいりました」すれるような音がして、薄い本がドアの下から差し入れられた。「適当なものを探すのに時間がかかりまして……」バネットが申し訳なさそうにつけ加える。「当家の図書室はあまり使われておらず、整理も行き届いてはいないので。以前、プリマスで旅芸人の一座がこの劇を演じるのを見たことがあります。気に入っていただけるといいのですが」

ヴィヴィアンは本をとり上げ、題名を見て眉をひそめた。『悪口学校』と書いてある。学校にも本にもあまり興味はなかった。それでも相手の気遣いが嬉しい。なによりこの本のおかげでバネットと話す機会ができた。もしかすると、うまく懐柔できるかもしれない。ヴィヴィアンはドアに近寄った。

「ありがとう。とてもおもしろそうだわ。でもね、今はなによりも新鮮な空気が吸いたいの。それなのに窓が開かないのよ。庭に出してくださらない？」

「そんなことはできません」

「でも、こんなにいい陽気なんですもの」ヴィヴィアンは最高に甘い声で懇願した。「ほんのちょっとでいいから」

「できません」バネットが繰り返す。「ご主人さまは、庭や応接間はもちろんのこと、この部屋からお出ししないようにとおっしゃいました」

「そんな……」ヴィヴィアンは本を脇に挟んで扉に両手をついた。ドアの隙間に向かって訴える。「あの人がひどいことをしろと命令したからといって、あなたはそれに従うの？」

「いいえ。そもそもご主人さまにひどい命令をされたことはありません」

「わたしをまるで……ペットみたいに閉じ込めろと命じたじゃないの！」彼女は声をつまらせ、小さな嗚咽を漏らした。

「なにか理由があるのです。それに先ほども申し上げたとおり、きちんとお世話をしておられます」

「わたしを苦しめたいのよ！　わたしがいやがってるのを承知で閉じ込めているんだもの！」

「申し訳ありません」バネットは苦しそうに言った。「あなたをお出ししたら、わたしは首になってしまいます」

「別の働き口を見つけるのを手伝うわ」ヴィヴィアンはすぐに請け合った。

「ここが気に入っているのです。お心遣いに感謝します。ご本を楽しんでいただけますように」

「待って！」ヴィヴィアンは叫んだ。「お願いだから行かないで！」ドアに耳を押しあてる。足を引きずる音がゆっくり遠ざかっていった。彼女はいらだちに任せてドアを叩いた。

「なんて善良な男どもなの！　女を監禁するなんて。ふたりともろくでなしよ！」

ヴィヴィアンの人生はいつもこうだった。判断するのは他人で、彼女はそれに従うしかない。彼女は自分に指図してきたすべての人を呪った。無一文の母を残して出征した父から、気まぐれに彼女を閉じ込めているこの屋敷の主に至るまで。不快な選択肢しかないとしても、自分のことを自分で決められない状況には我慢ならない。

床の上の本に目を落とす。学校についての本なんて。彼女はくるりと目をまわしつつも本を拾い上げた。何年も前、母から文字の読み方は習ったが、物語など読むのは初めてだ。表紙をめくってみる。純粋に読みたいからというよりも、ほかにすることがないという理由でヴィヴィアンはその本を読み始めた。

# 7

新しい使用人をそろえようというデヴィッドの試みはすぐに暗礁に乗り上げた。アダムズに指示をして職業紹介所に連絡をとり、執事と料理人、それにメイドと従僕をふたりずつ派遣してもらうよう要請したところ、返事は迅速に届いた。

「職業紹介所からです」アダムズが手紙を読みながら報告する。エクセター・ハウスに届いた郵便物を仕分けする秘書の横で、デヴィッドは兄と同じ業務量をこなすのに四苦八苦していた。

「そうか」エインズリー・パークを任せている管理人からの報告書を読みながら生返事を返す。急いで回答しなければならない用件がいくつかあった。「すぐに仕事にかかれと伝えてくれ」

アダムズは咳払いした。「あの、それが、少々問題があるようでして」

デヴィッドはじれったそうに眉をひそめた。「なんだ？」

アダムズはおずおずと手紙を掲げた。「これは、ミセス・ホワイトからです。彼女は……あの、いえ、別の職業紹介所をあたってみます。ほかにも召し使いを派遣できる……」アダムズは沈黙し、手紙をもてあそんだ。

「なんなんだ?」デヴィッドは問いつめた。「ミセス・ホワイトはなんと書いてきた?」

秘書は唇を湿らせて答えた。「その、デヴィッドさまのお屋敷へは人を派遣できないと
……」

「なぜ?」

「あの、ミセスのところの人たちは、問題があったことを耳にしているそうです。その……

給金について」

デヴィッドは眉間のしわを深めた。「冗談を言っているのか?」

アダムズは首を振って困り果てた表情をした。「めっそうもありません」手紙を差し出す。

「お読みになりますか?」

デヴィッドは片手を振って断った。「いい。別の業者に連絡しろ。バネットひとりであの
屋敷を切り盛りするのは無理だ」

「おっしゃるとおりです。承知いたしました」アダムズは書類の下に手紙を押し込んだ。

「すぐに手配いたします」

新たな問い合わせの返事もすぐに戻ってきたが、内容は酷似していた。ロンドンの職業紹
介所はどこも相手にしてくれそうにない。全員がデヴィッドの屋敷で働いた経験があるが、
誰ひとりとして戻りたがっている者はいない、とまで書いてきた業者もあった。初めのうち
は笑い飛ばしていたデヴィッドも、しだいに悪態をつくようになり、アダムズが伏し目がち

に最後の返事を差し出したときは恥じ入ったように黙り込んでしまった。こんなに情けない思いをしたのは初めてだ。職業紹介所に見限られるとは！　リース家の人間が！

デヴィッドは前かがみになり、机の上で手を組んだ。「ミスター・アダムズ。なんとしても使用人をそろえるんだ。今すぐ」最初から威圧的に命令すればよかった。そうすれば、ロンドンじゅうのメイドから雇い主として失格と見なされていることを知って、いやな気分になることもなかった。

アダムズは息をのんで頭を下げた。「はい、直ちに！」

デヴィッドは鋭くうなずいた。「よろしい。それでは仕事に戻る」アダムズが再度うなずいてペンを構える。ふたりはエクセター公爵の代理業務を再開した。

しばらくしてアダムズが廊下の先にある小さな書斎に行ってしまうと、デヴィッドは空のコーヒーカップを壁に投げつけた。上等な磁器のカップが暖炉にあたり、音をたてて砕ける。デヴィッドは憤りのあまり、破片を見ようともしなかった。こんな仕打ちを受けるとは、耐えがたい屈辱だ。

握り締めていた手を開いて立ち上がり、自制心を総動員して部屋を横切る。デヴィッドは慎重な手つきでサイドボードからグラスをとり出した。デカンターの栓を抜き、ウィスキーをダブルで注ぐ。それからゆっくりとグラスを掲げ、一気に飲み干してから窓の外を眺めた。派遣業者に寄ってたかって恥をかかされたのだ。再び同量のウィスキーを注ぎ、最初と同じ勢いで飲み干す。ぼくに金を払う能力がないというのか？　今度は量を気にせずグラスを満たし、一気に飲んで、手の甲で口をぬぐった。デカンターとグラスを持ったまま書きもの机に戻る。彼はグラスを乱暴に机に置いて酒を注ぎ、どさりと椅子に腰をおろした。

マーカスだったらこうはならなかっただろう。渋い表情でグラスに口をつける。金に目のない連中が兄の要求を拒むという状況そのものがあり得ないが、仮にそういうことがあったとしても、有無を言わさず従わせる方法を心得ているはずだ。なにに関してもマーカスにノーと言う者はいない。

デヴィッドの視線が机に落ちた。ウィスキーのデカンターの下にブレッシング・ヒルの帳簿がある。エセックス州にある、サラブレッドを飼育している農場だ。帳簿を調べれば、農場で働いている者たちがどのくらいの頻度で、どのくらいの金額を支給されているかが細かく記されているだろうことは確かめるまでもなかった。別の帳簿には、エクセター・ハウスの使用人ひとりひとりについて同じ記載があるはずだ。そのなかにはぼくの不誠実な召し使いへの支払い分も混じっているに違いない。

デヴィッドはため息をついた。マーカスにこんな事態は起こらない。兄は常に事態を把握しているからだ。使用人に対しても気前よく、しかも延滞することなく給金を支払っている。家計にまわすはずの金を闘鶏や競馬ですってしまうこともなければ、人妻と関係を持って激怒した夫から逃げまわる必要もない。単純に、兄は大きな失敗をしないのだ。デヴィッドはグラスの縁ぎりぎりまで注いだウィスキーを飲んだ。

しばらくして誰かがドアをノックした。長い間があって、再びノックが繰り返される。

「なんだ？」デヴィッドは怒鳴った。

エクセター家の執事、ハーパーがドアを開けた。「デヴィッドさまにお会いしたいという紳士の方々がお見えです」

「誰だ？」

「ミスター・アンソニー・ハミルトン、ミスター・エドワード・パーシー、それからロバート・ウォーレンハム卿《きょう》です」

デヴィッドは椅子に身を沈ませた。「留守だと伝えてくれ」

「おいおい、冗談だろう？」執事とは別の声が答える。「ぼくらに居留守を使うのか？」悪友たちは礼儀正しく応接間で取り次ぎを待っていたりはしなかった。執事について書斎まで来ていたのだ。彼らはハーパーの冷ややかな視線をものともせず、書斎に押し入ってきた。ハーパーは訓練の行き届いた使用人らしくこちらの指示を待っている。デヴィッドは下がっていいというようにうなずいた。すでに来てしまった客を追い返せとも言えない。

「ぼくに言わせればだな」パーシーは椅子に腰をおろし、委縮したように周囲を見まわした。「ここはおまえに似合わないぜ。足を踏み入れただけで悪寒がするよ」

デヴィッドは片方の肩を上げた。「兄が不在のあいだ、ぼくが領地の管理をしているんだ」

その発言に友人たちが一斉に笑った。ハミルトンが椅子の背にゆったりともたれかかり、にやりとする。「これまたおまえに似合わない。どうしてそんなことに？」

「兄に頼まれたからさ」デヴィッドが小さな声で答えると、ハミルトンは片方の眉を上げた。

パーシーがさも恐ろしげに身震いする。「おまえたちはぼくの能力を疑っているのか？　それとも兄の判断力を？」

「おまえの能力についてどうこう言うつもりはない。正気かどうかを疑っているんだ」パーシーが強い調子で言った。「どんなネタで脅された？」

「別に」デヴィッドはわずかに顔をしかめ、胸元にグラスを引き寄せた。

「わかったぞ！　借金のかたに脅迫されたな？」ハミルトンが指摘する。「ぼくらのように財産を相続していない者にはありがちなことだ」彼はウォーレンハムに説明した。「血縁者ってやつは、金を貸す代わりに奇妙な要求をしてくるものなのさ」

「負債についてぼくに講釈を垂れないでくれ」ウォーレンハムはハミルトンをにらんだ。「説明してもらわなくてもよくわかってるし、負債なら間に合ってる。肩代わりしてくれる資産家の兄貴がいないだけでね」

「ぼくはその兄に借りがあるんだ」デヴィッドが言った。「借りた相手に肩代わりなどしてもらえるものか」

「辛気くさい話はもうやめようぜ。リース、二週間も姿を見せないなんて。ハミルトンは、おまえが田舎で投獄されたんじゃないかと心配してたんだぞ。ロンドンに戻っているとわかって嬉しいよ。見つけ出すのにはうんと時間がかかったがな。さあ、〈ホワイツ〉で食事をしよう」

「名案だな」ウォーレンハムはすっくと立ち上がった。

デヴィッドは承知しかけた。友人と街へ繰り出して、気がねなく酒を飲み、賭けごとを楽しめば気分転換になる。もしかすると女遊びもできるかもしれない。そうすれば間違いなく気が晴れるはずだ。マダム・ルイーズの店や賭博《とばく》場の連中ならぼくの金を拒絶したりはしない。ロンドンにいるときはたいていそういう生活をしているし、帳簿や作物の収穫高の報告書から離れてちょっと息抜きするぐらいは許されるように思えた。

そのとき、客間に閉じ込めたミセス・グレイのことが頭をよぎった。バネットは言いつけどおり彼女にかまわないでいるはずだから、ぼくが帰らなければ、彼女は夕食どころか朝食も食いっぱぐれるはめになる。友人との夜遊びが日の出前にお開きになることはめったにない。だいいち夜遊びのあとの自分の行動には自信がなかった。彼女の世話もさることながら、明日の朝またこの書斎に戻っていなければならないというのに。デヴィッドはため息をついて肩を落とした。「ぼくはだめだ。今夜は都合が悪い」

三人の友人が一様に動きをとめ、怪訝《けげん》そうにデヴィッドを見つめた。「おまえ、病気なのか？」パーシーが不可解そうに頭を傾ける。デヴィッドは首を振った。

「用があるんだ。また今度な」

友人たちが目を見合わせる。「わかった」ウォーレンハムが答えた。「ええと、また別の機会に」

デヴィッドがうなずくと、彼らは部屋を出ていった。意外なことにさほど残念には思わなかった。友人たちがドアを閉め、しんとした書斎にとり残されたときは、むしろほっとしたほどだ。誘いに乗りそうになったのは、それが習慣になっているからにすぎない。ぼくはどんちゃん騒ぎを敬遠するほど疲れ果てているのだろうか？

机に視線を移動させ、グラスを置く。もうウィスキーはじゅうぶんだ。仕事も終わりにしよう。ぐっすりと眠りたかった。明日までには使用人の問題も解決し、頭をすっきりさせて、新たな問題に立ち向かうことができるだろう。

デヴィッドは立ち上がり、両足に体重をかけて顔をしかめた。椅子に座っていただけだというのに脚がだるい。彼は痛みをこらえながら机を迂回《うかい》し、書斎から出た。玄関ホールに着くとハーパーがすっと現れた。

「続きは明日やろうとアダムズに伝えてくれ」デヴィッドが告げる。執事は頭を下げた。

「それから、明日も食料のバスケットを屋敷へ届けてくれるか？　あと一週間ほどは頼むことになるだろう」ミセス・グレイのことがなければ、デヴィッド自身がエクセター・ハウスに移ってくるところだ。

「かしこまりました」ハーパーは軽く咳払いした。「出すぎた真似《まね》かもしれませんが、使用人の件でお力になれるかもしれません」

玄関のほうへ向きかけていたデヴィッドが動きをとめた。「ほう？」

「ミスター・アダムズにうかがったのですが、使用人をそろえ直されるとか」ハーパーは続けた。「もうじき次の働き口が必要となる男が知り合いにおりまして」

「そうか、それはいい」デヴィッドは即座に言った。えり好みしている場合ではない。「アダムズにその知り合いのことを伝えておいてくれ。彼が連絡をとる」

ハーパーは頭を下げた。「承知しました。お屋敷までお送りいたしましょうか？」

デヴィッドは凝りかたまった腿に拳を押しあてた。すねの辺りがずきずきする。「いや、歩くよ」気軽な笑みを繕う。「新鮮な空気を吸いたいからね」

「さようでございますか」ハーパーは前に進み出ると、デヴィッドの手袋と帽子を差し出した。「それではおやすみなさいませ」

デヴィッドはうなずいた。「また明日な、ハーパー」

昼間も曇っていたが、夕刻になって表はさらに暗くなっていた。雨になりそうだ。デヴィッドは意識的に地面を蹴り、大股で歩いた。屋敷までさほど遠くないにもかかわらず、到着するころには棒で叩かれたように脚が痛み始めていた。足を引きずりながら石段を上がる。

ちょうど帽子を脱いだとき、バネットが現れた。「言いつけどおり、ミセス・グレイの食事を準備いたしました」食事のトレイはデヴィッドの指示どおり玄関ホールのテーブルに置かれている。召し使いが忠実であることを嬉しく思う反面、気をきかせて彼女の部屋に運んでおいてくれたら手間が省けたのに、といまいましくも思った。あきらめて階段に目をやる。

痛みに耐えてトレイを持って上がることを考えると気が滅入《めい》った。

「よろしい」最後の使用人を失うわけにはいかない。デヴィッドは召し使いに帽子を渡して手袋を脱いだ。バネットがそれらを持って奥へ引き上げると、デヴィッドはひとり玄関ホールに残され、思わずため息をついた。片手で重さを量るようにトレイを持ち上げながら、見《み》栄などを張らずにバネットに運んでもらえばよかったと思った。歯を食いしばって階段をのぼり、客間へ向かう。

ドア枠の上から鍵をとり、二度ノックをしてから施錠を解除した。扉の向こうからかすかに足音が聞こえていたように思ったが、ドアを開けてみると、彼女は椅子に座って窓の外を眺めていた。デヴィッドはドアを閉め、ゆっくりと部屋を横切って小さなテーブルにトレイを置いた。「夕食だ」

彼女はこちらを見ようとはしなかった。ふくらはぎが引きつれ、デヴィッドは痛みに歯を食いしばった。バネットに熱い風呂を用意するよう言いつけておけばよかった。楽になる方法はそれくらいしか思いつかない。筋肉がぷるぷると痙攣《けいれん》し、我慢の限界だった。女性の前で倒れることだけはすまいと、デヴィッドは足を引きずりながら素早くベッドに近寄って腰をおろした。思わず漏れた安堵《あんど》のうめきを聞かれなかったことを願って。

なんにせよ、腰をおろすことができてほっとした。

ミセス・グレイが神経質な視線を送ってくる。そういえばこの部屋に長居をするのは初めてだ。それで彼女はぴりぴりしているのか。デヴィッドは最初からベッドに座るつもりだったようなふりをして枕に背中を預け、脚をマットレスの上にのせた。彼女は目を大きく見開いたあと、窓のほうへ視線をそらした。

デヴィッドは突然、気分がよくなった。体重から解放された脚の筋肉がほぐれていく。彼は胸の前で腕を組み、リラックスして相手を観察した。彼女がここへ来て四日めになるが、最初の日以来ひと言も言葉を発していない。停滞した状況にうんざりしていたデヴィッドは、少し揺さぶりをかけてやろうと思った。「かまってあげられなくてすまないね。ホストとして失格だということは自覚してるよ」彼はトレイを指し示した。「食事は満足してもらっているだろうね?」彼女は答えなかった。「この部屋の居心地はどうだい?」ベッドは最高だ。デヴィッドはこのまま起き上がりたくなかった。今は石板の上に横たわっていたとしても、同じ気持ちになっただろうが。

「ぼくらは互いのことを知り合う時間がほとんどなかったね」返事がないのもかまわずしゃべり続ける。「許してほしい。ここのところ忙しかったんだ。決してきみを軽視していたわけじゃないよ」ヴィヴィアンがものほしそうにトレイのほうを見たので、デヴィッドはしめしめと思った。「これからはきちんともてなすよ。約束する」彼はそこでいったん、言葉を切った。「なにかぼくに言いたいことはあるかい?」彼女は憎々しげにこちらをにらんだだけだった。デヴィッドは満足そうな顔をした。彼女も多少なら感情を制御することができるらしい。だが、本来は気性の激しい女性のはずだ。ちょっと刺激してやれば、すぐに我慢できなくなって口を開くだろう。「言いたいことがないならぼくが話そう」そう言ったものの、女性相手になにを話せばいいのだろう。とりわけ追いはぎが相手となると見当もつかない。

その一方で、彼女にはなにを話しても問題ないように思えた。誰とも接触させるつもりはないのだから、話が外へ漏れることはない。それにこの女性はよほどのことでない限り動揺したりはしないだろう。デヴィッドはベッドに体を預け、さらにリラックスした姿勢をとった。彼女を見つめたまま話し始める。

一方のヴィヴィアンは怒りに燃えていた。肉料理の芳香が漂うなか、人のベッドに座ってしゃべり続けるなんて！ この男は空腹ではないのだろうか。肉を舌にのせるところを想像しただけで口内に唾があふれる。その肉は柔らかくて、噛むと肉汁がしみ出てくるに違いない。表面にハーブが塗り込んであって、塩もきいているはずだ。誰が調理を担当しているにせよ常に飢えていたヴィヴィアンにとって、それは天からの使いに等しかった。昨日の夕食はハムと甘いタルト、その前の日はとびきりおいしいカスタードが出た。硬いキャンディーくらいは口にしたことはあったが、あんなに甘くて美味なものは初めてだった。今夜はどんな味わいが待っているのか想像もつかない。トレイに駆け寄って覆いをとり、ひとかけ残さずむさぼりたいという思いに手が震えた。

それなのにあの男は、さっきからわたしのベッドに座ってくだらないことばかり話している。気軽な口調ではあったが、こちらを怒らせようとしていることはわかった。それに引っかかるほど愚かではない。この男が話し疲れるまでここに座って無視し続けてやる。

でも本当に……我慢できるだろうか？ 料理の香りに心が揺れる。舌舐めずりしないよう、しっかりと唇を引き結んでいないといけなかった。自分を監禁した男のことは心底嫌いだが、彼が与えてくれる食事が上質であることは認めざるを得ない。いいだろう。彼がいなくなるまでの辛抱だ。悪口なら食事を平らげたあとで好きなだけ言える。

彼は話し続けた。馬のことやゴシップなどのくだらない内容ばかりで、ヴィヴィアンはほとんど聞いていなかった。夕食が冷めてしまうじゃない！　鼻をつんと上げて、無視していることをあからさまにしてみても効果はなかった。目を閉じて眠ったふりをしてもだめ。怒りを込めてにらみつけても逆にぞくぞくする笑みを返されて、自分から目をそらしてしまった。

「こんなに礼儀正しく話しかけているというのに、うんともすんとも言わない女性は初めてだよ」ついに彼が言った。「ぼくのプライドはずたずただ」

ヴィヴィアンは顔をしかめるだけでなにも言わなかった。ようやくこの人も舌が疲れたのだろう。まったく、漁師の妻よりよくしゃべる男ね。彼が上体を起こして脚をぶらぶらさせたので、ヴィヴィアンの心と胃袋が期待に跳ねた。「食事が無駄になってしまうな」覆いをかけたままのトレイを見ながら彼が言う。「もったいない。兄の料理人はすごく腕がいいんだよ。正直なところぼくも腹が減っているんだ。たまらないにおいだね」彼は覆いをとってメニューを確認した。ああ、神さま、あれは牛肉かしら？　そのとき彼がロールパンをひとつかじったので、ヴィヴィアンはかっとなった。

彼女は勢いよく立ち上がった。「わたしを飢え死にさせるつもり？　このいまいましい嘘つき男！　わたしの言い分も聞かずに監禁したと思ったら、今度はわたしの食事を横取りするわけ？」

「なんだ」彼は嬉しそうに答えた。「口がきけるんじゃないか」

「出ていってよ！」ヴィヴィアンはうなった。「さもなきゃこの窓から身を投げるわ。あんたのおしゃべりを聞かされるくらいなら、地面に激突したほうがましよ！」

彼は笑って立ち上がり、再びトレイに覆いをかけた。「身投げなんてする必要はないよ。ぼくだって、きみの美貌に傷がつくところは見たくないからね」彼はおかしそうに目をきらめかせ、ちょっとだけ頭を下げた。「きみの声を聞けてすっかり満足したよ。それでは退散するとしようかな」ぶらぶらとドアまで歩いて部屋を出た。施錠の音に続いて口笛が聞こえてきた。

ヴィヴィアンは気にしなかった。椅子を引きずって部屋を横切り、トレイの上に身を乗り出して深く息を吸い込む。なんだろう……牛肉と野菜のシチューだろうか。言葉にできないほどいいにおいだ。ヴィヴィアンは皿に残っていたロールパンに歯を立てた。今まで食べていた硬い小麦パンと違って雲のように柔らかい。シチューをひと口頬張ると、おいしさのあまりうめいてしまった。濃厚で、味がしっかりしていてとてもおいしい。少し冷めてはいるが、ようやく食べることができたのだからそのくらいは大目に見よう。

最後のひと口までシチューを食べ尽くしてから、男のことを思い浮かべる。あの男はわたしの忍耐力を試したのだ。これまで食事を運んできたときは質問などされなかったので、無視するのは容易だった。しかし、毎回こんなふうではしゃべらないでいるのが難しくなる。夕食を盾にされてはたまらない。

あの男の弱点がわかればいいのに。召し使いの態度から、身分が高いことは間違いなかった。肋骨を折ったことがあるというのもわかっている。しかし、どういう経緯でそうなったのかは謎のままだ。今夜は脚も痛めていたようだった。そっちの方面なら喜んで協力してやるのに。どうせならあの頭蓋骨を砕いてやりたい。

あれほどいやな男なのにハンサムであることがひどく不公平に思えた。彼の笑顔ときたら！　以前の会話が思い出される。あいつは〝女性を説得するのは得意なんだ〟と言っていた。あちこちの女性に、スカートをまくれと説得してまわるのだろう。ヴィヴィアンは軽蔑《けいべつ》するように鼻を鳴らした。あんな男に言い寄られても指一本動かすものですか。あの笑顔にだまされてスカートの下に招き入れたらどういうことになるかはわかっている。これまでも、美貌を武器にすればいい稼ぎになるのにと言ってきた人はいた。泥棒に身を落としたとはいえ、ヴィヴィアンにも譲れない一線がある。殺しと売春はやらないと決めているのだ。貧民《ひんみん》窟《くつ》の住人たちから気どっていると思われたってかまわない。これまではそれで乗りきってきた。もしそれが通用しなくなったら、そのときになってから悩めばいい。

あのならず者におとしめられそうになったら、人を殺さないという決意をひるがえすまでのことだ。ヴィヴィアン・ビーチャムともあろう者が、他人に操られたりするものですか。貞操を守るためならどんな手を使っても抵抗してみせる。ヴィヴィアンは自分を閉じ込めた男の弱点を考えてみた。脚を痛めているし、あばらを折ってもいる。それから、プライドを傷つけられるのも我慢ならないようだ。あの男には強みもあった。力が強く、体も大きい。驚くべき反射神経と思いきりのよさ、そしてとびきりの笑顔の持ち主でもある。あの容貌のすばらしいこと！　立派な肩幅も忘れてはならない。ヴィヴィアンは立ち上がって自分をののしった。ハンサムな顔や魅惑的な笑みなどうわっ面だけのものだということを、このわたしは誰よりも知っているはずなのに。これまでだって、必要とあらば自分の美貌を盾にして生き抜いてきた。わたしを誘惑しようとしても無駄だ。必ずあの男の魂胆を見抜いてみせる。絶対に惑わされるものか。

# 8

三〇分以上も湯につかったというのに、脚の痛みはひと晩じゅう治まらなかった。ふくらはぎの鈍い痛みに加えて窓の外は荒れ狂う嵐《あらし》。デヴィッドは夜遅くまで眠れずにいた。

朝になっても痛みが引かない。彼はすっかり年老いたような気分で、のろのろと屋敷のなかを移動した。午前中に、かかりつけの医師であるドクター・クラドックが肋骨の経過を確かめに来ることになっている。ミセス・グレイに肘鉄を食らわされたとはいえ、肋骨はすでに完治しているように思えたが、医師が来てくれるのは都合がいい。

脚の痛みが尾を引いているのが気にかかった。以前、二度ほど腕を骨折したときは数週間で元どおりになったからだ。骨折した腕で気性の荒い二頭立ての馬車を御し、パーシーから一〇〇ポンドをせしめたことだってある。ずいぶん昔のことだが、脚の骨を折ったこともあった。あのときは二週間もベッドから出してもらえず、厩舎の屋根の上を歩いた罰としてラテン語の文章を英訳するという課題を与えられたものだ。しかし、月の終わりごろまでには、骨折など嘘のように走ったり泳いだりしていたはず。それが今回は、馬車の事故から三カ月が経過したというのに、いまだ足を引きずっている始末だ。健康であることをあたり前のように謳歌《おうか》していたデヴィッドにとって、これは不吉な事態だった。

朝食を終えて間もなく、医師が往診にやってきた。医師は肋骨を丹念に調べ、もう大丈夫だと請け合ってくれた。「しかし、ここに薄いあざがありますな」脇腹の下側を指さす。「本当に安静にしておられたのですか？ 同じところを痛めるとあとあとやっかいですぞ」

ミセス・グレイのせいだ。デヴィッドはシャツに首を通した。「ちょっとぶつけただけだ。心配することはない。ほとんど痛みもしないんだから」

「そうですか。まあいいでしょう」医師は背もたれに体重を預けてにっこりした。「骨折はもう大丈夫のようです。わたしの役目も終わりですな」デヴィッドは言葉を発しようと息を吸い込んだところで動きをとめた。目ざとい医師はそれに気づいたらしい。「ほかにもなにか？」

デヴィッドはためらってからうなずいた。「脚だ」医師が眉を上げる。

「脚の骨折は間違いなく完治していますよ。このあいだ診察しましたからね」医師はからかうように指を左右に振った。「このところなにかと人遣いが荒いですなあ」

デヴィッドはにっこりした。「それはいつものことだろう。父がドクターを主治医にしたのは自分の体のためだけじゃなかった」デヴィッドが幼いころ、ドクター・クラドックはエインズリー・パークに住み込んでいるも同然だった。デヴィッドが木や馬や窓から落ちてけがをするたびに呼び出されたからだ。すり傷やあざはしょっちゅうだったし、一度など、カードでいんちきを働いてマーカスに殴られ、目のまわりを腫らしたこともあった。湖で裸になって泳いだとか、雨のなか家庭教師に見つからないよう隠れていたとかで、発熱や寒気を訴えたことも数えきれない。クリスマスの時期に、教会の尖塔《せんとう》に父親の寝巻の帽子をつるすという奇行に及んでけがをしたこともあった。

優秀な医師はそれらの出来事をよく覚えているのだろう。「男の子というのはそんなものですよ。それで脚はどんな具合なんです？」

デヴィッドの顔から笑みが消えた。「まだ痛むんだ」

ドクター・クラドックは顔をしかめた。「とにかく診察してみましょう」デヴィッドは長椅子に腰をおろし、脚を伸ばして医師に見せた。医師が脚を押したりつついたりしているあいだ、ぼんやり天井を見上げてじっと耐える。

「痛みの原因になるようなものは見あたりませんね」ついにドクターが言った。「もう若くはないのです。傷が癒《い》えるまでに時間がかかるのですよ」

「しかし、すでに三カ月だぞ」

ドクター・クラドッグは口を閉じた。「普通に歩くことはできますか？　先ほどは足を引きずっているようには見えませんでしたが」

「歩くことは歩ける」デヴィッドは答えた。「いつも痛むというわけではないんだ」

「夜遅くや、疲れているときに痛むのでは？」デヴィッドは医師の質問にうなずいた。「それならば、筋肉が弱っているのでしょう。元どおりになるまでに今しばらくかかります。わたしにできることはありません」デヴィッドはいらいらと部屋着の裾を元に戻した。「デヴィッドさま、こういうけがは一夜にして治るものではないんですよ」ドクターが釘《くぎ》を刺す。

「わたしの力ではどうにもなりません」

「わかっている。だが、そろそろ治ってもいいころなのに」

医師はもの分かりの悪い患者の質問には即答せず、器具を診察鞄にしまった。「完治していますよ、骨はね。安静にしておられたのかどうか、怪しいものですが」痛みのせいで春先の記憶がなくなったのでは、と問いかけているような鋭い目だ。「骨は治っても、ある種の痛みは消えないのです」

「消えないだと？」デヴィッドは大声をあげた。無意識のうちにふくらはぎの痛む部分を手でさすっていた。「一生か？」

「わかりません」医師は首を傾げて再びデヴィッドの脚を見た。「体は順調に回復しています。そのことに感謝せねばなりませんよ。じきに痛みは消えるでしょう。あなたは丈夫で健康ですし、わたしも最善を尽くしました。あと少しの辛抱ですよ」

いつだってあと少しの辛抱だと言われる。なにかをめちゃくちゃにしようと思ったら一瞬ですむのに、正しいことをするには果てしない時間を要するようだ。デヴィッドはため息をついた。

「杖《つえ》を使ったほうがいいかもしれません」ドクター・クラドックがつけ加えた。「脚への負担が軽減されるでしょうから」

デヴィッドは口を引き結んで首を振った。たとえ痛みが一年続くとしても、年寄りみたいに杖をついて歩くなどまっぴらだ。彼は医師に礼を言い、引きとってもらった。

失敗のつけが肉体的苦痛となってあとを引くのは初めてだった。どんな悪事もかすり傷で乗り越えてきたのに。脚の痛みが天罰のように思えてくる。歩けないというわけではないので、一見するとたいしたことはないが、ひどいときは拍車を埋め込んだかのようにふくらはぎがうずき、足を踏み出すごとに筋肉がよじれて焼けつくようだ。

デヴィッドは立ち上がり、最近の日課にとりかかった。一定の歩調で床を踏み締め、部屋のなかを歩きまわる。ブーツの踵が床にあたって音をたてた。筋肉の収縮に合わせて、ふくらはぎの奥に刺すような痛みが走った。だが、これだけ動かせば鍛えられるはずだ。

五周、一〇周、二〇周。ずきずきするのもかまわず床を強く蹴った。呼吸が乱れ、下半身が鉛のように重くなったところで、デヴィッドは立ちどまって暖炉の枠に手をついた。少しは効果があるといいのだが。感じるのは痛みだけだ。デヴィッドはどこへ向かうともなく廊下へ出ると、ミセス・グレイの部屋の前で立ちどまった。

そこでためらった。なかに入って彼女と話したい。口をきいてくれるかどうかもわからないというのに。今日は彼女を追いつめたい気分ではなく、単純に誰かと話をしたかった。そして、話し相手になってくれそうなのは彼女しかいない。彼女ならなにを話しても安心だ。共通の知り合いはいないので、ぼくから聞いた話を誰かに教えることもできない。

そこへ足を引きずる音とともにトレイを手にしたバネットが現れた。「彼女はまだ朝食を食べていないのか？」デヴィッドは答えがわかっている問いを発した。ぼくが運んでいないのだから、当然、食べているはずがない。

「はい。まだです」バネットが答えた。「ご主人さまは診察を受けておられたので」

デヴィッドはそれ以上言わずにトレイを受けとり、鍵に手を伸ばした。トレイの重さに眉をひそめる。「小柄な女性の朝食にしては量が多すぎないか？」

「あの方は食欲旺盛《おうせい》なものですから。大盛りにしても、皿は舐めたようにぴかぴかで戻ってきます」デヴィッドが眉を上げた。「おなかを空《す》かせていらっしゃるはずですよ」バネットは穏やかに答えた。「かわいそうに」

そこまで考えていなかった。デヴィッドはしげしげとトレイを見つめ、ドアを開けて部屋に入った。

くしゃくしゃのシーツのあいだから、くしゃくしゃのスカートをはいた追いはぎが這い出してくる。髪は肩に垂れかかり、手は毛布の角を胸の前で握り締めていた。彼女はしばし混乱したように目をぱちくりさせていたが、事態を把握するといつものようにこちらに背を向けた。

デヴィッドはトレイをテーブルに置いた。「おはよう」脚の状態は完全ではない。鈍い痛みなのでこらえられるだろうとも思ったが、大事をとって椅子に腰をおろした。「朝食が遅くなってすまなかった」

彼女が鼻を鳴らした。せわしなく両手を動かしているところを見ると、ドレスの前を整えているらしい。しばらくして、彼女は口を真一文字に引き結んでデヴィッドのほうへ向き直った。彼をにらみつけてから部屋を横切り、トレイの中身を確認する。それからトーストを一枚手にとり、ひと口かじってから目を細めて彼を見た。いや、〝見た〟というのは正しくない。デヴィッドは椅子に腰かけたまま考えた。青い瞳は短剣のように鋭い。彼女は再び食事に注意を戻した。食べることへの執着心と集中力はほかの女性には見られないものだ。もう一週間ものあいだ、日に二度ずつたっぷりした食事をとっているというのに、何日も断食していたかのようなみごとな食べっぷりだった。

「朝食がお気に召したようで嬉しいよ」デヴィッドが言った。彼女は再び鼻を鳴らしてベーコンの皿に手を伸ばした。「じきに新しい料理人を雇うつもりでいるんだ。兄の料理人がつくったものを運んでくるよりも、できたてを食べるほうがうまいからね」

彼女は信じられないというようにデヴィッドを見た。片っ端から料理を平らげていく様子を見る限り、彼女は今の食事にじゅうぶん満足しているようだ。「きみは辛抱強いんだな」なんでもいいから相手の反応を引き出したくてデヴィッドは続けた。沈黙がいやになったのだ。「ぼくに言わせれば、こんな料理は食べられたものじゃないね」彼はぞっとしたように身震いした。実際は食事に文句などない。そもそも味の違いがわかるほど美食家ではないのだ。冷めておらず、きちんと調理してあって、量があれば満足だった。

彼女はさげすむようにデヴィッドを見た。「ばっかみたい」粥《かゆ》にスプーンを差し入れながらつぶやく。

「まったくそのとおりだ」デヴィッドはわざと相手の意図を誤解して同意した。「新しい料理人が来たら食事の質はずっとよくなるよ、こんなのと違って」彼は顔をしかめた。「お粥なんてうんざりだ。ハムステーキと新鮮なニシン、それからまともな卵料理が食べたいな。女性好みの甘いマーマレードをのせたふかふかの小さなマフィンもいい。うちの妹の大好物なんだ。プロポーションの維持にはよくないだろうけど。他人の体型を心配するつもりはさらさらないが、同席している女性が小さなマフィンを残すというなら喜んで平らげるよ」

マフィンと聞いた彼女は咀嚼《そしゃく》をやめ、目を丸くして熱心に彼を見つめた。デヴィッドは笑みを押し殺してトレイをのぞき込んだ。彼女は甘いものに目がないようだ。彼は顔をしかめて信じられないというように声をあげた。

「ホットチョコレートもないのか！　母と妹は、朝食に必ず小さなポットに入ったホットチョコレートを用意させるんだ。ぼくには甘すぎるけど、女性にホットチョコレートを給仕しないなんてとんでもない料理人だな。きみはホットチョコレート抜きで我慢しているんだね」悲しげに彼女を見上げる。「すぐに埋め合わせをしなくては。ホットチョコレートがないのに文句も言わないとは奇特な人だ」

ヴィヴィアンは口に頬張っていた粥を飲み込んだ。ショーウィンドーでしか見たことのない贅沢《ぜいたく》品が脳裏に浮かぶ。マフィンにホットチョコレート！　この人はいつもわたしがそういうものを口にしていると思っているのだろうか。しかも、近いうちに食べさせてくれそうだ。一杯のお粥でも贅沢だというのに、ホットチョコレートだなんて！　ヴィヴィアンは一度だけそのにおいを嗅いだことがあった。あれはセント・ジェームズ近辺で、身なりのよい紳士から財布をすろうとしていたときのことだ。紳士が立ち寄ったコーヒーハウスに足を踏み入れたヴィヴィアンは、店内の香りに硬直した。そして紳士のことも忘れ、えも言われぬ香りを胸いっぱいに吸い込んだ。

ヴィヴィアンは首を振った。「いい加減にして。わたしを解放すると言いに来たのでないなら、口を開くだけ無駄よ」

「ぼくだってきみを永遠に解放してやりたいさ」彼の目に残酷な光が宿る。「自由になりたいなら、ぼくの知りたいことを教えてくれればいい。それで終わりだ」

ヴィヴィアンはまたしても鼻を鳴らした。こんなに時間が経ったあとでは、教えたくても教えられない。フリンに脳みそがあるとすれば今ごろアジトを移動しているだろうし、移動先はそう簡単に調べられるものではない。だいいち、この金持ちにアジトを教えることができるとしても、弟のことがある。彼の頭を殴りつけたのがサイモンだと知れたらどうなる？

しかも、わたしはここでいやな思いをしているわけではなく、強姦されたり殺されたりする心配もない。脱出の機会はいつか訪れるだろう。それまでは、彼に情報を与えて得るものはない。

デヴィッドは相手の表情の変化を見て、これ以上、追及しても無駄だと悟った。説明のつかない失望に襲われ、背もたれに体重を預ける。理由はどうあれ、彼は目前の女性のことが気にかかっていた。やっかいごとばかり引き起こすし、まったく愛想がないが、乗り合い馬車で出会ったときと同じように魅力を感じる。彼女の声が聞きたい。それが指輪の所在についてであれば申し分ない。しかしこの際、どんな話題でもかまわない。

デヴィッドは痛むほうの脚を伸ばして体の力を抜いた。「まただんまりかい？　ぼくだってそう簡単に引き下がれないんだ。女性が口をきかなくなる原因はわかってる。男が失言をしたか、言うべきことを言わなかったか、言うべきタイミングを外したか。そもそもぼくは、その場に合った話題どころか口を開くタイミングすらわからない男なのに」彼女はふんと鼻を鳴らし、デヴィッドはため息をついた。「そうさ。また失敗したに違いない。ささいな誤解はいつもぼくに非があるんだ。女性の扱い方についての手引書でもあればなあ。勉強熱心なほうではないけど、そういう本があったら間違いなく読むよ」

朝食を食べ終わった彼女は所在なさげにスプーンをいじり、皿にぶつけて音をたてた。しかし、デヴィッドの話を聞いているのは明らかだ。

「それに加えて、きみはかなり強情だからね。普通なら、少なくとも最初くらいは会話が成立するものなのに、きみときたら感情がないみたいだ。笑い声をあげるどころかほほえみもしない。愛想のいい言葉のひとつも引き出せない」

「いい気味だわ」彼女がつぶやいた。

「ほらきた。愛想がいいとは言いがたいだろう？　ぼくにどうしろというんだ？」デヴィッドは首を傾げて相手をまじまじと見つめた。彼女は頬を染めたが、朝食のトレイからは目を上げなかった。「名前を教えてくれるまで水とパンだけにしようか？」本気で思案しているような声で言う。彼女は警戒と軽蔑の混じった目つきをした。それを見たデヴィッドは、この女性はパンと水だけで生き抜いた経験があるのだと思った。そういう扱いを好むわけではないが、それで音をあげることもないのだと。「いや、女性に対してそういう扱いはまずいな」声色を一定に保つ。「誘惑するというのはどうだろう」彼はゆっくりとほほえんだ。「そう、それだ！　女性を誘惑するのは得意なんだ。どうすればきみの気を引けるか検討するとしよう」

デヴィッドはテーブルの端に肘をつき、身を乗り出してにっこりした。「ミセス・グレイ、なにか言ってくれよ」そっとささやく。「ぼくは手を尽くしてきみを説得するつもりだ」

ヴィヴィアンは目を細めて彼を見返した。その瞳には自尊心と反抗心がはっきりと表れていることだろう。彼はわたしを強情だと形容したが、実際はヴィヴィアンにとっても彼に逆らうのは容易ではなかった。これは一種の戦いだ。立ち上がって部屋を出ていく彼のうしろ姿を、ヴィヴィアンは目だけで見送った。

デヴィッドはぼうっとしたままドアに鍵をかけた。さまざまな説得方法が頭のなかをうずまいている。女性を思いどおりにするのは彼の得意分野だ。週末までに彼女が自分から話すようにならなかったら、一週間、禁酒してもいい。

ヴィヴィアンは膝を震わせて椅子に座っていた。ああ、どんどんまずい方向に進んでいる。そもそも食事を与えてくれて、永遠になにもしない人などいるはずがないと気づくべきだった。彼はエネルギーの塊だ。これまでなにもされなかったことのほうが奇跡のようなもの。

誘惑。いったいどういう意味だろう。しかし、相手の考えていることはよくわかっている。男性のああいう目つきは以前にも見たことがあった。いや、正確には少し違う。彼みたいな人は初めてだ。誘惑されたらどうなってしまうのか自信がない。

ヴィヴィアンは悪寒をこらえるように両手で腕をこすり、部屋のなかを見渡した。先ほどとなにも変わっていない。わたしは頑丈な木製のドアに閉ざされた部屋に監禁されている。窓はしっかりした造りで、ここが二階以上であることも間違いない。あの男を出し抜くのと同様、あの窓から飛びおりることも不可能だ。しかし、脱出を先送りにしてきたのは判断ミスだったのかもしれない。〝強情〟ですって？　ヴィヴィアンはふんと鼻を鳴らした。彼にとってはゲームのつもりなのだろうが、こっちにしてみれば命がけだ。あの男の指輪を盗んだことを認めれば、ボウ・ストリートの捕り手に引き渡されるかもしれないし、そんなことになったら絞首刑は免れない。

もちろん最初から捕り手に突き出すこともできたはずだ。とっくにつるし首になっていてもおかしくなかった。ヴィヴィアンはそう考えて眉をひそめた。あのいまいましい指輪が戻ってきたら解放してやると言われても、どうすればそれが成し遂げられるのかわからない。いい加減にあの男を無視するのはやめて、懐柔策を試すべきなのかもしれない。

ヴィヴィアンの心に〝誘惑する〟という男の脅し文句が不安を投げかけていた。

# 9

デヴィッドは兄の見識の高さに圧倒されっぱなしだった。もちろん、マーカスのほうが賢いことは以前からわかっていた。家庭教師も大学教授も口をそろえてそう言ったし、父も自分でなくマーカスが後継ぎでよかったと公言してはばからなかった。デヴィッドはほとんどの場合、その事実を受け入れていた。これまで人からなにかを期待されたことがなかったからだ。それが今ごろになって、あらゆる分野で影響力を発揮している兄に比べ、自分がなにひとつ成し遂げていないのを思い知らされるはめになってしまった。エクセター・ハウスの大きなマホガニー製の机の上に、予想もしなかった問題が次々と降りかかってくる。デヴィッドはその半分以上について、どう処理したものか見当もつかないでいた。

「いったいこれはなんだ?」次の日の午後遅く、アダムズが机越しに差し出した分厚い書類を見てデヴィッドは眉をひそめた。すでにほとんどの要件に目を通し、必要な処置をして、そろそろ夕食のことを考え始めたところだった。

「法案です」アダムズが答える。「通貨交換の再開に関して」

デヴィッドは反射的に書類を落とした。「通貨だと?」

「そうです」アダムズが説明を続けた。それによると法案の発起人は、紙幣と金の延べ棒を交換するよう銀行に求めていた。ナポレオンとの戦争で、通貨と金の交換は一時的に停止されていたのだ。

「ぼくは議席など持っていないし、この件については発言する権利がない」

「公爵さまはロクスベリー伯爵に代理権を任せておられるのです」アダムズがうやうやしく答えた。「そのロクスベリー伯爵が、公爵さまの票をどうすればいいかと意見を求めておられます」

デヴィッドは直感的に賛成に票を投じようと思った。紙幣の流通を抑制できるからだ。紙幣などなくとも、彼の財布のなかにはコインがぎっしりつまっている。しかし、そんな浅はかな考えで決められるものではないだろう。人々が銀行に殺到し、銀行の資金が底をつくかもしれない。この問題について兄からなにも聞いていないというのに、どう判断しろというのだ？　いいと思うほうに投票しろとロクスベリーに伝えようか。しかし、ロクスベリーが判断を誤ったらこの国の金融システムは崩壊するかもしれない。

デヴィッドはため息をついた。「ミスター・アダムズ、自分にはものごとを正しく処理する能力がないような気がすることはないか？」

「いつもです」アダムズは熱心に答えた。デヴィッドは悲しそうな笑みを浮かべた。

「そうだな。おまえはあの兄のもとで働いているのだ。しょっちゅうそういう気分にさせられても不思議じゃない」

アダムズの顔は真っ赤になったかと思うと真っ白に変わった。「ああ、誤解です！　そういうことではありません！　マーカスさまが理想的な雇い主でないなどと言うつもりはこれっぽっちもありませんでした」

「兄を理想の雇い主だと考えているならおまえは救いようがないぞ。マーカスはとてつもなく要求が高い男だ」

「ええっと……」アダムズは海賊につつかれて海に突き出た板の上を歩かされているかのような顔をした。「それは、確かにそうですが」慎重に言葉を継ぐ。「でもマーカスさまは公平な方です。首になる前にたくさん学ばせていただきたいと思っています」

「首になると思っているのか？」デヴィッドは大きな声を出した。

秘書は真っ赤になった。そうするとひどく若く見える。「もちろんです。毎日思っております。わたしの失敗にいらいらしておられるのが伝わってきますから。おじのコールが推薦状を書かなければ、わたしなど決して採用されなかったでしょう。おじは嘘を並べたに違いありません。わたしがマーカスさまの要求を満たせるはずがないとわかっていたのです」アダムズはうつむいた。

デヴィッドは眉をひそめた。「なぜそう思う？」

アダムズは再び赤面したが、なにも答えなかった。デヴィッドは机の上で腕を組み、首の緊張を和らげようと頭を前に倒した。「まあ、兄がおまえを首にしていなくてよかったよ。ぼくひとりじゃ、この状況はどうしようもなかった」デヴィッドがおどけた笑顔を見せる。

「たぶんぼくらはそろって首だな」

「そんなことはありません！」秘書は恐縮して息をのんだ。「あなたさまは立派に務めていらっしゃいます。公爵さまがデヴィッドさまの成果に文句などおっしゃるはずがありません。それに比べてわたしはミスの連発で……。マーカスさまがいらだつのも無理はないのです」

デヴィッドは笑った。「いらだつだと？　マーカスが本気でいらだったらどうなるか、おまえには想像もつくまいよ」

アダムズは反論しようと口を開きかけて、再び閉じた。反論できないと思ったのだろう。デヴィッドはため息をついて目の前の法案に向き直った。「ロクスベリーになんと返事をしていいものか見当もつかない」彼は法案の書類を脇へよけた。「あとで考える」アダムズはひょいとうなずいてなにかを書きつけ、デヴィッドは落ち着きなく立ち上がった。「残りの仕事もあとまわしだ」アダムズが手を動かしながらうなずく。「つまり、明日にするよ、アダムズ」

「承知いたしました」アダムズはペンと紙を手にしたまま椅子から飛び上がった。デヴィッドが机をまわってきたので頭を下げる。デヴィッドはドアまでたどり着いたところで振り返った。

「おまえも帰れ、夜は自由だ」

「ありがとうございます！」秘書の驚いたような喜びに満ちた声を聞いて、玄関ホールに向かうデヴィッドの口元に笑みが浮かんだ。ホールにはすでにハーパーが待機している。

「屋敷を空けるとき、兄は召し使いに休みを与えるのか？」デヴィッドは帽子と手袋を受けとった。

「はい」ハーパーが答える。「ロンドンを離れるときは必ずそのように指示されます」

「どのくらいの頻度だ？」デヴィッドは帽子をかぶった。

ハーパーはためらった。「それほど頻繁ではありません」

「そうだろうな。兄はもっと遊ぶべきだ。おやすみ、ハーパー」

「お疲れさまでございました」従僕がドアを開け、デヴィッドが外へ出ると、ハーパーは浅くおじぎをして見送った。

まだ宵の口とも言えない時間だ。手袋をはめ終えたデヴィッドは暖かな大気を吸い込んだ。議会に提出する法案のことも、運搬契約も、下水の問題ももうたくさんだ。ようやく解放された。少なくとも夜のあいだは忘れよう。今夜こそ、ミセス・グレイの美しい口が滑らかにしゃべるようにしてみせる。

脚の調子は昨日よりもずっとよかった。屋敷まで歩いても痛まなかったので楽観的な気分になる。ドクターの言ったとおり、少し時間がかかっただけなのかもしれない。デヴィッドは軽やかに階段を駆け上がり、屋敷へ入った。

「バネット」召し使いが玄関ホールに出てきた。「ホットチョコレートはあるか？」

「ホットチョコレートでございますか？」バネットは目をしばたたいた。「たぶん……確認してまいりましょうか？」

「頼む。なければ急いで買いに行ってくれ」

「かしこまりました」バネットが足を引きずりながら行ってしまうと、デヴィッドはにんまりとして二階に上がった。おもしろいことになりそうだ。

バネットが要求どおりの品をそろえ終わるころ、デヴィッドは上着を脱いで部屋着に着替えていた。ミセス・グレイの部屋の前には二つのトレイが準備され、その脇でバネットが義理堅く待機している。

「必要なものはすべて用意しました」デヴィッドが二つめのトレイをのぞき込むとバネットが言った。ひとつめのトレイの上では夕食がおいしそうな香りを漂わせている。デヴィッドもまだ夕食をとっていない。二つめのトレイには、やや鈍い色をした銀のポットがのっていた。それから湯差しと、小振りのカップが二つ、そしてチョコレートの塊だ。

「上出来だ、バネット」デヴィッドは満足げにうなずいて、鍵に手を伸ばした。ドアを開け、バネットに食事のトレイを運ぶよう指示する。バネットが部屋を出ると、デヴィッドはミセス・グレイの姿を確認し、再びドアに鍵をかけた。ホットチョコレートのトレイを暖炉の上に置く。

ミセス・グレイは彼とできるだけ距離を置こうとしているかのように、部屋の反対端に立っていた。ひとつめのトレイからデヴィッドへ、それから二つめのトレイへと視線を走らせる。なにを考えているのだろう？　デヴィッドは彼女に笑いかけた。「夕食だよ。それともちょっとしたお楽しみだ」

ヴィヴィアンは警戒するように男の顔を探り見た。今度はなにを企《たくら》んでいるのだろう？　二つめのトレイには湯差しと、質屋へ持っていったらいい値がつきそうな光沢のある銀のポットがのっている。

「さあどうぞ」彼は夕食のトレイを指し示した。「食事の邪魔をするつもりはないんだ」彼は背を向けて、熱湯を銀のポットに注いだ。それから黒い塊を削ってポットに加える。さらになにかを加えてからハンドルつきのふたを閉めて、楽しげな表情でそれをまわし始めた。ポットからなんとも言えない香りが立ちのぼった。思わずうっとりしてしまう。香りの正体に気づいたヴィヴィアンは、思わず舌舐めずりした。彼はホットチョコレートをつくっているのだ！

夕食のことなどすっかり頭から消えていた。ヴィヴィアンはその場を動かなかったものの、首を伸ばして彼の一挙一動を見守った。彼はごくくつろいだ様子で、両手を使ってハンドルをまわしている。それから小さなカップをテーブルに置き、湯気の立つ黒い液体を注いだ。ふわりと漂ってくる香りに、ヴィヴィアンの口からため息が漏れた。

「仲直りのしるしに」彼は長い指で小さなカップを持った。黒い瞳が無邪気に輝いている。

「ホットチョコレートはいかが？」

これが〝誘惑〟なのだろうか？　ヴィヴィアンはためらった。ホットチョコレートを味見したい気持ちはあっても、罠《わな》にはまって後悔したくない。

「いらないの？」なにも答えないでいると、彼が眉を上げた。カップに鼻を近づけてから口元へ運ぶ。「やあ、とてもおいしいじゃないか」彼は驚いたように言い、ホットチョコレートを注ぎ足した。「本当にいらないのかい？」

「見返りになにを要求する気？」ヴィヴィアンは用心深く尋ねた。彼の笑顔はどこまでも魅力的で無邪気そうに見える。

「名前だけでいい。教えてくれたらホットチョコレートをあげよう」

相手の魂胆がわかっていれば逆らうこともできただろう。指輪を要求されたのであれば拒絶することもできた。しかし、名前を教えるぐらいなら害はなさそうだし、カップから漂う香りはあまりにも魅惑的だ。「ヴィヴィアンよ」

相手は一瞬、驚いたような顔をした。「美しい名前だね」それだけ言って彼女のほうへカップを差し出す。ヴィヴィアンは恐る恐る手を伸ばした。相手の親指が彼女の指の付け根をかすめたが、彼は素直にカップを渡してくれた。彼女はそれを口元へ持っていってひと口飲んだ。

ああ、至福の味だ！　甘くて、温かくて、こくがあって。こんな味は生まれて初めて。ヴィヴィアンはもうひと口、もうひと口と貪欲《どんよく》にホットチョコレートを飲み、小さなカップはたちまち空になった。

「もっとほしいかい？」男が尋ねる。ヴィヴィアンが飲んでいるあいだに、彼は椅子をテーブルのところへ運んできてそれに座り、頬づえをついて彼女を見上げていた。髪が顔に垂れかかっている。整った顔に邪気はなさそうだ。しかも脇にはおいしいホットチョコレート入りのポットが控えている。ヴィヴィアンはうなずいてカップを返した。

「出身はどこなんだい？」彼はホットチョコレートを注ぎ足して、ヴィヴィアンに差し出した。

「どこでもないわ」ヴィヴィアンが手を伸ばすと、彼はカップを引っ込めた。

「どこでもない？」がっかりしたように繰り返す。「もうちょっと詳しく教えてくれよ」彼女がためらうとさらに言い足した。「どこでもないでは範囲が広すぎる」

「あっちこっちってこと。だからどこでもないの」ヴィヴィアンは肩をすくめた。「長く住んだ場所なんてないもの」

「なるほど」彼はヴィヴィアンを見つめた。「ずっと盗みをしてきたのかい？」

ヴィヴィアンは背筋を伸ばした。「もう長いわね。死ぬほどおなかが空いていたから」再びカップに手を伸ばす。彼は手を引かなかった。ああ、すてき！　ヴィヴィアンはこらえきれずにホットチョコレートを一気に飲み干した。

「飢えた経験はある？」その質問にヴィヴィアンはびくりとした。いっとき、男の存在を忘れていたのだ。彼女はまたしても肩をすくめ、小さなカップをテーブルに戻した。

「まあね」それから挑むように相手をにらみつけた。「あなたは、お金持ちさん？」

彼は一瞬、面食らってから笑い出した。「飢えたことがあるかって？　そりゃあるさ。必ずしも食べものに飢えていたわけじゃないが」ホットチョコレートを注ぎ足す彼の顔には危険な笑みが浮かんでいた。「ほかにも名前があるのかな、ミス・ヴィヴィアン？　いや、ミセスか？」ヴィヴィアンは鼻を鳴らした。「それを調べて捕り手に引き渡す気？」

彼はまだ魅力的な笑みを浮かべている。「今のところ引き渡す気配はないだろう？」ヴィヴィアンは黙って彼をにらんだ。ホットチョコレートのカップはテーブルに置かれたままだ。泡立つ濃い茶色の液体から湯気が立ちのぼっている。ヴィヴィアンの鼻が、意思とは無関係にひくひくと動いた。

「なぜそうしないの？」彼女はばかにしたように言った。カップのなかのホットチョコレートが冷めて台無しになるかと思うといらいらする。「最初の日に、指輪を返さなければ捕り手に引き渡すと言ったじゃない。ご覧のとおり、わたしは指輪を持っていないわ。さっさと連中を呼べばいいでしょ」

彼は背もたれに寄りかかった。どうやら機嫌がいいらしく、なにを言っても動じる気配はない。「そうしたら、連中がきみを連れていってしまうだろう？　まだお互いのことをなにも知らないというのに」

ヴィヴィアンはふんと鼻を鳴らしてテーブルの向こう側へまわり、夕食のメニューを確認した。口をつけていないホットチョコレートのカップが気にかかっていなかったら、料理のにおいにもっとそそられたはずだ。これが別の機会なら、ローストチキンを見ただけで口のなかに唾が溜まっただろう。しかし今日の彼女は、心ここにあらずといった様子でチキンをつついただけだった。

「たとえば、ぼくはきみの本名を知ったばかりだ。これまでずっとミセス・グレイだと思ってきた。ぼくはきみに去られるなんて耐えがたいと思っているし、きみも逃げようとする気配はない。この状況で名前も知らなかったなんて、ちょっと堅苦しいと思わないか？」ヴィヴィアンはまたしても鼻を鳴らすと、チキンを食べ始めた。「これからはきみのことをヴィヴィアンと呼ぶよ」

彼の発音は独特だった。最初の音節を舌の上で味わうように転がし、次の音節は低くつぶやくように発音する。そんなふうに名前を呼ばれたことはないし、それが不快なのかどうかもわからなかった。意味ありげに見つめられると、どうにもそわそわしてしまう。サイモンには〝姉貴〟で、フリンには〝おい〟とか〝ミス・V《ヴィ》〟とか呼ばれていた。ヴィヴィアンはチキンをひと切れとって一歩下がった。「それで、あなたのことは今までどおり〝嘘つき〟って呼べばいいわけ？」

彼はにっこりして身を乗り出した。「もっとひどい呼び方をされたこともあるよ。きみの発音はすてきだ」ヴィヴィアンは頭がおかしいんじゃないかというような表情で相手を見つめた。この男は狂ってる。そうに違いない。わたしをもてあそんでいるんだ。このわたしを！「だが、その呼び方に飽きたら」彼は気軽な口調で続けた。「正しい名前はデヴィッドだ。きみのホストはデヴィッド・リースだよ」

ヴィヴィアンはばかにするように唇をゆがめた。「ミスター・リースね、ずいぶんなホストだこと」

「なぜ？」

彼女はチキンの骨を皿に落とした。「この部屋にひとつしかない椅子を占領しているじゃない。紳士らしからぬふるまいだと思わない？」ヴィヴィアンはにやりとした。「まあ、嘘つきでずるい誘拐犯に、そんな立派な名前はもったいないけど」

彼は雷に打たれたように硬直したかと思うと、テーブルに手を打ちつけた。ヴィヴィアンはびっくりして飛び上がった。「きみの言うとおりだ！」ヴィヴィアンが動く間もなく、彼が立ち上がって近づいてきた。「失礼」彼女の腕をつかんで椅子のほうへ連れていき、有無を言わさず椅子に座らせる。彼の手は大きくて力強く、ヴィヴィアンを思いどおりにするのは簡単そうだった。乱暴な手つきではない。これまで彼が暴力を振るったことはないし、この先も大丈夫だろう。ただ、明確な根拠はないが、なぜか叩かれることはないという確信があった。怒らせない限りは。経験上、男性を怒らせたらどうなるかはわかっている。彼が身を乗り出してきたので、ヴィヴィアンは椅子の背にぴたりと身を寄せた。彼が膝をついて腕を組み、肘掛けに両肘をのせる。ヴィヴィアンは警告の叫びをあげた。

「これで満足かな？」彼は目をきらめかせて言った。「ほかにお手伝いすることはないかい？　ホットチョコレートのお代わりでも？」

「ええ」ヴィヴィアンは息をのんだ。相手が椅子から離れてくれるのならなんでもいいと思った。ところが彼がさらに身を寄せてきたので、ヴィヴィアンは絨毯につま先を突っ張り、椅子ごと後退しようと奮闘した。

「名字を教えてくれないか」彼はそっと言った。顔の高さが同じなので目をそらすことができない。

「なぜそんなことを知りたいの？」

彼は黒く鋭い瞳をヴィヴィアンに向けたまま首を傾げた。「きみのことが気に入ったからさ」ゆっくりと答える。「信じないかもしれないが、本当に気に入ったんだ」

「だからって、装飾品みたいに所有できるわけじゃないのよ」

彼は口角を上げ、もの憂げな目つきをした。「もちろんさ」低い声で続ける。「神にかけてきみのことを装飾品だなんて思っていないよ」

ヴィヴィアンは赤くなった。装飾品でなくてよかったというような口ぶりだ。ありのままのヴィヴィアンがどんな人間なのかを知りたがっているように聞こえる。それも徹底的に。

彼女は顔をそむけ、ドアを凝視した。「そう」感情のこもらない声で言う。「じゃあ、ここから出ていって、わたしをそっとしておいて。紳士らしくふるまいたいならね」

「でも、まだホットチョコレートが残っているよ」テーブルまで戻ってカップをとり上げる。もう湯気は立っていないが、香りはすばらしかった。ヴィヴィアンのほうにカップを掲げる。

「名字を教えてくれるだけでいいんだ」彼は食い下がった。

ヴィヴィアンは苦しそうに息を吸った。彼がいるとうまく呼吸できない。あまりに接近しているため、男性的な香りに圧倒されそうだった。首巻き《クラヴァット》を緩めた首元が脈打っているのがわかる。その力強い鼓動を見ていると、彼女の脈まで速くなった。この野蛮な男は、これまで目にしたなかでもとびきりのハンサムだ。一皮むけば腹黒い悪魔に違いないのに、どうしようもなく気持ちが高ぶってしまう。

「ビーチャムよ」ついにヴィヴィアンは言った。癪にさわることに声がかすれ、震えてしまった。彼の魅力にやられていると思われるかもしれない。「ヴィヴィアン・ビーチャム。さあ、ホットチョコレートを持って出ていって」ヴィヴィアンは彼のほうを見ないようにしようと思ったが、相手が動かないのでしびれを切らし、悪意のこもった目でにらみつけた。「まだなにか用なの？」

この人は穏やかな顔をしている。そのまましばらくヴィヴィアンの表情を見つめてから、彼は彼女の手に温かなカップを握らせた。「知り合えてとても光栄だ、ミス・ビーチャム」彼はそれだけ言って立ち上がり、ドアのところで小さくおじぎをして部屋を出ていった。

ヴィヴィアンは居心地悪くなって眉間にしわを寄せた。わたしはなにをしているんだろう。彼はいったいなにを企んでいるの？　そう、ミスター・リースとか言っていた。デヴィッド・リース……デヴィッドだ。彼女はカップを持ち上げてホットチョコレートを飲み干した。テーブルの上に残されたポットに目を落とす。持ち上げてみるとかなり重かった。カップにホットチョコレートを注ぎ足してみたが、デヴィッドがやってくれたときのようには泡立たず、すでに冷めかけていた。彼女はカップを脇によけて二つのトレイを眺めた。食べかけの夕食のトレイともうひとつのトレイ。思いどおりにならない追いはぎのために用意されたホットチョコレートのトレイ。

監禁されて初めて、ヴィヴィアンは空腹感が消えていることに気づいた。

デヴィッドは夕食の鈴を鳴らした。かつてないほどどうきうきして、奇妙なほど満ち足りた気分だった。ついにミセス・グレイに話をさせることができた。予想どおり、彼女の口から出たのはののしりの言葉と中傷がほとんどだったが、まあ、それは身から出たさびなのだから仕方がない。ようやく彼女の本名がわかった。ヴィヴィアン・ビーチャム。泥棒にしては上品すぎる名前かもしれないが、彼女にはぴったりだ。あんなに美しい人はめったにいない。

表情豊かなヴィヴィアンの顔が心から離れなかった。〝飢えた経験はある?〟と尋ねたとき、彼女の青い瞳には嘲りの色が浮かんでいた。満足に食べていないことは一目瞭然《いちもくりょうぜん》だ。不自由なく食べている女性たちの柔らかな曲線とは無縁のほっそりした体つき。しかし、食べものに不自由しているとわかってはいても、挑戦的な態度で、まるで飢えたのはデヴィッドのせいだと言わんばかりに開き直られるとは思わなかった。あの日、乗り合い馬車に乗っていたときも腹を空かせていたのかもしれない。彼の指輪を見て、これを売ればひと月以上おいしいものが食べられると思ったのかもしれない。若い娘が、盗む以外にどんな方法で食べものを得られるというのだ? あれほどの美貌では使用人としては敬遠されるはずだ。王立劇場で役者として売り出すことはできるかもしれないが、彼女の気性では客に愛敬を振りまくのは難しいだろう。ほかにできそうなことは? お針子か? 市場のもの売りか? 身売りをすればいちばん金になるだろうが、そんな場面は想像したくもなかった。デヴィッドは本能的に売春の可能性を否定した。ヴィヴィアンはぼくがそばに寄っただけでぎくしゃくしていた。それに、色仕掛けでなにかを得ようとしたこともない。

夕食を食べ終えたデヴィッドは暖炉の前で脚を伸ばし、ワインをたしなんだ。隣の椅子にワインボトルが置いてある。日が暮れると肌寒い季節になった。彼女の部屋にも火をおこしてやらないといけない。

ヴィヴィアンは不可解な存在だ。追いはぎに間違いないのだから、しかるべきところへ引き渡すのが筋だ。どっちにしろ、もう指輪をとり戻せるとはとても思えない。すでに売り払われ、溶かされてしまった可能性のほうが高いだろう。つまり、彼女を監禁しても得るものはない。賢明な男なら彼女を解放するところだ。

だが、デヴィッドはこれまでもとくに賢明だったことはない。ヴィヴィアンに告げたように彼女を気に入ったというのは真実だった。彼女の表情を見ていると吹き出しそうになる。激怒しているところも、ホットチョコレートの味に恍惚《こうこつ》となっているのを隠しおおせたつもりになって、ひそかに得意げな表情をしたところもかわいいと思った。あの表情をもう一度見たい。同じ恍惚でもホットチョコレートとは違う種類の恍惚を味わっているところを。

残りのワインをグラスに注ぐ。ヴィヴィアンを解放するかどうかはあとで考えよう。今はようやく話をさせることに成功した嬉しさで考えがまとまらない。明日は彼女の笑顔が見たい。明後日には笑い声を聞きたい。頭をのけぞらせ、目を輝かせて笑うところが見たかった。歓《よろこ》びに肌を上気させ、胸を上下させて……。ヴィヴィアンはそのまま手のひらを胸にあて、ドレスの留め金を引っ張るのだ。そしてぼくは、興奮に脈打つ彼女の喉元に唇をあてる……。

デヴィッドは椅子に体を沈め、ほろ酔い気分で想像した。だめだ。まだヴィヴィアン・ビーチャムを解放するわけにはいかない。

# 10

その夜以降、デヴィッドは頻繁にヴィヴィアンのもとを訪れるようになった。実際、毎晩のようにやってきては何時間も話し込んでいった。ヴィヴィアンを徹底的にからかって、彼女が叫んだり、ものを投げつけたりするのを見て楽しんでいるときもあったし、男らしい外見からは想像もつかないような繊細な質問を投げかけて、ヴィヴィアンの答えに聞き入っていることもあった。子供時代のことや家族のことも話してくれた。デヴィッドは品行方正な子供とは言いがたかったらしい。薔薇の花をことごとく切り落として、激怒した庭師から逃げようと湖に飛び込んだ話を聞いたとき、ヴィヴィアンは笑いを噛み殺すのがやっとだった。当時は幼かった彼の妹が、とっておいた干しぶどう入りのロールパンを食べた兄に腹を立て、母親の口紅を兄の顔に塗りたくった話をされたときは、とうとうこらえきれずに吹き出してしまった。「妹の分だなんて知らなかったんだよ」デヴィッドが、そこまで笑うことはないだろうという顔つきで言い訳する。「それに腹ぺこだった」

「まったくひどいお兄さんだわ」赤い口紅を塗られた顔は、さぞかわいらしかったに違いない。

「そのくらいでひどいと言うなら、残りの話も聞いてもらわなきゃな」

「だってひどいわよ。楽しみにとっておいたロールパンを食べてしまうなんて。食べものの恨みは怖いのよ」

デヴィッドは楽しげに笑った。「ぼくの家族がきみくらい寛大だったらな！　シーリアはぼくに土下座をさせたうえ、夕食のカスタードを奪ったんだぜ」

ヴィヴィアンは笑いながらも、相手に怒りを感じていない自分を意外に思った。閉じ込められているのは事実だが、こんなふうに大切に扱ってもらったことはない。上等な食事とベッドを与えられ、温かい湯を使わせてもらって、ホットチョコレートや楽しい会話まで与えられている。こんな境遇ならすぐに馴《な》じんで当然だ。あの召し使いがデヴィッドの許しを得て図書室から本を持ってきているのかどうかはわからないが、たとえ勝手にしたことだとしても、デヴィッドなら怒らないだろう。もはや指輪のありかについて詰問されることもなくなり、自分がこの屋敷にいる理由がわからなくなることさえある。どういうつもりにせよ、菓子を差し入れてくれたり、何時間もおもしろい話を披露してくれたりする相手を無視することなどできなかった。ヴィヴィアンは自分を監禁したならず者を好きになりかけていたのだ。

もちろん、脱出方法について考えないわけではない。弟のことも心配だし、他人は信用できない。どんなに魅力的でもデヴィッド・リースは他人だ。しかし、脱出方法を検討する時間はめっきり減り、その分、デヴィッドのことを考える時間が増えた。それこそが自分の弱さであり、仲間への裏切りだと頭ではわかっていても、どうしようもなかった。彼に反発する気持ちは弱まっている。もはや、それがいけないことなのかすらわからない。それはデヴィッドが優しいせいだ。これまで会った誰よりも大事にしてくれる。たとえ下心があるにせよ、そういう相手を嫌うのは難しかった。

デヴィッド・リースはハンサムだし、おもしろい。彼女を楽しませようと心を砕いていることは一目瞭然だったので、最初のうちは気を許すまいと思ったりもした。それでもデヴィッドはあきらめなかった。なぜそんなことに一生懸命になるのか見当もつかないが、現にヴィヴィアンは笑っている。これほど明るい気分にさせてくれる相手を憎むことなどできるわけがない。無視しようとすればするほどデヴィッドがおどけるので、最終的には抵抗できなくなってしまう。こんなのは不公平だ。彼と出会う前の人生が、暗く、つまらないものに思えた。毎日、デヴィッドがやってくるのをわくわくして待ってしまうのだから。自分がなにを期待しているのかよくわからなかったが、がっかりさせられたことは一度もなかった。

「おめでとうって言ってくれ！」ある夜、デヴィッドが部屋に飛び込んできて、大きく腕を広げた。「今日、ぼくはすばらしいことを成し遂げたんだ！」ヴィヴィアンに返事をする間も与えず、彼は優雅におじぎをして、彼女の手に礼儀正しく唇を押しあてた。「もう役立たずなんて言わせないぞ。今日、そうでないことを証明したんだから」彼は部屋の入り口まで戻って勢いよくドアを開け、椅子をもうひとつ持ってくるよう大声で召し使いに命じた。それからさっと振り向いて、ヴィヴィアンと目を合わせる。「今夜はきみと一緒に食事をしたいんだ。いいかな?」

ヴィヴィアンはキスされたほうの手を腹部にあて、状況がのみ込めないまま年老いたバネットが椅子を引きずってテーブルのそばに運ぶのを見守っていた。〝おめでとう〟ですって? 〝役立たず〟がどうしたというの? 相手がなんの話をしているのか見当もつかない。デヴィッドは、召し使いがよろめきながら運んできたトレイを受けとった。「下がっていいぞ、バネット。夜は休め。おまえもポートワインを飲むといい」

「はい」バネットは浅く頭を下げて部屋を出ていった。デヴィッドはヴィヴィアンのほうを振り返り、にっこりしてワインボトルを掲げた。

「一種のお祝いだ」コルクを抜いて二つのグラスを満たす。「ぼくが自分のことを誇らしく思う機会なんてめったにないから、とにかくお祝いしないと。乾杯」デヴィッドはグラスを掲げた。

ヴィヴィアンが差し出されたグラスを受けとる。「いったいなにをしたの?」

「そう疑《うたぐ》り深い声を出すなよ」彼はとがめるように首を振った。

「あら、当然でしょ?」ヴィヴィアンはワインの香りを嗅いだ。「別の女性を監禁したとか?」

デヴィッドはグラスを持つ手を下げ、心外だというように彼女を見た。「そんなことをするわけがない。きみのことは例外だ」手でなにかを払うようなしぐさをして咳払いをする。

「そんなことじゃなく、もっとずっといいことだ。なんと、あの〈ダッシング・ダンサー〉

を手に入れたんだ」彼はすばらしい演技をした俳優のように腕を広げておじぎをした。ヴィヴィアンは説明の続きを待ったが、デヴィッドはそれ以上言わず、期待に満ちた表情で立っていた。

「〈ダッシング・ダンサー〉って?」

「〈ダッシング・ダンサー〉を知らないのかい? アスコット競馬場で活躍した名馬さ。別の馬に敗れたが、それは騎手が無能だったからだ。あの馬は優勝馬の血筋なんだ。兄は一年も前からあの馬を狙っていたのに、馬主のキャムデンが首を縦に振らなかった。それが、このぼくに売ってくれたんだ」

「馬を買ったの?」ヴィヴィアンは慎重に言った。「それが誇らしいこと?」

デヴィッドは憤慨したように手を上げた。「すごいことなんだよ! 女にはわからないか」

ヴィヴィアンは首を傾げた。「安く手に入れたとか?」

彼が笑う。「あの馬が安いはずがない」

「だったらわからないわ」

デヴィッドは大げさにため息をついた。「兄はもう長いこと自分の厩舎にあの馬を加えようとしていたんだ。かなり長いことね。少なくとも二度は交渉を持ちかけたのに、どちらも断られた。兄の頼みを拒む人はめったにいないんだよ。それなのに、このぼくが交渉に成功したんだ。こんなこと、おそらく生まれて初めてさ」

「ああ、なるほど」ヴィヴィアンは言った。「そういうことなら〝おめでとう〟」

デヴィッドは彼女の真意を探るように見つめてから、のけぞって笑った。「きみが感激してくれなくても、ぼくはすごく嬉しいよ。さあ、食べようか」

「くだらないと思ってるわけじゃないのよ」デヴィッドが椅子を引く。

「いやいや。長い人生においてはたいしたことじゃないさ」彼は皮肉っぽい笑みを浮かべた。「ずっと願っていたことが、つまり、兄を超えたいという夢がようやく叶《かな》っただけだよ。ぼくらは双子なんだ。兄ができのいいほうで、ぼくは悪いほう」

双子だなんて。こんな男性がふたりもいては、ロンドンの女性はさぞかし大変だろう。

「お兄さんが善で、あなたは悪ってこと?」ヴィヴィアンはからかっているつもりでにっこりした。だが、デヴィッドは神妙な顔でうなずいた。

「ああ。ほとんどの人はそう言うだろうね」

ヴィヴィアンは眉根を寄せた。「欠点のない人なんていないのよ」

「長所のない人もかい?」デヴィッドはそう言って頭を下げ、手元の椅子を示した。「さあ座って」

わたしのために椅子を引いてくれたの? ヴィヴィアンはテーブルをまわって腰をおろし、照れくさくなってうつむいた。デヴィッドが反対側の椅子に座る。それから彼は、ひと口しか口をつけていないヴィヴィアンのグラスにワインを注ぎ足してくれた。トレイの覆いを外してテーブルをセットするデヴィッドの姿を、ヴィヴィアンはろうそくの明かり越しに観察した。身分の高い男性にしては、なんでも自分でできるようだ。金持ちというのは身のまわりのこともろくにできないし、自分でやろうという気力もなくて、常に召し使いを二〇人ほどはべらせているものだと思っていた。ところがデヴィッドときたら、まるで花嫁を家に迎えた花婿のように献身的に世話を焼いてくれる。

花婿ですって？ ヴィヴィアンは目を見開いた。滑稽《こっけい》な妄想に胸が高鳴る。なにを考えているの？ ワインを注いでもらったり、手にキスをされたりして、どうかしてしまったに違いない。ちょっと親密な雰囲気でテーブルを囲んでいるからといって、そんな想像を巡らすなんて愚かだ。彼のような身分の男性が自分みたいな女になにを期待しているかはよくわかっている。

「悪いことばかりするのは可能かもしれないけど、完璧な善人になるのは難しいと思う」ヴィヴィアンはいつもの自分をとり戻そうとした。

「そうかな。ぼくにはなんとも言えないよ。悪さばかりしているほうがずっとおもしろいのは確かだ」

「でも、お兄さんがうらやましいんでしょう？」ヴィヴィアンの指摘に、デヴィッドはグラスを持つ手を宙でとめた。

「そうだな……」考えながら答える。「たまにうらやましく思うこともある。でも、いつもじゃないよ」

「うらやましいはずよ。お兄さんが得られなかったものを手に入れて、そんなに喜んでいるんだもの」

「兄の持っているものの大半は、とくにほしいとも思わないものばかりさ。興味の対象が一致することは珍しいんだ。今回の件についてはたまたま一致しただけ。それに、兄弟が互いを出し抜いて喜ぶのは自然なことだ」

「そうね」ヴィヴィアンは認めた。「それで馬を手に入れて、次はどうするの?」

「兄に売るつもりだ」デヴィッドは即座に答えた。「うんと高値で」

「悪い人ね」彼女は笑わずにいられなかった。「そんなにお金持ちでなかったら、海賊になっていたかもしれないわ」

「そんなことはないさ」

「いいえ」ヴィヴィアンは主張した。「片手に短剣、もう一方に拳銃を持っている姿がはっきりと浮かぶもの。いつだって大量のラム酒と宝石を積んで、海軍から逃げまわるの」

デヴィッドは笑ったが、内心は彼女の言うとおりだと思っていた。リース家がこれほど栄えていなかったら、ぼくは海賊になっていたかもしれない。海賊になった自分の姿を想像すると、なんとも言えず気に入った。「ラム酒? それはいいかもしれないな。でも、宝石だって? そんなもの盗んだりしないよ」

「じゃあ、ラム酒はどうやって手に入れるの?」ヴィヴィアンがやり返す。

デヴィッドは片目をつぶった。「親切な酒場の主人から分けてもらうのさ」

ヴィヴィアンは鼻で笑った。「酒場の主人が親切にするのは金持ちだけよ」

彼は愉快そうに笑って、友人たちと騒いで何度も酒場を追い出されたことに思いを巡らせた。「ああいう連中は、金持ちにだっていつも親切というわけじゃない」

「あら、親切だわ。金持ちなら、ぶっ倒れて大いびきをかくまで飲めるじゃない。喧嘩《けんか》を始めて泊まり客の安眠を妨害してもへっちゃらでしょう？　女給をからかったり、いちばんいい部屋に泊まりたいと駄々をこねて、ほかの客を追い出したりすることもできる。ところが貧乏人は、騒々しいラウンジにテーブルを確保し、追い出される前に冷たいスープにありつけたらいいほうだわ」

デヴィッドは背もたれに体を預けてヴィヴィアンを観察した。「きみは、いやな目に遭ったことがあるんだね」

「最悪の目にね」彼女は思いきり渋い顔をした。デヴィッドはまたしてもヴィヴィアンの生い立ちを知りたいと思った。ぼくのことを海賊呼ばわりしたり、酒場の主人ともめた過去を持っていたりする女性に会ったのは初めてだ。だいたい、男同士でもないのにこんな話をしていること自体が奇妙だった。しかし、ヴィヴィアンが相手だと素直に話すことができる。自分自身も似たような経験をしているからだろう。通常、若い女性の前では過去にやったことの大半は話題にできない。同じような身分の箱入り娘が相手なら、一五分と会話をもたせる自信はなかったし、そのうちの半分は天気の話になるはずだ。空の具合について話し終えたあとは、ショックを与えたり怒らせたりせずにすむ話題などなにひとつ持ち合わせていなかった。ヴィヴィアン・ビーチャムが相手だとそういう気遣いをせずにすむ。余計なことを言ったり、相手を怯えさせたり怒らせたりする心配がない。そもそも、おそらくヴィヴィアンの生い立ちはデヴィッドの過去よりもよっぽど衝撃的だ。冷淡な酒場の主たちは、彼女にどんな対応をしたのだろう。

翌日になっても、デヴィッドは〈ダッシング・ダンサー〉を手に入れたことに気をよくしていた。あの馬を売るようキャムデンを説得することができるとは、思いもかけない幸運だった。いまだにどうしてそんなことができたのかわからない。〈ホワイツ〉でポートワインを傾けながら話を切り出したところ、なんと相手が承知したのだ。運が向いてきた証拠かもしれないな。それとも、生まれ変わろうという努力が実を結んだのだろうか。

残念なことにデヴィッドは、〈ダッシング・ダンサー〉にふさわしい厩舎を所有していなかった。レースに出すには年をとりすぎているとしても、あの馬は優勝馬の種馬になってくれるに違いない。マーカスも同じ意見のはずなので、ブレッシング・ヒルに連れていけばさっそく繁殖を開始することができるだろう。ヴィヴィアンの手前、兄に高値で売りつけるなどと言ってしまったが、本当にほしいのは〈ダッシング・ダンサー〉の血を引く子馬だった。それを元に自分の厩舎を持ちたい。デヴィッドが興味を寄せていることのなかで多少なりとも他人に誇れるのは、優秀な馬を繁殖させてレースに出場させることくらいだ。この先の人生を懸ける仕事を選べるのだとしたら、立派な競走馬を育てたい。

エクセター・ハウスに到着したデヴィッドは、兄に助言したい交配の組み合わせをあれこれと考えながら、ブレッシング・ヒルの種馬の記録を探した。ところが、いつもの場所に記録が見あたらない。デヴィッドはじれてため息をついた。ブレッシング・ヒルまで行けば写しがあるだろうが、わざわざとってくるまで待ちたくない。彼はアダムズに小さいほうの事務所を探すよう指示して、机のうしろのキャビネットを振り返った。兄の個人的な書類と一緒に、この棚にしまってあるのかもしれない。引き戸や引き出しをいくつか開けてみると、種馬の記録とよく似た黒い革装の薄い帳面が出てきた。「あった、あった」そうつぶやいて帳面を引き出し、表紙をめくる。

ひと束の書類が床に落ちた。それを拾おうとかがんだところで、なにかがデヴィッドの注意を引いた。彼に兄殺しの罪をかぶせようとした男の名前だ。しばらくのあいだ、デヴィッドは放心したまま書類を握っていた。あの事件のことはもう何日も忘れていた。読まずにおいたほうがいいのかもしれない。そう思いつつも、怖いもの見たさで読み始めてしまった。種馬の記録のことはすっかり忘れていた。

それはボウ・ストリートのジョン・スタフォードからマーカスに宛《あ》てた報告書で、二カ月前の日付になっていた。公爵の多大な協力に対する感謝の言葉に始まって、逮捕されたベントリー・リースの供述がつづられている。ベントリーは紙幣の偽造を認めたが、偽造紙幣を使ったことは否定していた。スタフォードが遠まわしに書きつづっているところでは、偽造紙幣を使ったのは〝ボウ・ストリートの捕り手が知らない別の誰かだ〟とベントリーは主張していた。デヴィッドは全身が麻痺したような感覚に襲われた。〝別の誰か〟とは自分のことに違いない。ベントリーがデヴィッドの名を出したことは間違いなかった。スタフォードがそれにふれていないということは、マーカスが裏で手をまわしたに違いない。

デヴィッドは先を読んだ。恥ずかしさに怒りが倍増する。ベントリーはメイドを使って、エクセター公爵の屋敷内での動向を探らせていたことを認めていた。スタフォードはさらに、そのメイドが仕立屋の助手であるスローカムに情報を流していたこと、スローカムはファーガル・ロークというアイルランド人に使われていたと記していた。ロークは一見すると家族思いの善人だが、実際は窃盗やすりの元締めなのだ。彼はすでに死んだ。デヴィッド自身、マーカスがその男を撃つところを目撃している。しかし、ロークの仲間の一部はベントリーともどもとらえられた。彼らの自供から、ベントリーがけちな盗みから殺人に至るまですべての犯罪に手を染めており、最終的にマーカスの爵位を狙っていたことが裏づけられた。

デヴィッドの手から書類が落ちた。ベントリーは紙幣の偽造と兄の殺害容疑でデヴィッドを逮捕させ、流刑にするつもりだったのだ。そんなことではないかと思ってはいたが、この問題についてマーカスと腹を割って話したことはなかった。兄弟そろって死にかけた波止場の古い倉庫を脱出したあと、マーカスはすべてを忘れようとしているように見受けられた。デヴィッドが衰弱した体を癒《いや》す一方で、マーカスは花嫁のために豪華な新婚旅行を計画した。

ぼくはどこまで間抜けなんだろう。デヴィッドは髪をかき上げ、凝りかたまった首筋を手で押さえた。紙幣偽造に加担したことはもちろん、こちらの弱みや癖を知り抜いている従弟の操り人形になったとは最悪だ。ベントリーは悪人に違いないが、自分はその悪人にとって使い勝手のいい道具だった。これまでわかったことを総合すると、ベントリーは何年ものあいだ、デヴィッドが罠にかかるタイミングを狙っていたらしい。

デヴィッドは手のひらで机を押し、よろよろと立ち上がった。両手を机についたまま体を支え、荒い息をしながらその場に立ち尽くす。散乱した紙の上で、いまいましい言葉が躍っていた。〝偽札製造、殺人未遂、流刑、スパイ、仕立屋の助手、ボウ・ストリートの捕り手が知らない別の誰か〟彼はののしりの言葉とともに書類を帳面に戻し、棚に押し込んだ。そこに書かれていることが事実なのはわかっている。これ以上読んでも仕方がない。彼は周囲を見まわし、マーカスの屋敷に、兄の書斎にいることが急に息苦しく思えてきた。兄はあの事件をやすやすと乗り越え、花嫁とともに幸せな新生活を始めようとしている。なにがあったにせよ、マーカスの良心は汚《けが》されていないからだ。どす黒く腐っているのはデヴィッドの心だけだ。

デヴィッドは一目散に兄の屋敷を出た。帽子と手袋をとるときも、ほとんど立ちどまりもしなかった。しばらくのあいだ目的地も定めずに歩き続ける。体を動かすことで頭痛が治まるのではないかと期待していた。どうすれば罪の意識から逃れられるのだろう。なぜ最近になって、過去の過ちが耐えがたく思えるようになったのだ？　何年もかけて肩の上に積み重なっていた罪悪感が、ひと晩で一気に重みを増したようだ。それは支えられないほどの重さだった。

かなり歩いたデヴィッドは、〈ホワイツ〉の前に立っていることに気づいた。辺りは薄暗くなっている。彼は明るく照らされた窓を憂鬱そうに見つめた。今夜はすべてを忘れたい。

社交クラブの階段をのぼり、なにもかも忘れてとことんまで酔おうと、人目につかない角の席を探した。

給仕にワインをボトルで持ってくるよう命じて、クラブのなかを見渡す。あまりの混雑にあきらめかけたとき、ひとつだけ空いている席を見つけた。賭け台帳のすぐ向こうだ。そこへ向かう途中、男たちの一団が立っていた。デヴィッドが近づくと、数人の男が彼に気づき、何人かが意味ありげな笑いを浮かべた。「久しぶりだな」デヴィッドは軽く頭を下げた。知った顔が混じっていたからだ。

男たちのにやにや笑いが大きくなる。「これは、これは」ひとりの男が間延びした口調で言い、さっと移動して賭け台帳をうやうやしく指し示した。「最近の賭けがどうなっているか気にならないか?」デヴィッドは躊躇し、断ろうとした。今はただ思いきり酒が飲みたい。賭けなどする気分ではなかった。だが、男たちの様子はどこかおかしく、感じの悪い目つきをしている。デヴィッドはたいして興味がないふりを装って賭け台帳に近づき、表紙をめくった。なにか賭けないことにはこの場を収められそうになかったからだ。

だがページはすでに埋まっていた。しかも何週間も前の日付だ。次のページを確かめようとしたとき、自分のイニシャルが目に留まった。〝DR〟の文字は、ほとんどすべての賭けに登場していた。

〝DRが一カ月以内にボウ・ストリートの捕り手に勾留《こうりゅう》されることに、エヴァンズ大尉が五〇ポンド、ミスター・メルヴィルが二〇ポンド〟〝DRがギャンブルでリース家の財産をすってしまうことにHT卿が一〇〇ポンド、ミスターRTが五〇ポンド〟〝B卿がDRを呼び出すことに、ミスター・グレンサムが二〇ポンド、ミスター・トンプソンが五〇ポンド〟〝WA卿がDRを呼び出すことに二〇ポンド、一〇ポンド〟〝M卿がDRを呼び出すことに二〇ポンド、一五ポンド〟〝E公爵が帰国するまでに財産を失っていることに五〇〇ポンド、二〇〇ポンド〟

デヴィッドは慎重な手つきで台帳をめくった。悪意に満ちたつぶやきが耳鳴りの向こうから響いてくる。次のページを読むふりをしながらもデヴィッドの視界は揺らぎ、手が自然と握り拳をつくっていた。ぼくは、このろくでもない連中から笑いものにされている。同じ階級の者にばかにされているのだ。ともに堕落した遊びにふけり、ぼくに金を払わせてへらへらしていた連中に。殴られたほうがまだましだった。デヴィッドは踵を返してその場を去ろうとした。

「賭けに加わらないのか?」ヘンリー・トレヴェナムはにやにや笑いを隠そうともしなかった。デヴィッドは相手の胸に剣を突き立ててやりたかった。トレヴェナムはかつて友人だった。さいころ賭博で大勝ちしたり大金をすったりした仲で、いわば同じ穴のむじななのだ。デヴィッドは長いことトレヴェナムを見つめていた。相手が口元を引き締め、やや背筋を伸ばす。「いや」デヴィッドは答えた。「加わらなきゃいけないのか?」

「賭けられそうなネタがたくさんあるだろう」トレヴェナムが挑発する。「おまえはいつだって賭博に目がなかったじゃないか」男たちのあいだに押し殺した笑いが伝わった。

デヴィッドは怒りを静め、かすかにほほえんだ。「どうやらおもしろいネタを見落としたらしい」わざとらしく台帳を振り返る。「そうそう、これだ。E公爵というのは……エルキントンのことか?」

トレヴェナムの笑みがこわばった。「違う」彼はわざと驚いたような表情を浮かべた。「おまえの兄、エクセターのことじゃないのか? おまえに領地の管理を任せて旅に出たんだろう?」質問というよりも非難するような口調だ。デヴィッドは目の前の下劣な男をぼこぼこに殴りつけたい気持ちをこらえ、意識して手の力を抜いた。冷静な表情を保って台帳が置いてある台に肘をつく。

「そのとおりだ」

トレヴェナムもほかの男たちも、デヴィッドが平然としていることが気に入らないようだった。ジョージ・エヴァンズが前に進み出た。「そいつは見落としていたな。ぼくも賭けるとしよう」デヴィッドの目の前でエヴァンズが台帳に記入する。〝E公爵は間違いなく財産を失う〟と。賭けの相手がいないこともおかまいなしだ。「今日はなんだ? 金庫の中身の減り具合でも報告に来てくれたのか?」

デヴィッドは片方の眉を上げた。「とんでもない。これがぼくの兄のことだというなら、残念ながらきみらの負けだ」

「おまえをおとしめられるなら、金などどうでもいいさ」別の男が苦々しげに糾弾した。

「おまえのせいで捕り手に目をつけられたんだ! 紙幣の偽造にかかわったとな」最後のほ

うは声を落として吐き捨てるように言う。「ぼくらの誰ひとりとして、二度とおまえを仲間とは認めないからな。おまえと同じテーブルにつくやつも、おまえと賭けをするやつもいない。おまえは終わりだ！　ぼくらの名誉を汚した報いだ」まわりの男たちが盛んに同意した。

デヴィッドはめいっぱい背筋を伸ばし、自分のほうが少しだけ背が高いことを利用して男たちを見おろした。「メルチェスターに自分の子供を押しつけといて、なにが名誉だ」思わぬ反撃に相手があんぐりと口を開けた。デヴィッドが冷笑を浮かべる。「レディ・メルチェスターは寝室の出来事を隠したりはしないからな」デヴィッドはレディ・メルチェスターとベッドをともにしたことはなかった。誘惑されたことはあるが、夫ではない男の子供を身ごもっている女性との情事は、さすがのデヴィッドでも腰が引けた。偽善者たち全員に聞こえるようにわずかに声をあげる。「おまえたちが自分のやっかいごとをぼくのせいにしたいなら、考えてみることだ。ぼくの知り合いすべてが疑われたわけじゃないのに、なぜおまえたちが疑われちが疑われた？　ボウ・ストリートの連中がロンドンの堕落した賭博者リストを作成しているだけで、ぼくと付き合いがあることは関係ないんじゃないか？　改めて言うまでもないが、た？　ぼくは偽札に関しておまえたちの誰も非難してはいない」

「だが、エクセターはぼくらを見張っていた！」トレヴェナムがうなるように言った。「ぼくたち全員を！　あいつの賭け方はまるで……まるで……」

「おまえみたいだったか？」デヴィッドは涼しげに答えた。「兄のやり方が正しいとは言わない。そもそもぼくはおまえの意見を誤解していたようだ。おまえはマーカスに密告されたと言いたいのか?」

男たちはもごもごと文句を言った。誰も表立ってマーカスを敵にまわしたくないのだ。「それでは、これで」彼は出口に向かいかけたところで振り返った。「そうだ。賭けのことを忘れていた」デヴィッドは芝居がかったしぐさで、賭け台帳の最後に自分の名前を記した。エヴァンズが先ほど書き加えた一ポンドの賭けの相手を買って出たのだ。「しかし、妙な賭けをするもんだ」彼はペンを元に戻し、男たちにもの憂げな笑みを向けた。「エクセター家が財産を失う? 冗談もたいがいにしてくれ」デヴィッドは苦虫を嚙みつぶしたような顔をしたかつての仲間の前を、首を振りながら悠然と通り過ぎた。彼らの身勝手な怒りや嘘、そしてなによりも、そのあいだに潜む真実から逃れたかった。体が意思とは無関係に勝手に動いているようだ。本当は誰かに殴りかかってテーブルをひっくり返し、ものを投げつけたい。そうしないために忍耐力を総動員しなければならなかった。

出口にたどり着く前に、誰かがデヴィッドの腕にふれた。デヴィッドはそれを払いのけ、ドアを凝視して歩いた。平静さを失わずにここから出られたら、すべてがうまくいくように思えた。なんとかしてこの状況を切り抜けるんだ。どうにかして名誉を回復してみせる。しかしどうやって?

ドアにたどり着いたところで、給仕が彼に追いついた。「ワインです」息を切らしながら、先ほど注文したワインがのったトレイを掲げる。デヴィッドはグラスをとり上げ、一気に空けるとボトルをつかんだ。「あの……お注ぎしましょうか?」面食らっている給仕に向かってさっと手を振る。それから帽子をかぶり、ワインボトルを持って外に出た。デヴィッドは再び当てもなく歩き始めた。そして歩きながらワインを飲んだ。

二時間後、ボトルは空になっていた。デヴィッドは足を引きずりながら歩き続けた。千鳥足になっていることはわかっているのだが、もはや人目を気にするだけの意志も体力も残っていない。ブルゴーニュ産のワインは頭を朦朧《もうろう》とさせてくれたものの、絶望感までは薄れさせてくれなかった。血のつながった従弟に裏切られたことも、薄っぺらな体面を脅かされ、手のひらを返したようにデヴィッドを非難したくだらない連中のことも忘れてしまいたい。経験上、いやなことを忘れるにはワインがいちばんだ。デヴィッドは手にボトルをぶら下げたまま自宅へ足を向けた。

玄関にバネットが立っていた。「お帰りなさいませ」主人が酩酊《めいてい》して帰宅するのは日常茶飯事だというように、帽子と手袋を受けとる。実際、気づいていなかっただけでしょっちゅう泥酔していたのかもしれない。デヴィッドはぼんやりとした頭で思った。

「ほら」空のボトルを差し出し、手袋を脱ぐ。片方の手袋が裏返しになった状態で床に落ちた。「新しいワインを持ってきてくれ」

バネットはボトルを受けとった。「かしこまりました。マダムにお食事を運んでくださいますか？」

マダム？　デヴィッドはふらつきながら思い出した。彼女に食事を届けるようバネットに指示すべきだ。今の自分には誰の相手も無理なのだから。「ああ」デヴィッドは曖昧に答えて大儀そうに階段をのぼった。

鍵がドアにすれる音を聞きつけたヴィヴィアンは、マットレスの下に薄い詩集を押し込んだ。ようやくデヴィッドが来てくれた。空腹でもあったが、彼の顔を見るのが楽しみだった。期待に胸が高鳴り、彼女は急いで立ち上がった。しかし、ドアはいつものように勢いよく開かず、くぐもったののしり声が聞こえてくる。しばらくがちゃがちゃという音が続いたあと、ようやく施錠が外された。

ヴィヴィアンは本能的にあとずさりして表情を消した。こういう音には聞き覚えがある。デヴィッドは酔っているのだ。間違いない。酔ってどう変貌するのかわからないが、フリンを見てきた限り、いいほうに変わるとは思えなかった。

ドアが開き、壁にぶつかって大きな音をたてる。そこには危なっかしくトレイを持ったデヴィッドが立っていた。彼の目が室内をさまよい、ヴィヴィアンに留まる。「食事だよ」デヴィッドは不明瞭に言って部屋に入ってきた。彼がドアをブーツの踵で蹴ると、扉が閉まる派手な音にヴィヴィアンは身をすくめた。デヴィッドはしかめっ面のままよたよたと部屋を横切り、テーブルの上に乱暴にトレイを置いた。「食べて」そう言うと、苦み走った表情で椅子に崩れ落ちる。

ヴィヴィアンは動かなかった。「あなた、泥酔してるじゃない」

彼は外套のポケットからワインボトルをとり出した。「そうだ」コルクを引き抜きグラスにワインを注ぐ。「時間が経つにつれ、ますます酔いがまわってきた」

デヴィッドは凶暴な酔っ払いには、つまりフリンのようには見えなかった。あえて言うならみじめな酔っ払いだ。うなだれて、ボトルからグラスに落ちる液体を見つめている。ヴィ
ヴィアンは用心して前へ進み出た。「なぜ？」

「そりゃあ、ぼくがどうしようもない男だからさ」デヴィッドはそう言ってグラスを半分空け、片手を振った。「さあ、食べるんだ。このうえきみを飢えさせるつもりはないよ」

「なんでそんなに酔っ払いたいの？」ヴィヴィアンは食事の勧めを無視した。

「しらふでいるより酔ってるほうが好きなんだ」

ヴィヴィアンは疑り深そうに彼を見た。これまで彼が酔っているところは見たことがない。言葉どおりには受けとれなかった。「なぜ？」

デヴィッドがワイングラスをまわす。「忘れられるからさ」

彼女が眉を上げる。「なにを忘れなきゃならないの？　豪華な食事でおなかの具合でも悪くした？」

デヴィッドは肩を上下させ、ため息をついた。「きみにはわからないさ。気にしなくていい」

ヴィヴィアンはしばらくデヴィッドを見つめていた。自業自得に決まっているのだから、くよくよさせておけばいい。同情する理由などないし、そのつもりもない。ヴィヴィアンが感じているのは同情ではなかった。デヴィッドが、いつものあり余るエネルギーや魅力を微塵《みじん》も感じさせないほど酩酊して、暖炉の火を見つめている理由が知りたかった。その表情は

空っぽだ。「お金持ちの紳士には、わたしみたいな女にはわからない悩みがあるんでしょうね。料理人が夕食を焦がしたとか、仕立屋に頼んだ下ばき《ドロワーズ》が小さすぎたとか」

デヴィッドは椅子の向きを少しだけ変え、ぼさぼさの髪のあいだからヴィヴィアンを見上げた。「ぼくの真っ黒い魂を見たいのかい？　きみの繊細な心を汚すのは本意じゃないが、どうしてもと言うなら……」彼は片方の足をテーブルの脚に突っ張って、体をずり上げた。「ぼくはこの春、残忍な裏切り者にまんまと利用されてしまった。信じられないだろ？　財産と家柄を兼ね備えたこのぼくが、そんな悪事に巻き込まれるとは。でも本当さ。それで今はロンドン社交界の鼻つまみ者なんだ。子供のころから知っている連中さえ、リース家が次にどんな災難を背負い込むかで賭けをしている」デヴィッドは再びうつむき、打ちひしがれた声で言った。「ぼくは間抜けな笑いものにされているんだ」

ヴィヴィアンはなにも言わなかった。賭けのネタにされただけではないはずだ。デヴィッドは笑いものにされたくらいでへこむような男ではない。不敵なほどの自信に満ちた姿ばかり見てきたからか、他人に悪口を言われたくらいで落ち込んでいるとは思えなかった。絶対に違う。わたしが屈辱的な言葉を投げつけたときも平気で笑い飛ばしたくせに、陰口を叩かれたくらいでこんなふうにはならないだろう。そりゃあ悪口を言われて喜ぶ人はいないが、そんなことで世界が終わるわけでもない。だいいち、この人が本気で非道なことをするはずがないのだ。そんなことができる人ではない。わたしが骨折したあばら骨に肘鉄を食らわせたときも、この人は手を上げなかった。フリンに同じことをしたら、気絶するほど殴られるはず。

今夜のデヴィッドは自己憐憫《れんびん》にひたることに決めたようだが、ヴィヴィアンにはそれが我慢ならなかった。たいした理由もないように思えるのだからなおさらだ。彼女は彼の脚に目を落とした。歩くときにかばっていたほうの脚を前に投げ出している。「どうして脚を痛めたの？」ヴィヴィアンは衝動的に尋ねた。

彼は一瞬、顔をこわばらせ、それからため息をついた。拳を脚にあて、関節部分でマッサージする。「馬車の事故で脚を折ったんだ」デヴィッドが答えた。「友達とレースをしていて馬車がくぼみにはまった。パーシーに聞いたところでは一〇メートル飛ばされて坂を転げ落ち、茂みに突っ込んだらしい。完全に酔っ払っていたから覚えていないんだ」自嘲ぎみに言う。「もう何カ月も前のことだけど、いまだ婆《ばあ》さんみたいに足を引きずってるのさ」

身体的な痛みならヴィヴィアンにも理解できた。脚が不自由になるというのは一生の問題だ。仕事にも影響する。しかし、デヴィッドの場合はそこまでひどくないので、それほど心配することはないように思えた。「お気の毒に」ヴィヴィアンが言うと、彼は憂鬱そうな目をして手を振った。

「きみにはどうしようもないことだ」

「そりゃそうだけど、慰めるくらいはいいでしょう」彼女が言い返す。彼はどうでもいいというように片手を上げ、グラスを見つめていた。ヴィヴィアンは部屋を横切ってデヴィッドの真正面に立った。「だからって、この先ずっと自分を哀れんでいるつもり？　立派な図体《ずうたい》をしているくせに。雨風をしのぐ家と、靴を磨いてくれる人がいるだけじゃ満足できないっていうの？　おなかを満たす食べものもあるし、つま先を温める暖炉もある。服だって山ほどあるじゃない。専用の馬車までよ！　どれかひとつを持ってるだけだって、ひざまずいてありがたがる人たちがいるの。それなのに、陰口を叩かれたとか、ちょっと足を引きずっているくらいでぐちをこぼすなんて。そのくらいで同情してもらえると思ったら大間違いだわ」ヴィヴィアンはあきれたように手を振った。「あなたは甘やかされたお坊ちゃんなのよ」デヴィッドは身動きしなかった。「きみの言うとおりだ。ぼくがそれに気づいていないとでも思ってるのか？」ワインを勢いよく口に運ぶ。クラヴァットに赤いしみが飛んだが、デヴィッドは気づいていないのか、おかまいなしだ。「ぼくの人生なんてみじめなものさ」彼は小声で言った。「〝かわいそうなデヴィッド。家柄をとったらなんにも残らない。なにか悪さをしたら母親が謝罪する。カードでいんちきをしたら兄が支払いをしてくれる。デヴィッドの言うことを真に受けるな。しょせん甘やかされた坊ちゃんなんだ！〟」おしまいのほうは荒々しい口調だった。

「ほんと、甘やかされてるわ」ヴィヴィアンはぴしゃりと言い返した。「困ったときに面倒を見てくれる家族がいることに文句を言うわけ？　救いようがないわね」

デヴィッドは木の背もたれに頭を預けた。自分が恵まれていることはわかっている。それをぐちっているわけじゃない。これまで無為に生きてきて、そうやって失った時間を嘆いているのだ。昨日は世界の頂点に立っているような気分だった。なんでもできると思った。ところが今は……社交クラブの男たちが賭けていたように、エクセター家の運営に失敗し、財産を使い果たしてしまうことを恐れ、兄が一刻も早くヨーロッパから帰国してくれることを願っている。一瞬、なにもかも投げ出してしまいたくなった。荷物をまとめて朝までに消えようと思えばそれも可能だ。狩猟小屋へ行ってもいいし、誰にも期待されずにすむ僻地《へきち》の領地へ引きこもってもいい。責任も誠意もうんざりだ。もうやめてしまいたい！

「それじゃあ降参するのね」ヴィヴィアンの声に、デヴィッドは現実に引き戻された。「他人の悪口を言うしか能のない連中からしっぽを巻いて逃げ出すわけね。そうしなさいよ。連中は笑ったりしないから。偉そうに顎を突き出して〝こうなると思ってた〟なんて言わないわよ。大丈夫。あなたは自らその程度の人間だってことを証明するんだわ」

「賢明な助言をありがとう。ずたずたになった自尊心の切れ端をご丁寧にも灰にしてくれるとは」デヴィッドは不機嫌そうにヴィヴィアンを見た。

彼女はあきれたように目をまわし、ふんと鼻を鳴らした。「わたしになにを期待してたの？　〝そんなことになって、かわいそうなデヴィッド〟とでも言うと思った？」デヴィッドは反論もせず、再びグラスに酒を満たした。「わたしが同情すると思っていたなら、それこそ飲みすぎよ」

「同情してくれなんて言ってないさ」デヴィッドはワインを飲んだ。彼女に言われなくても飲みすぎていることくらいわかっている。こんなに酔っ払っているというのに、なぜ気分が晴れないのだろう？　いつもなら酒を飲めば楽しくなれた。酒は味方だった。それが、酒の力をいちばん必要としているときに、このワインはちっとも役に立ってくれない。「きみに同情してもらおうなんて思っていない」デヴィッドは腕に力を入れて椅子から立ち上がり、ふらつきが治まるのを辛抱強く待った。グラスに注ぐ手間さえ省いて、ボトルから直接ワインを飲む。飲んだくれ扱いされたのだから、そのとおりにふるまってやる。今夜の彼は、みじめな気持ちを忘れられるならなにを手放しても惜しくないと思っていた。

ドアに向かうデヴィッドにヴィヴィアンは声をかけなかった。デヴィッドは扉を開けるのに手間どっているようだ。ノブをつかむことはできるのに、うまくまわせないらしい。彼は深く息を吸って、再び吐いた。手に意識を集中させる。ようやくがちゃりと音がした。

「わたしは哀れんだりしないわよ」ヴィヴィアンは言った。デヴィッドは半分廊下に出かけたところで足をとめた。「あなたのことを騒ぎ立てた連中のほうが正しいと思うからじゃないわ。もちろんその人たちは残酷で意地が悪いと思うけど。それから、あなたが抱えてる問題のせいでもない。ほかにも苦しんでいる人は大勢いるし、あなたにもそれはわかってるはずよ。自分を哀れむのはやめて。他人にどう思われようが関係ないじゃない」

「自己憐憫じゃなく、罪の意識だとは思わないか?」デヴィッドはおざなりに肩をすくめた。「ぼくは自分がなにをしたのかわかってるんだ。それを後悔しちゃいけないのか? 自分の行為の結果に苦しんじゃいけないのか?」

「自分の行為の結果から逃げられる人なんていないでしょう? だからといって、ぜんぶを背負う必要はない。罰を与えればものごとが正せるとは限らないもの」

デヴィッドは彼女の顔を見た。天使の顔をした泥棒の顔を。彼女はきれいごとを言っているのではない。「そうだね」彼は静かに言った。「でも、ぼくの場合は……自分でも罰を受けて当然の人間だと思っているんだ」彼女が答えずにいると、デヴィッドは静かに部屋を出ていった。

# 11

翌朝になって酔いが醒めると、憂鬱な気分もだいぶましになっていた。

頭のなかにヴィヴィアンの言葉がこだまする。〝わたしが同情すると思っていたなら、それこそ飲みすぎよ。わたしは哀れんだりしないわよ。自分を哀れむのはやめて〟彼女の言うとおり、ここで音をあげて田舎に引っ込めば、自分から負けを認めることになる。ぼくに対する中傷を肯定することになるのだ。かつてはそう言われて当然の男だったこともあるかもしれないが、今は違う。デヴィッドはそれを証明するつもりだった。昨日の夜〈ホワイツ〉にたむろしていた見かけ倒しの紳士どもになんと言われようとかまわない。だが、やつらに侮蔑されたせいでロンドンを逃げ出したと思われるのはいやだ。彼らが間違っていることを証明するためにも、そして、あの賭け台帳にあったすべての賭けで損をさせてやるためにも、ぼくはここに残る。そしてマーカスの資産を増やしてみせる。すでに〈ダッシング・ダンサー〉を手に入れた。あの馬だけでも相当の価値がある。リース一族に挑戦したらどういうことになるか、社交界の連中に見せつけてやる。手始めに今日、派手に外出してみよう。ヴィヴィアンを連れて。

トレヴェナムもグレンサムもくたばっちまえ！　ヴィヴィアンは誰よりも親身になってくれた。彼女に上等なドレスを着せて、首元と髪に宝石を飾ったら、あのえせ紳士どもは——彼女の生い立ちを知ったら口もきこうとしないであろう連中は、骨抜きになるだろう。

自分でも気づかぬうちに、デヴィッドは小柄で辛辣《しんらつ》な追いはぎの虜《とりこ》になっていた。毎晩、彼女のいる屋敷に帰ることがあたり前になった。ヴィヴィアンをわざと挑発して癇癪《かんしゃく》を起こさせるのも、からかって笑わせるのも同じくらい楽しい。もっと別の状況で出会っていれば……。

せめて彼女が……。

女性で失敗したことは何度もある。デヴィッドは軽率かもしれないが、盲目的に人を愛したことはなかった。自分にそんなことは起こり得ないと思っていた。それなのにヴィヴィアン・ビーチャムが同じ階級の女性だったならと願っている自分がいる。

そんなことになったら、彼女も今とは違う人間だったかもしれない。デヴィッドが声もかけられないような上品なレディになっていたかもしれないし、彼に興味を示してくれなかったかもしれない。堅実な男とさっさと結婚していたかもしれないではないか。ヴィヴィアンを解放してやらなければならないという思いと、ずっとそばに置いておきたいという思いのあいだで、デヴィッドは葛藤《かっとう》していた。

どうすればいい？　ヴィヴィアンにはいまだに気持ちをかき立てられる。彼女の境遇を知ったことで、新たな体験をさせてやる楽しみもできた。そう、ホットチョコレートのときのように。デヴィッドは目を閉じて、ホットチョコレートを飲んだときのヴィヴィアンの表情を思い出した。彼女に贅沢三昧《ざんまい》をさせてやりたい。絹のストッキングをはかせてやったらどんな顔をするだろう?

そんな場面を想像すること自体、自分らしくなかった。いつもならストッキングを脱がせるほうに興味がある。もちろんはいたままでもことは成せるが。ヴィヴィアンがそれを望むなら、喜んで実演してみせるだろう。

デヴィッドはこの問いを反芻《はんすう》した。彼女も誘惑されたいと思ってくれるだろうか? それはきいてみるまでもないような気がした。むしろ、ぼくが誘惑しても拒まないだろうかと問うべきだ。ヴィヴィアンを口説きたい気持ちはやまやまだったし、監禁してさえいなければありとあらゆる手段で気を引こうとしただろう。だが、自分の屋敷に閉じ込めてしまったことで、彼女に負い目ができた。拘束している相手に迫るのは卑劣に思える。

そこまで考えて、デヴィッドは笑みを浮かべた。とらわれのヴィヴィアンか。監禁されているというのに退屈を訴える女性がいるなど聞いたこともない。どこぞの公爵夫人のようにとりつく島もない態度をとったり、漁師の女房のようにわめきたてるほうが普通だろうに。なんといっても昨夜のもの言いには恐れ入った。ぼくは、あんなふうに容赦なく事実を突きつけてくれる人を必要としていたのだ。ほかに近しい女性といえば、義理の母と妹、そして義理の姉がいる。仮に打ち明けたのが義母のロザリンドだとしたら、エヴァンズやトレヴェナムたちの二枚舌を暴露してリースの家名を守ろうとするだろうし、義妹のシーリアならぼくを慰め、そういうことをする男やその一族とは二度と口をきかないとでも言うだろう。義姉のハンナだったら、噂話などというくだらないものに耳を貸すな、と説教するに決まっている。そのままの自分を貫けと言ってくれるのはヴィヴィアンだけだ。さらに彼女は、事態はずっと悪くなっていたかもしれないのだからぐちるのはよせ、中傷した連中が間違っているのなら、それを証明してやれと言ってくれた。

デヴィッドはそんなヴィヴィアンの態度を好ましく思っていた。

ドアがきしむ音に思考が途切れた。「ご主人さま、お客さまがお見えです」バネットが言った。

「客？　誰だ？」デヴィッドが驚いて問い返す。

「ミスター・パーシーとお連れさまです」バネットが小さなトレイを差し出す前にデヴィッドは立ち上がっていた。

「お通ししろ」

バネットはうなずいて部屋を出ていった。しかし悪友たちは、召し使いが玄関ホールに到達しないうちに屋敷のなかになだれ込んできた。

「……ほかにどんなネタがある？　ぼくが賭けの相手になってやるよ」笑いを含んだエドワード・パーシーの声がした。「ブリクストン、ぼくはおまえの金を巻き上げるのが大好きなんだ」

「もともとおまえの金だったりするからな」ハル・ブリクストンがうざったそうにやり返す。

「もうおまえとは賭けなんてするものか。よう、リース！」

「おはよう」デヴィッドは椅子を指し示した。「こんな早朝からなんの用だ？」

「友への忠誠心だよ」アンソニー・ハミルトンが答えた。

「二〇年来の付き合いだからな」パーシーも言う。

「おまえには一二〇ポンドの貸しがある」ブリクストンがつけ足した。

「今すぐ返せなんて言うなよ」デヴィッドは答えた。

「そんなこと言うものか」とハミルトン。「ぼくらは友を元気づけに来たんだぞ。そのくらいの金、ブリクストンなら気にしないさ」

「他人ごとだと思って」そうぼやいたブリクストンはハミルトンににらまれ、慌てて言い添えた。「もちろんだ。気にするな、リース」

デヴィッドは男たちの顔を交互に見た。「さては〈ホワイツ〉の賭け台帳を見たんだろう」

「むかつく野郎どもだ」とパーシー。

「けちな連中め」ハミルトンも同調する。

「いや、あれなら何週間も前に見たよ」ブリクストンが言った。「だが昨日、おまえがあれを見たと聞いて……」

デヴィッドは手を振った。「気にするな。すっからかんになるまでやらせとけばいいさ。ぼくのせいでマーカスが破産するとかいうエヴァンズの賭けに乗ってやれよ。ぼろ儲《もう》けだぞ」

「逆上していないのか？」ブリクストンが叫んだ。「ぼくらはトレヴェナムとの対決をやめさせようとして訪ねてきたのに」

「ぼくがあいつを呼び出すか、あいつがぼくを呼び出していたなら、とっくにけりがついている時間帯だと思うがね」デヴィッドはそっけなく言った。「決闘をとめるつもりがあるなら、日の出前に起きないと」

ハミルトンが咳払いする。「そんなことになるとは思ってなかったんだ。ブリクストンも本気で言ったんじゃないさ。ぼくらが来たのは、噂話や賭けには加わってないってことをはっきりさせておきたかったからだ」

「噂って？」デヴィッドは背もたれに寄りかかった。「最近、あまり出歩いていないんでわからないんだ」

「たいしたことはない。いつもどおり事実無根のほら話だよ」ハミルトンがごまかす。

「おまえがエクセター・ハウスの調度品を売り払ってるってさ」パーシーは遠慮なしに言った。「エクセター家は、スキャンダルを避けてロンドンを出たらしいとも聞いたぞ。それから、おまえはじきにボウ・ストリートの連中につかまって、盗みと偽札製造と反逆罪でニューゲート監獄送りにされるって」

「反逆罪？」デヴィッドは声をあげて笑った。「どういう反逆だ？　最新クラヴァットのデザインをアメリカ人に売ったとか？」

「さあ。おい、アメリカ人は最新のクラヴァットにいい値をつけるのか？」

「それはともかく反逆者はつるし首だろ？」デヴィッドが続けた。「監獄送りですむとは幸運だ」

「おまえ、ぜんぜん気にしてないんだな」ブリクストンが言う。「ハミルトンは、おまえが発狂するとか言って焦りまくってぼくらを叩き起こしたんだぜ」

「おまえはたいした友達だよ」ハミルトンが言い返す。「友の一大事より朝寝のほうが大事だっていうんだから」

「まったくだ。しかし、助《すけ》っ人《と》の必要もない」デヴィッドは気楽に言った。「トレヴェナムはぼくのことが気に入らないだけさ。女どもの噂話に踊らされて好きに賭けさせておけばいい」

この発言に、客人たちは拍子抜けしたようだった。「それじゃ、ぼくは崇高な友人の役が演じられないじゃないか」とパーシー。「だいいち質屋に家財を売り払ってないなら、いったいなにをしていたんだ？　社交界に顔を出さないなんておまえらしくない」

デヴィッドは肩をすくめた。「前にも言っただろう。エクセター公爵の業務をやらなきゃならないから時間がないんだよ」

「なんだ」パーシーがあからさまにがっかりした顔をした。「そうか」友人たちはしばし沈黙して、社交界に顔も出せないほど働くというのはどういうことだろうと想像を巡らせた。

「あのさ」パーシーがおずおずと切り出す。「おまえまで……あんなになるつもりじゃないよな？　兄貴みたいにさ」

「まさか！」デヴィッドは鼻にしわを寄せた。「マーカスが帰ってきたらたちまち役立たずの怠け者に戻るよ」言いながらも、デヴィッドは本気でそうなるとは思っていなかった。

「それを聞いてほっとした」ハミルトンが言う。「仲間がいなきゃ、悪さをする楽しみも半減するからな」

友の笑い声に、デヴィッドはあやうくノックの音を聞き逃すところだった。

「なんだ、バネット？」デヴィッドはにこやかに尋ねた。召し使いはドアの辺りをうろうろしている。

「マダムが新しい本をご所望でして。持っていってもよろしいでしょうか？」

ハミルトンの耳がぴくりと動いた。ブリクストンも意味ありげな口笛を吹く。「マダムだって？」パーシーがはやし立てた。「二階に女を隠しているのか？」

デヴィッドは唇を引き結んで苦笑いした。「違う、違う。そんなんじゃない」彼は勢いよく椅子から立ち上がって部屋を横切り、バネットを部屋から押し出した。

「そんなんじゃない？」パーシーが笑った。「じゃあ、どんなんだ？　残らず白状しろ」

「そうだ」ブリクストンが言った。「どういう女性なんだ？　だから夜遊びしなかったのか？」

バネットは脚をもつれさせるようにして廊下に出た。「あの、本は？」

「わかった、わかった」デヴィッドは低い声で言いながら、肩越しにうしろを見た。「好きなのを持っていってやれ」ドアを閉めて、今や怖いくらい生き生きしている友人たちに向き直る。

「さっそくその女性を拝見しようじゃないか」ハミルトンが無遠慮に言った。「ここへご登場願おう」

「だめだ」

「いいだろう？　なにもったいぶってるんだ？　手を出したりしないから」ブリクストンがくっくと笑う。

「だめだ」デヴィッドが繰り返す。

友人たちは目を見合わせた。「リース、ずるいぞ」パーシーが言った。「ぼくらが引き下がると思ったら大間違いだ。二階に女を囲って、スキャンダルの恐れもなくいい思いをするなんて天才的なアイデアだよ。女神を前に勝利を祝おうぜ。ぼくらはおまえのしもべだ！」

「寝ぼけたことを」とデヴィッド。「なにが言いたいのか意味不明だ」

「しかし、家政婦というわけではないだろう」ハミルトンがからかう。「その筋の女でもない。女優やオペラ歌手、それに商売女との噂はこれっぽっちも聞いていないからな。いったい誰なんだ？」

「親戚が訪ねてきてるんだ」デヴィッドは苦しまぎれに言った。「遠い親戚でね。おまえたちは名前も聞いたことがないだろう」

「なんだ親戚か」パーシーは即座に興味を失ったようだった。

「年上なのか？」ハミルトンが弁護士顔負けに追及する。デヴィッドは、さあというように手のひらを天に向けた。「若いのか？」デヴィッドが曖昧に首を振る。「美人か？」ハミルトンは期待に満ちた声で食い下がった。

「まどろっこしいな」ブリクストンが口を挟んだ。「ハミルトンは、彼女が金持ちかどうかが知りたいんだ」みんなが笑った。デヴィッドも硬い笑みを浮かべて椅子に戻った。まったく、友人の前でヴィヴィアンのことを持ち出すとは、バネットのやつ、いったいなにを考えているんだ？　人前で口にすべきことじゃないだろうに。本腰を入れてまともな召し使いを探さなければならないようだ。

「ハミルトン、彼女は資産家にはほど遠いと言っておこう。どうしても会いたいと言うならとり次いでやる。だがな、彼女のことはぼくが責任を負っているんだ。よこしまなことを考えると、夕方までに牧師か拳銃のどちらかを選ばせるぞ」デヴィッドは呼び鈴の上で手をとめた。「どうする？」

「冗談じゃない！」パーシーが青い顔をした。「心底ぞっとするね。おまえがお目付け役だって？」

「いったい世のなかどうなってるんだ？」ブリクストンが笑った。「そのうち、負いはぎが郵便配達をするようになるぞ」

〝追いはぎ〟という言葉に、デヴィッドの笑みが凍りついた。「まったくだ」彼は驚きを隠して相槌を打った。「すまないがもう行かないと。エクセター公爵の業務は待ったなしなんだ」デヴィッドは立ち上がった。「訪ねてきてくれてありがとう」

「はい、はい」ブリクストンとパーシーは〝狼《おおかみ》に羊の、猫にクリームの番をさせるようなものだ〟などと言いながら出ていった。ハミルトンがドアの手前でデヴィッドを待っている。「本当は誰なんだ？」彼は低い声で尋ねた。デヴィッドはなんのことかわからないというように友人を見た。「本家であるエクセター・ハウスが目と鼻の先にあるというのに、ここに親戚の女性を滞在させるはずがない。白状しろよ」ハミルトンの目は鋭かった。

「名前を教えてもどうせわからないよ」デヴィッドが答える。「名家のご令嬢なんかじゃないからな」

「そうなのか？」ハミルトンは長い間を置いてつぶやいた。「どうも腑《ふ》に落ちない」

ふたりの友人のあとをゆっくりと歩み去るハミルトンを見ながら、デヴィッドは考えた。用心したほうがいいだろうか？　友人たちは詳しい話を聞きたがっている。彼女の素性やこの屋敷にいる理由が知れたら、彼らはどうするだろう。まあ、案ずることもない。連中が捕り手に通報するとも思えないし、ならず者同士とはいえ、仲間の愛人を奪ったりはしないだろう。もちろんヴィヴィアンはぼくの愛人ではないが、友人たちにはそう思わせておくつもりだった。彼女を守るために。

心の底で愛人にしたいと思っているからではなく。

バネットが三冊の薄い本を持ってくると、ヴィヴィアンは目を丸くした。「ご主人さまがなんでも持っていっていいとおっしゃいましたので」召し使いはドア越しにそう言って、本を下から滑り込ませた。ヴィヴィアンは飛びつくように本を抜きとると、はずんだ声で題名を読み上げた。「女性が喜びそうな本を選んだつもりです」

「ああ、ありがとう！　ありがとう、バネット」ヴィヴィアンは嬉しそうに言った。「ぜんぶ読むわ」

「手助けが必要なときはおっしゃってください」バネットがつけ加える。ヴィヴィアンはにっこりした。

「ええ、そうする。あなたはすてきな人ね」

バネットの声が和らぐ。「ありがとうございます。そんなことを言ってくださるとは」

ヴィヴィアンはドアに手を置いてささやいた。「あなたのしてくれたことを考えたら、こんな言葉じゃ足りないわ」

ドアの向こうが一瞬しんとして、やがて足音が廊下を遠ざかっていった。ヴィヴィアンはバネットに親近感を覚えてほほえんだ。彼が本を持ってきてくれたり、ときどきドア越しに話をしたりしてくれなかったら、ただ座ってデヴィッドを待つだけの日々だったら、精神的にまいってしまったはずだ。

ヴィヴィアンは本を胸に抱き締めて部屋を横切り、窓辺に腰をおろした。読書が好きだと思ったことはなかったし、今でも難解に感じることはある。詩はあまり好きではないし、小説も好みがあった。だが、戯曲は大好きだ。なぜかデヴィッドの図書室には戯曲の蔵書が豊富で、ヴィヴィアンはそれらを片っ端から読破しているところだった。戯曲は空想の世界を見せてくれる。彼女が生まれ育ったのとはまったく別の世界を。

数時間後、鍵が差し込まれる音がしたとき、ヴィヴィアンは本の世界にどっぷりとひたっていた。現実に引き戻されたくなくて顔をしかめる。だが、デヴィッドが日中に来るのは珍しい。いったいどうしたのだろう。

デヴィッドは箱を手にして、にこにこしながら入ってきた。彼はヴィヴィアンが抱き締めている本に目を留めたが、なにも言わなかった。どうして？　バネットは〝ご主人さまがなんでも持っていっていいとおっしゃいました〟と言っていなかっただろうか？　それは好きにしていいということではないの？　てっきりいくらでも本を読んでいいという意味だと思ったのに。相手の問いかけるような視線にヴィヴィアンは本を置き、用心深く手をうしろにまわした。「きみに謝りに来たんだ」デヴィッドは懺悔《ざんげ》する信者のような面持ちで言った。「昨日はあのとおり泥酔状態だった。あんな状態できみの前に現れるべきではなかった」

ヴィヴィアンは片方の肩を上げた。殴られたわけでも、いやらしいことをされたわけでもない。自己憐憫にひたる男の相手をするよりもひどいことはたくさんあったし、次の日に謝ってもらったことなど一度もない。

「埋め合わせをしたいんだ」デヴィッドが続けた。「今夜」

ヴィヴィアンは警戒してスカートのなかで膝を折り、体を丸めた。「そんな必要はないわ」

デヴィッドの瞳にいたずらっぽい光がよぎる。「ぼくがそうしたいんだ。楽しいと思うよ」

彼は、バネットが持ってきた本のうちの一冊を手にとった。「何冊くらい読んだ？」

か。

「二、三冊よ」小声で答える。一冊読んだら何冊でも同じだ。なにかいけなかったのだろうか。

「そうか」彼はうつむいて、手にした本をしばらく見つめていた。「ぼくがあの図書室で読んだ本を合わせたより多いな。蔵書を有効活用してくれる人が現れて嬉しいよ」デヴィッドは手に持った本をほかの本の上に重ねた。「これをきみに持ってきたんだ」箱を差し出す。

ヴィヴィアンは警戒しながらそれを受けとった。「嚙みついたりしないよ。開けてごらん」

紐を引っ張ると、箱のなかからたっぷりとした布地があふれ出た。夏の空のような青色で、赤ん坊の髪のように柔らかい。掲げてみると、首元にレース、身ごろには銀のリボン、胸元に小さな絹の花があしらわれたおしゃれなドレスだった。裾と袖には絹の縁飾りがほどこされている。彼女はあんぐりと口を開けてデヴィッドを振り返った。「これ……なに?」間の抜けた質問が口を突く。

「ドレスだよ」デヴィッドが答えた。「その冴えない灰色の服のほかに着るものがあったらいいだろうなと思って。今日は出かけるからね」

「えっ、どこへ?」

デヴィッドは眉を上げ、片目をつぶった。「秘密さ」

「だめよ」ヴィヴィアンは神経質に答えた。「どこへ行くのか知りたいわ。それがわからないなら、わたしは行かない」

デヴィッドの視線は素早く本に移動し、再び彼女の顔へと戻った。「劇場だよ。芝居を観《み》たいだろうと思って」

　これ以上に魅惑的な申し出があるだろうか。彼女の視線が本へとさまよう。「ああいうの？」

「あれよりおもしろいと思う」彼はとっておきの笑みを浮かべたが、ふいに真面目な顔に戻った。「なにを怖がっているんだい？」

　治安官につかまることだ。ロンドンの街角ですりをしていたときのことがよみがえる。しかし、それが考えすぎであることもわかっていた。劇場がある地区に顔を出したのはもう何年も前の話で、あのときの痩せこけた浮浪児と自分を結びつけられる人がいるはずがない。

「別に」ヴィヴィアンはつっけんどんに答えた。「なぜわたしを連れていくの？」

　あまりに長いあいだデヴィッドに見つめられ、ヴィヴィアンに緊張が戻ってきた。「きみは今まで、人から親切にされた経験がないのかい？」

　彼女は鼻を鳴らした。「そうね。あなたにつかまったときはつるし首になると思っていたから、親切なんて期待してなかったと思うわ」

　デヴィッドは首を振り、黒い瞳で熱心に彼女の表情を探った。「そういうことじゃなくて。お母さんとかお父さんは？　誰か優しくしてくれる人はいなかったのかな？」

　ヴィヴィアンは肩をすくめ、手にしたドレスに視線を落とした。正直なところ、こんなに美しいドレスを持たせてもらうだけでもすばらしいことだ。生地に頬ずりしてみたい。優しくしてくれた人ならいる。それはデヴィッドだ。だが、本人を前にしてそれは言えなかった。

「母は」彼女は言った。「わたしの髪を編んでくれたわ」手際よく三つ編みにして、先端を布の切れ端で結んでくれた。ヴィヴィアンの母親はいつも忙しくしていた。「ずいぶん昔のことよ」ヴィヴィアンはそう言ってデヴィッドを見上げた。

「そうか」彼の漏らしたため息は悲しげですらあった。ヴィヴィアンはかっとしそうになるのをこらえた。同情なんてしてほしくない。「でも、ちょっとわくわくしないか？」デヴィッドはいつもの調子をとり戻した。「ぼくは観劇が好きなんだ。きみをエスコートさせてもらえたら光栄だよ」

こんなふうに誘われてどう返事をすればいいのだろう。ヴィヴィアンは柔らかな生地をなでながら考えた。わたしだってお芝居を観てみたい。巡回市の出しものなら見たことがあるが、ひとつひとつの場面が短くてあっという間に終わってしまった。ハンサムな男性の隣で雲みたいに軽く柔らかなドレスに身を包み、劇場でやる本物の芝居を観たりしたら、いったいどんな気持ちがするのだろう。

彼女はまつげの下から隣に座っている男性をのぞき見た。彼は首を傾げ、こちらを見ながら返事を待っている。ヴィヴィアンは片方の肩を上げ、ドレスの生地を握る手にかすかに力を込めた。「わかったわ」

「一緒に行くってこと？」デヴィッドが切り返す。「誘いを受けてくれるってことかい？」

彼女は唇を閉じてうなずいた。〝親切〟と彼は言った。この人はわたしを喜ばせようとしているだけ。なぜそんなことをしてくれるのかはわからないが、拒否することなどできない。

「よかった。じゃあ七時に」デヴィッドがにっこりした。まるで彼女にほかの選択肢があったかのような口ぶりだ。ヴィヴィアンはこらえきれずに小さな笑みを浮かべた。「七時ね」

# 12

ヴィヴィアンも王立劇場を見たことくらいはあった。正面のファサードの前で何度もすりをしたからだ。しかし、劇場内に足を踏み入れるのは初めてだったので、デヴィッドの立派な箱型馬車が速度を緩めるにつれ、興奮を隠せなくなった。

「不安かい？」デヴィッドが尋ねる。

座席の端に深く腰をかけて窓に顔を押しつけていたヴィヴィアンは、ちらりと彼のほうを振り返った。「いいえ。本物の劇場なんて初めてだから、緊張してもいいはずなんだけど。でも、大丈夫よ」

デヴィッドがにっこりする。ヴィヴィアンの胸に、芝居とは関係のない喜びが込み上げた。それはバネットが用意してくれた温かな風呂のせいでも、上等なドレスを身につけているせいでもない。いや、自分の今の姿に自信が持てることにまったくの無関係とは言えないかもしれないけれど。なんといっても絹のドレスを着て、髪に白い花を飾り、ビーズ刺繡《ししゅう》のほどこされた靴を履いているのだから。だが、嬉しい理由はそれだけではなかった。いちばんは、この世にほかの女性など存在しないかのようにデヴィッドが笑いかけてくれることだ。

夜会服を身にまとったデヴィッドはとてもすてきだった。正直言って、こんなにハンサムな人は見たことがない。完璧な紳士なようでいて、どこか予測不能な、危険な雰囲気を漂わせている。なんといっても、追いはぎを劇場に招待するなどという突飛な行動をする人だ。ヴィヴィアンは彼のそういう部分を魅力的だと思っているのを否定できなかった。デヴィッドはほかの男性とは違う。なにをするかわからなくて目が離せない。お決まりの反応をする人々を利用して生きてきたヴィヴィアンだからこそ、予測のつかないデヴィッドは特別な存在に思えた。

とくに今夜は驚かされっぱなしだ。出かける前、ヴィヴィアンは自分の格好に自信がなくておろおろしていた。そこへ仕立屋からお針子がやってきて、ドレスが完璧に合うよう細部を調整し、髪に花を挿してくれた。鏡を見たとき、ヴィヴィアンはそこに映っている女性が自分であるとは信じられなかった。風呂に入って、きちんと髪を編み上げた姿は別人のように見えたのだ。こんな体験ができるのもすべてデヴィッドのおかげだ。

馬車のドアが開き、御者がステップをおろす。デヴィッドは先に馬車から出ると、振り返ってヴィヴィアンに手を差し出した。彼女はおとぎばなしのお姫さまになったような気分でステップをおり、数階建ての王立劇場を見上げた。ガス灯の光が白い石壁や明るい窓に反射している。笑いさざめく群衆のなかには、洗練された人も、中流階級の人も、浮浪者や売春婦もいた。ロンドンのあらゆる階層の人々が集まっているようだ。そして、わたしもそのうちのひとり。ヴィヴィアンの顔がほころんだ。

「笑っているほうがきみらしい」デヴィッドが上体をかがめ、耳元でささやいた。「帰りたいと言い出すんじゃないかと思ったよ」

「帰るですって？　そんなことあるわけないわ」ヴィヴィアンはささやき返した。「こんなの初めて！」

デヴィッドは静かに笑って彼女の手を自分の腕にまわした。そして、二重扉に殺到する人々の列に加わると、ヴィヴィアンの体を自分のほうへと引き寄せた。

劇場のなかはさらに混《こ》み合っていた。上等な服に身を包んだ青年たちが、気どった態度でホールをぶらついている。度肝を抜くようなドレスを着て、真っ赤な唇をした、娼婦《しょうふ》としか思えない女性たちを連れている青年も少なくなかった。本能的にその一団についていこうとしたヴィヴィアンを、デヴィッドが正面階段のほうへ引き戻した。「そっちじゃないよ。兄のボックス席がある」

ヴィヴィアンの目はさらに大きくなった。王立劇場のボックス席！　そんなところに座るのは新聞に載るような人たちだ。王室の人たちもボックス席を持っている。それに公爵や伯爵も。デヴィッドを一瞥すると、彼はごくあたり前のような顔をしていた。ボックス席がお兄さんのものだというなら、以前にも使ったことがあるだろうし、彼にしてみれば驚くことではないのだろう。目をまん丸くして呆《ほう》けている自分がばかみたいだ。彼女はうなずいて、デヴィッドのあとに従った。

階段の下に差しかかったとき、ふたりの紳士が声をかけてきた。「リースじゃないか！」

背が高く、白っぽい金髪の男が言う。明らかに飲みすぎているようだ。「いいぞ！　おまえは二度と……社交界に顔を出さない……つもりかと思った。ようやく、エクセターの仕事とやらをやめて……こっちの世界へ戻ってきてくれたんだな」金髪の男性は、連れの男性の肩に腕をまわしてようやく立っているといったありさまだ。連れの紳士のほうはそれほど背が高いわけではないが、豊かな栗色の髪に茶色い瞳をしていた。彼はヴィヴィアンたちのほうを向くと、デヴィッドに気軽な挨拶をした。その視線がヴィヴィアンに移る。

「友人なんだ」ヴィヴィアンの耳元でデヴィッドが言った。「いやじゃないかな？」

ヴィヴィアンはうなずいた。いやなどと言えるような立場じゃない。わたしが周囲に見とれているあいだ、友人との親交を深める時間はいくらでもある。

「こちらの美しいお連れは？」栗色の髪の男が、金髪の男を引っ張って近づいてきた。その目はヴィヴィアンに釘づけだ。

「ミセス・ヴィヴィアン・ボウシャムだ」デヴィッドは、彼女の名前をフランス風に発音した。「ミセス・ボウシャムはロンドン生まれではないので、市内の目ぼしい場所を案内しているのさ」

「それはそれは」紳士たちがおじぎをする。栗色の髪の男が、ヴィヴィアンの手をとって指の付け根に軽く唇をあてた。アイルランド人の血が混じった追いはぎの手にキスをしていると教えてやったら、この人はどんな顔をするだろう。ヴィヴィアンは吹き出しそうになりながらも口元を引き結び、上品な表情を繕った。

デヴィッドはそんなヴィヴィアンを見守っていた。彼女は自分の魅力を自覚しているのだろうか。穏やかな笑顔の下で瞳が生き生きと輝き、笑いをこらえようとしているのがはっきりわかる。彼女の考えていることを想像するとデヴィッドも笑いたくなった。「ミセス・ボウシャム、こちらは悪名高きならず者で、ときにぼくの友人でもある、ミスター・エドワード・パーシーとミスター・アンソニー・ハミルトンだ」

「ときにだって？　よく言うよ」栗色の髪をしたミスター・ハミルトンがにっこりして言った。「ぼくらは親友なんです。兄弟みたいなものだ」

「女性のことを秘密にしていたとあっては、もう兄弟とは言えないぞ」ミスター・パーシーが大声を出した。「リース、おまえはずるい。おまえはな——」

「この手の話なら文句は言えないさ」再びハミルトンが口を挟む。「ミセス・ボウシャム、ロンドンへはしばらく滞在されるご予定ですか？」

「まだ決めていなくて」彼女は面食らった。「そうするかもしれませんし……」

「ぜひともゆっくり滞在してください。観光名所はまわられましたか？」

「えっと……いいえ」彼女はデヴィッドをちらりと見た。彼は奇妙なほど静かで、傍観者を決め込んでいる。

「ぼくが喜んでお供しますよ」ハミルトンは如才なく言った。それからデヴィッドに目をやる。「リースは忙しくてそれどころじゃないでしょうから」

「こいつが仕事を理由に女性を放《ほう》っておいたことなんてあるか？」パーシーがわめいた。白目が赤みがかっていて、発言し終わったそばから酒瓶を口にあてている。この分ではじきに意識を失って、一日半は目を覚まさないだろう。

「パーシー、この酔っ払いめ」ハミルトンは友人のほうを見もせずに戒めた。

パーシーがしゃっくりをする。「そうかもな。だが、おまえだって飲んだだろう？　ところでリース、この女性が例の？」

「芝居が始まるぞ」デヴィッドはそう言って頭を下げた。「おまえたちもさっさと客席で寝たほうがいい」

「ごきげんよう、ミセス・ボウシャム」ハミルトンはちっとも酔っているようには見えなかった。デヴィッドの顔をじっと見てからヴィヴィアンに視線を戻す。「リースもね」

「ぼくは酔ってなんかいないぞ」パーシーはうつろな目で言った。「それほど酔ってないさ。ちょっとした好奇心じゃないか。リースが女性を連れてくるなんて——」

「さあ行こう」デヴィッドはヴィヴィアンを促し、友人たちから離れた。ヴィヴィアンはパーシーが言いかけたことについて考えていた。デヴィッドはなぜわたしに聞かれたくなかったのだろう？　あのふたりは、わたしをデヴィッドの目下のお相手だと思ったはずだ。今ごろ愛人呼ばわりされているに違いない。ああいう階級の男たちは、売春婦を劇場に連れてきて立派なボックス席に座らせるのだろうか。

「あなた、愛人がいるの？」デヴィッドと連れ立ってゆっくりと階段をのぼりながら、ヴィヴィアンは尋ねた。デヴィッドが急に立ちどまったので、うしろを歩いていた年配の男性がつんのめりそうになった。

「ぼくがなんだって?」

「愛人はいるのかってきいたの」ヴィヴィアンは静かに繰り返した。「お友達は、あなたが見たこともない女と一緒で驚いていたんでしょう? いつもは別の女性を連れてくるんじゃない?」デヴィッドの奇妙な表情を見て、ヴィヴィアンは余計な詮索をしたことに気づいた。

「いやだ、わたしには関係ないことだったわね」小声でつぶやく。

「そんなことはないさ」デヴィッドは再び階段をのぼり始めた。「これまで劇場に女性を連れてきたことはないよ。だから連中はびっくりしていたんだ。今ごろ、きみのことが知りたくてやきもきしているはずだ」

ヴィヴィアンは当惑しながらうしろを振り返った。関心など持たれていませんようにと祈る。だが、彼の言ったとおりだった。彼女がハミルトンの姿をとらえると同時に、相手が視線を上げ、まっすぐに見つめ返してきた。探るような目つきだ。ハミルトンがかすかにほほえんでうなずくと、ヴィヴィアンは再び正面に向き直った。鼓動が速い。手にキスをされたときは笑えると思ったが、おもしろがっている場合ではなかったのかも。素性を追及されたら答えようがない。ミスター・ハミルトンはデヴィッドの冗談を解さないかもしれないし。

「あのふたりのことなら心配ないよ」デヴィッドが続けた。「そもそもパーシーは飲みすぎだから、きみに会ったことすら覚えてないさ」

「もうひとりは覚えているわ」

デヴィッドが含み笑いをする。「ハミルトンだってきみを困らせるようなことはしない」

「あの……あの人たちにわたしのことを話したの?」ヴィヴィアンは恐る恐る尋ねた。「本当のことを?」

デヴィッドは再び歩みをとめ、怒ったように首を振った。「傷つくことを言ってくれるね」

彼のほうを向こうとしたヴィヴィアンは、周囲の客とぶつかってデヴィッドの体に押しつけられる格好になった。彼はヴィヴィアンの肘の下に手を置いて体を支えながらも、彼女を自分のほうへ引き寄せた。「きみのことをロシア大公の妃《きさき》と紹介したって、ここの連中はわかりゃしないさ。きみはぼくのゲストだ。ぼくの友人はきみを困らせるようなことはしない」デヴィッドは腕に添えられた彼女の手に自分の手を重ねた。「さあ、芝居を楽しもう」

ヴィヴィアンは彼に言われるままうなずいた。わたしったら、せっかく劇場に連れてきてもらったというのにあれこれ詮索したりして。デヴィッドはわたしを喜ばせたいと言ってくれた。もてあそばれているのでは、などと勘ぐるのはやめて、素直に感謝しないと。

上階の客はさらに洗練された身なりをしていた。周囲の動作が緩慢になるとともに、ふたりも歩みを緩める。観客席へつめ寄る騒がしい群衆から隔たった階段の上では、上等な服を着た劇場のパトロンたちが席取りなど気にせず、注目を浴びたり、浴びせたりすることに忙しそうだった。ヴィヴィアンにしてみれば、生まれてからいちばんいい格好をしているのは間違いないが、周囲の女性たちのきらびやかな宝石や光沢のある絹のドレスとは比較にならなないと思った。

人々の視線が集中する。彼らの目は、とり立ててどうということもない自分を飛び越えてデヴィッドに注がれ、それから驚いたように戻ってくるふうに思えた。どぎまぎしているヴィヴィアンをよそに、デヴィッドは平然としている。むしろ好奇心をむき出しにした人々のほうへ近寄る姿は、この状況を楽しんでいるようにさえ見えた。ヴィヴィアンは笑みを顔に貼りつけてあとに従った。

このときデヴィッドがなにをするつもりかわかっていたなら、素直についていかなかったかもしれない。左から右から挨拶の声が飛んだ。陽気に声をかけてくる人も、見下したような態度をとる人も、驚いている人もいた。その全員が、興味津々の目つきでヴィヴィアンを見つめている。デヴィッドはヴィヴィアンを紹介するたびに少しずつ違う話をした。英国に亡命してきたばかりのマダム・ボウシャムだと言ったり、先ほど友人に紹介したように外国から戻ったばかりの大金持ちだとにおわせたり、ロンドンを訪問中の遠い親戚であるミス・ビーチャムだと紹介したりした。デンマークの王室と関係があるとほのめかされたときには、さすがのヴィヴィアンも閉口してしまった。

「デンマークですって?」ヴィヴィアンのことを姫君と勘違いして顔を輝かせている夫婦から離れると、彼女は言葉を絞り出した。「あなた、どうかしちゃったわけ?」

デヴィッドはにっこりした。「いや。レディ・ウィンタースはデンマークに行ったことがないんだ。女王だと言ってもわかりゃしないさ」

「わたし、デンマーク人なんかじゃないわ！　デンマークがどこにあるかも知らないのに」

「アイルランド人もたいして変わりゃしないよ」デヴィッドが抜け抜けと答える。「デンマークはどこか……北のほうの、この国から見て東にあったはずだ。じゅうぶん近いと思わないか？」

「思うわけないでしょ」デヴィッドの大胆さにヴィヴィアンは笑い出しそうになった。なんて平然と嘘をつく人だろう！

「レディ・ウィンタースだってデンマークの位置は知らないんじゃないかな？　問題ないよ」

「あなたったらペテン師だわ」あまりのでたらめさにヴィヴィアンはあえいだ。

デヴィッドはにやりとしただけだった。いたずらっぽい、満足げなほほえみだ。その表情を見て、ヴィヴィアンはようやく彼の意図に気づいた。デヴィッドはヴィヴィアンの名前だけを紹介するときもあれば、異国情緒に満ちた手の込んだ作り話を披露することもあった。後者の場合、聴き手は決まって話に圧倒され、ヴィヴィアンに媚びるような態度をとる。彼はこの人たちをばかにしているのだ。他人の不幸を餌に陰口を叩いた連中が、懐の財布を狙っていてもおかしくないこそ泥を相手にかしずくのを見て、腹のなかで笑っているのだ。紹介するたびにヴィヴィアンの名前や生い立ちを変えるのは、二度と彼女を探し出せないようにするためだった。冗談に振りまわされるのはあくまで彼らであって、ヴィヴィアンには危険が及ばないように。

ヴィヴィアンは声をあげて笑いたくなった。彼女自身、うぬぼれきった連中にひと泡吹かせてやれたらどんなにいいかと思ったことは一度ではなかった。それをデヴィッドがやってくれた。もちろんこの人たちはばかにされたことに気づいてもいないだろう。でも、デヴィッドにはわかっているし、彼はそれで満足しているようだった。

デヴィッドが案内してくれた贅沢なボックス席からは舞台が抜群によく見えた。欄干から身を乗り出すと、役者の額に光る汗まで見えそうだ。ヴィヴィアンは芝居を一瞬たりとも見逃すまいと椅子を前にずらした。

「ぼくはペテン師なんかじゃないよ」デヴィッドが隣に腰をおろして会話の続きを始めた。「きみの立ち居ふるまいと美しいアクセントがなければ、連中だって信じやしない」

「どこで猫をかぶるすべを覚えたのかってききたいの？」ヴィヴィアンはにやりとした。

「そうじゃない」デヴィッドは間髪入れずに否定した。「猫をかぶるなんてことじゃないよ。きみ本来の魅力だ」

ヴィヴィアンははっとしてデヴィッドを振り返った。「今、なんて言った？」

「そのままのきみがすてきなんだ」

ヴィヴィアンはからかわれているのだろうと相手の表情を探った。デヴィッドは至って真面目な顔をしている。だが、本気のはずがない。彼女は眉をひそめ、デヴィッドに背を向けた。「大嘘つき」小声で言う。

「嘘じゃないさ」デヴィッドが言った。「なぜ、そんなふうに思うんだい？」

ヴィヴィアンはさっと振り向いた。「なぜですって？　わかりきったことじゃない！　あの人たちはすごくいい服を着てるし、とっても洗練されてるわ」

「洗練された外見というのは、召し使いや仕立屋がいれば手に入る。金さえあれば演出できるものなんだ。そして、そういう意味で洗練されていないのはきみのせいじゃない」デヴィッドは首を傾げて彼女を観察した。「きみには独自の気品がある」

ヴィヴィアンは言葉もなく彼を見つめた。デヴィッドはかすかな笑みを浮かべ、その黒い瞳を彼女の顔の上にさまよわせている。「あなたは変よ」ようやく言い返したものの、本当は温かな気持ちがわき上がっていた。わたしに気品があるですって？　そんなのは嘘に決まってる。それでも、褒められて嬉しくないわけがない。「わたしは人のアクセントをすぐに聞き分けられるし、しぐさを真似るのも得意なの」ヴィヴィアンは無難な話題にすり替えた。「この才能は一度ならず役に立ったのよ。レディのふりをしたり、その付き添いのふりをしたりね」

「わかるよ」デヴィッドはそう言ってから、少し傷ついたような声を出した。「でも、そんなにおしとやかにふるまえるのに、なぜぼくはあたり散らされてばかりなんだろう？」

「それはあなたがならず者だからでしょ」ヴィヴィアンが穏やかに言った。「それに、そういう扱いを受けるほうが好きなんじゃない？」

デヴィッドは笑った。「すっかりお見通しだな」

ヴィヴィアンが笑ったとき、舞台が明るくなり、楽団が演奏を始めた。彼女の注意は一気に舞台に吸い寄せられたので、デヴィッドのなんとも言えないうっとりとした目つきには気づかなかった。

デヴィッドは舞台ではなくヴィヴィアンを見ていた。彼女は芝居に没頭しており、彼の視線には気づいてさえいないようだ。ヴィヴィアンの横顔をさまざまな感情がよぎった。さっと眉をひそめたかと思うと、うろたえたような顔をする。彼女が輝くような笑みを見せ、楽しそうな笑い声をあげたときは、芝居の筋などまったくわかっていないデヴィッドまで笑ってしまった。ヴィヴィアンがこちらを見る。

自分は初めて素のヴィヴィアンを見ているのだ、と彼は思った。長年の過酷な生活がなければ、彼女はきっとこんな女性だったはず。屋敷に来た当初は木でできた人形のように何日も口をきかず、ぼくを見ようともしなかった。今の彼女もあのときのように微動だにしないが、それは芝居に集中しているからだ。

彼女とこれほど長い時間をともにすることになろうとは予想もしていなかった。監禁したのは単なる思いつきだったし、意固地になって自由にしてやらなかっただけだ。彼女がそこらの泥棒だったならすぐに口を割っただろうし、そうなればとっくに解放していただろう。しかしそれでは、心細くなると唇の内側を噛む癖があることは知りようもなかった。暮らしのなかのちょっとした贅沢――温かな風呂や、寝心地のよいマットレス、レモンタルトのひと切れを宝石のように愛でることもわからなかったし、多くの連中が役者の演技や台詞《せりふ》まわしよりも、誰がどのボックスに座っているかに注目しているなかで、彼女が芝居のようなささいな楽しみにこれほど熱中するなどと思いもしなかったはずだ。

デヴィッドはヴィヴィアンをどう扱っていいのかわからなかった。時間が経てば興味が薄れるかと思っていたのに、以前よりずっと彼女を知りたくなっている。しかも、それは欲望によるものだけではない。彼女を抱きたいと思うのと同じくらい、彼女の笑顔が見たかった。どんな女性にも——ましてヴィヴィアンのように気性の激しい女性に、こんな気持ちを抱いたことはなかったというのに、率直なもの言いに気分を害するどころかわくわくしてしまう。なんといっても肝が据わっていて賢いのがいい。それに、ヴィヴィアンといるとありのままの自分でいられる。そうでなければ嘘つきと言われてしまうだろう。彼女は、本来のぼくを引き出してくれる。

もちろんヴィヴィアンの言動にとまどうこともあった。デヴィッドはこれまで、常に周囲から非難されてきたが、がんばるよりも小言を笑い飛ばすほうが楽だったし、大失敗をするたびに冗談のネタにして、投げやりな態度をとることに慣れていた。説教や苦言に身構えることなく心をさらけ出した記憶などない。ところがヴィヴィアンは、そういう投げやりな態度に我慢ならないらしく、他人のせいにすることを許してはくれない。奇妙なことにデヴィッドは、追いはぎであるヴィヴィアンによっていい方向へと導かれているのだ。

喜劇が終わるとヴィヴィアンは目を輝かせて盛んに拍手をし、それからデヴィッドのほうに向き直った。「すばらしかったわね」

「本当に」デヴィッドは同意の笑みを返した。

「こんなに楽しいなんて思わなかった」彼女は笑いながら言った。「ミス・ハードキャッスルみたいに賢い人は見たことがないわ」

「まったくだ」デヴィッドは皮肉っぽく言った。「男性の本質を、つまり、女性のこととなると男はみな愚かになるという事実を理解しているんだからね」

「女性のことだけじゃないわ。単に男性は愚かな存在なのよ」

デヴィッドはほほえんだ。「そうかもしれないな。ワインでも飲むかい？」

その気どった言い方に、ヴィヴィアンはまたしても笑いそうになっている。「いいわね」そう言ったあとですぐに言い直す。「ええ、喜んでいただくわ」

今度はデヴィッドが笑い出した。「持ってくるよ。ぼくが部屋を出たらかんぬきをかけてくれ。きみの美貌にまいった男どもが押し寄せてきたら困るから」

「男ども？」ヴィヴィアンは鼻を鳴らした。「おもしろい冗談だこと」

デヴィッドは首を振り振り部屋を出ると、ドアをぴったりと閉めた。足早に通路を進む。さっきはヴィヴィアンを見せびらかすのが楽しかったが、今はただ彼女とふたりでいたかった。ハミルトンがヴィヴィアンの様子をのぞいてみようなどと考えないといいのだが。

「リース？」背後から艶《つや》のある声が聞こえた。反射的に振り返ったデヴィッドは、聞こえないふりをすればよかったとすぐに後悔した。後悔先に立たずだ。

ジョスリン――レディ・バーロウが近寄ってきた。彼女はデヴィッドにぴたりと寄り添うと、含みのある笑みを浮かべた。彼女は何カ月も前に別れたデヴィッドの愛人だった。兄のマーカスに助けられて、激怒した彼女の夫であるバーロウ卿を間一髪でかわした夜以来、ジョスリンとは会っていなかった。「エクセター家のボックス席で眠そうにしていたのはやっぱりあなただったのね。今までいったいどこにいたの?」ジョスリンはデヴィッドの腕に指を這わせた。

デヴィッドは右足から左足へ体重を移し、さりげなく彼女の手から逃れた。ジョスリンは、通路にほとんど人がいないことを最大限に活用するつもりらしい。「ロンドンを離れていたんだ。急いで出ていかなきゃならなかった理由はわかっているだろう」

ジョスリンは口先をとがらせた。「ささいなことに大騒ぎして。夫なら二週間もしないうちに忘れたわ」

「それは、ぼくが迅速に戦線を離脱したおかげかもしれない」デヴィッドは小声で言った。

ジョスリンがほほえむ。この思わせぶりな笑みに振りまわされた時期もあった。「でも、戻ってきたのね」

「ああ」彼女の手がベストをかすめたので、デヴィッドはすっと身を引いた。「おもしろい芝居だね」

「芝居?」ジョスリンは声をあげて笑った。「ああ、そうね。ここは劇場だったわ。わたしが芝居になんて興味を持っていないって知ってるくせに。個人的な気晴らしをするなら別だけど。ボックス席で」

「今回の喜劇はすごくおもしろいけどな」デヴィッドは思わせぶりな言葉や、さりげなく伸びてくる手をかわしながら言い張った。

ジョスリンがあきれたように目をまわす。「どうでもいいわ」彼女はデヴィッドに近寄り、もの問いたげに視線を合わせた。ジョスリンは女性にしては背が高く、ヴィヴィアンよりも大きい。「どこか静かなところで楽しみましょうよ」

デヴィッドは彼女を見た。かつてぼくはこの女性に熱を上げていた。無関心な夫を罰するための道具になって彼女と大っぴらな付き合いを続け、ついに冷静なバーロウ卿でさえ見過ごすことができない事態に陥ってしまった。マーカスが介入してロンドンから逃がしてくれなかったら、バーロウ卿に決闘を申し込まれていただろう。デヴィッドは同じ人物を二度も激怒させるほど愚かではなかったし、そうしたいとも思わなかった。「だめだ」

ジョスリンが目をしばたたく。「だめ？　なぜなの？」

デヴィッドは深く息を吸い、吐き出した。「ぼくらは終わったんだ。何カ月も前にね」

「そんな必要はなかったじゃ――」言いかけたジョスリンを、デヴィッドは片手を上げて制した。

「いや、あそこで終わらなきゃならなかった」

彼女は反論しかけて思いとどまった。その表情の変化から、デヴィッドの話を受け入れたことがわかった。「そうね」ついにジョスリンは言った。「終わるべきだったんでしょう。あの若い女性のせいね？」

「彼女は関係ない」デヴィッドはとっさに否定した。

ジョスリンは皮肉っぽい笑みを浮かべた。「そうは思えないわ。女にはわかるのよ」デヴィッドが片方の眉を上げる。「それなら、なぜ誘いをかけてきた?」

彼女はため息をついた。「もしかしてと思ったの。あなたは本当にすてきだったから」デヴィッドの腕を叩く。「でも、これで終わりね。彼女のところへ戻りなさい」

「きみの考えているような関係じゃない」デヴィッドは念を押した。

「今はそうかもしれない」彼女は人指し指を左右に振った。「でも、そうなりたいと思っているでしょう?」

そのとおりだ。声に出して認めることはできないが、否定することもできなかった。デヴィッドはにっこりしてジョスリンの手をとり、指の付け根にそっと唇を滑らせた。「いい夜を、ジョスリン」

「あなたもね」デヴィッドはうなずいて、振り返らずに歩み去った。ヴィヴィアンが心配しているだろう。彼女を待たせたくない。

ヴィヴィアンの隣の席に滑り込んだときには、すでに次の芝居が始まっていた。ヴィヴィアンは彼にちらりと笑いかけただけだった。手をふれたり、しがみついたり、体を押しつけたりするわけではない。〝女にはわかる〟と言ったジョスリンは、ぼくの気持ちを見抜いたのだろう。ヴィヴィアンにもわかってしまうだろうか? もしわかったとして、彼女はどんな反応を示すだろう? デヴィッドは視界の隅でヴィヴィアンの様子を観察した。いつもなら、心を決めたあとは押しの一手なのだが、今回ばかりは腰が引けてしまう。これまでも女性から断られたことはあった。デヴィッドが誘ってもなびかない女性はいた。しかし、失意のあまり生きる気力を失うようなことはなかったし、あとになってみると拒絶されてよかったと感謝することもたびたびだった。本物の泥棒を相手に気おくれするなんてばかげているが、実際にそうなのだからどうしようもない。彼女には拒絶されたくなかった。それに不快な思いもさせたくない。

しかし、黙っていてはなにも始まらないことも確かだった。ヴィヴィアン・ビーチャムがほしいのなら、勝負に出るしかないのだ。

# 13

その夜遅く屋敷へ帰り着いたときも、ヴィヴィアンはまだ芝居のことを話していた。帰り道で彼女が驚くべき記憶力を発揮して長い対話を情熱的に演じたとき、デヴィッドはこらえきれずに笑ってしまった。屋敷に入ると、ヴィヴィアンはケイト・ハードキャッスルになりきってこれ見よがしにスカートをつまみ上げ、軽やかな足取りで階段を上がった。デヴィッドは相手役のマーロウよろしくあとを追いかけずにはいられなかった。監禁されている部屋へ戻ると、彼女は胸の前で手を握り合わせ、楽しげに笑いながらくるくると踊った。「ああ、あんなにすばらしい世界を想像したことがある？　夢みたいだったわ！」

「それじゃあ、本当に気に入ったんだね？」ヴィヴィアンが勢いよくうなずいたので、デヴィッドはにっこりした。

「これまで目にしたなによりもよかった。あの喜劇は最高よ。もうひとつのほうはちょっとめめしかったけど。でもほら、トニーが馬車をぐるぐると走らせて、マーロウが自分の過ちに気づいたときといったら！」ヴィヴィアンは思い出し笑いをした。

デヴィッドは心の底から揺さぶられた。今までこれほどの幸せを感じたことがあっただろうか。それも、たかが芝居を観に行っただけだというのに。満足げなヴィヴィアンの顔を見ていると、魅了されると同時に謙虚な気持ちがわき上がってくる。ヴィヴィアンがワルツを踊っていた足をとめ、まばゆいばかりの笑みを浮かべた。気づいたらデヴィッドは、彼女にキスをしていた。

穏やかで優しいキスだった。ヴィヴィアンは呆然《ぼうぜん》として、相手の唇が自分の唇にふれるのを感じていた。驚きも冷めやらぬうちにデヴィッドが顔を上げる。焦がれるような視線で見つめられた彼女は、しばらく前からしたいと思っていたことを実行に移した。相手の首に腕を巻きつけてキスを返したのだ。

デヴィッドはヴィヴィアンの顔を両手で包み込み、飢えたようにキスをむさぼった。それから数歩前進して彼女を壁に押しつけ、自分の体ですっぽりと囲い込む。大きな手が首筋をたどり、やや乱暴に乳房をつかんだ。胸の頂をつままれたヴィヴィアンはうめき声を漏らした。ドレスなど存在しないも同然だ。薄い絹を通して、デヴィッドの指の動きが余すことなく伝わってくる。想像したこともない恍惚感に、ヴィヴィアンは背中をそらした。

デヴィッドの手が下へ移動し、彼女の曲線をなぞって引き締まった自分の体に押しつける。額にいくつも小さなキスをされたヴィヴィアンが歓びの声をあげようと口を開いた瞬間、彼はすかさず唇を合わせ、舌を侵入させてきた。ヴィヴィアンは、ブルゴーニュ産のワインとデヴィッドの味を堪能《たんのう》した。彼の手がヒップを引き寄せる。

ヴィヴィアンは息をのんだ。鼓動が速まり、両手が震え出す。なんて巧みな愛撫《あいぶ》なのかしら。抱擁が緩んだかと思うと次は腰の曲線を軽くなぞられ、膝ががくがくした。デヴィッドはすべてを承知しているかのように彼女の腿をつかんで引き寄せ、膝の裏に指を這わせた。まだドレスを脱いでもいないのに、彼女はひどく興奮していた。

ヴィヴィアンは彼にしがみつきながらありったけの情熱を込めてキスを返し、彼の上着を両手で引っ張った。デヴィッドが彼女の意図を察して協力する。上着が小さな音をたてて床に落ちたかと思うと、ベストがそれに続いた。クラヴァットも外したかったのだができなかった。デヴィッドの官能的な唇が顔じゅうを這って耳たぶを引っ張り、肩を滑って移動していく。狂おしく、それでいてからかうような愛撫に、ヴィヴィアンは立っているのもおぼつかなくなった。我慢できなくなった彼女はデヴィッドのシャツをつかんで引き上げ、彼の腹部に両手を這わせた。相手の口から漏れたうめき声に、満足感と興奮がいっぺんにかき立てられる。彼女は慎みをかなぐり捨ててデヴィッドのズボンの留め金に手を伸ばした。

欲望に朦朧としていたデヴィッドがその感触にはっとする。やめさせなければ。このまま進んではいけない。ヴィヴィアンはすでに何個めかのボタンを外し、その指をさらに下へと動かしていた。デヴィッドは思いきり息を吸って彼女の手を制した。「ヴィヴィアン」彼女は抵抗した。呼吸が乱れて胸が激しく上下しており、薔薇色の唇はふっくらとして、目は欲望に見開かれている。彼女がしなだれかかってくると高まりに下腹部が押しつけられ、デヴィッドは爆発しそうになった。「やめるんだ」あえぐように言って、気が変わらないうちに体を引き離す。「急ぐことはない」

ヴィヴィアンがまばたきした。乱れた様子が男心をそそる。「でも、みんなこうするじゃない？」彼女はとまどっていた。

いつもならそうだ。正確には、感じやすい場所にふれられる分だけ相手の服をはがし、自分の服に至っては必要最低限しか脱がない。そういう情事は時間がないからこそ燃えるのだ。舞踏会場を抜け出したり、無断で拝借した馬車のなかだったり、オペラのクロークルームだったりしたこともあった。見つかるかもしれないという状況が、かつての恋人たちとデヴィッドを突き動かしていた。その手の情事は確かに興奮する。しかし、今夜は切羽つまってもいなければ、急ぎたくもない。

不思議なことに、ヴィヴィアンの性急さを目のあたりにしたことで、余計にゆっくり進めたくなった。ここなら邪魔が入る心配はない。乱入してくる者もいないし、朝まで……いや、昼まで部屋にこもっていても探される心配はない。ひと晩じゅうヴィヴィアンを愛せるのだと思うと、デヴィッドは嬉しくなった。これまで彼女の美しさをじゅうぶんに愛でた男はいないようだ。そういう意味で彼女を愛する最初の男になりたいと思った。「今夜は違うよ」デヴィッドは静かに言った。「きみをじっくり味わいたい」

どういうつもりなのかしら？　ヴィヴィアンはわずかに眉をひそめた。しかし、むき出しの肩や腕をなでられた途端、それ以上は考えられなくなってしまった。羽根のように軽い愛撫に体が熱くなり震え出す。「ぼくを信じて」デヴィッドは滑らかな声で続けた。その目はまるで、彼女をひと口ずつ味わい尽くそうとしているかのようだ。相手の意図を想像すると、ちくちくするような歓びが体のなかを駆け巡った。こんなふうにふれてくれた人はいなかった。スカートの下に手を入れることを許した男は過去にふたりいたが、どちらも若く、ヴィヴィアンと同じように経験が浅かった。みじめな経験ではなかったものの、今、感じているような、息づまる期待感を呼び覚ましてくれはしなかった。

「なにを言っているの？」彼女は神経質に言った。「わたしは……どうすればいいの？」

デヴィッドはからかうように笑った。「ぼくに任せて」

彼が落ち着いた手つきで彼女のドレスのボタンを外す。ヴィヴィアンは壁に頭をつけ、目を閉じたまま低いささやきを聞いていた。知識として知っているだけの行為や聞いたことすらない行為をほのめかされると、意識が朦朧として体がほてり、とてもじっとしていられなかった。ドレスの前がはだけられ、彼の指が胸と肩の柔らかな肌をかすめる。冷たい空気と焼けつくような視線にさらされて、ヴィヴィアンは小さく震えた。衣《きぬ》ずれの音とともにドレスが床に落ち、ふわりとしたペティコートがそのあとに続いた。ついにコルセットの紐が緩み、ドレスの上に落ちる。彼の指はシュミーズの紐をいじっていた。心臓がとまってしまうような気がしてヴィヴィアンは大きく息を吸った。彼はわたしと愛を交わすつもりだ。それがわかっても抗《あらが》う力は残っていない。彼をとめたいとも思わなかった。

「目を開けて」デヴィッドが魅惑的な声でささやく。「ぼくを見て」

ヴィヴィアンはどうにかまぶたをこじ開けた。覆いかぶさるように立っているデヴィッドの顔が暖炉の光を反射して金色に染まっていた。白いシャツがまぶしい。無言で相手を見上げながら、ヴィヴィアンは頬が熱くなるのがわかった。

「ぼくにすべてを見せてくれ」彼は小さな声で言い、ドレスやコルセットの上にシュミーズを落とした。今やヴィヴィアンが身につけているのはストッキングとビーズ刺繍の靴だけだ。足をばたばたさせて靴を脱ごうとする彼女をデヴィッドが制した。「まだだ」そう言って彼女を抱き上げる。

ベッドの上に横たえられたヴィヴィアンの視界いっぱいにデヴィッドの大きな体が広がった。ヴィヴィアンの胃が、彼の体重で沈んだマットレスと同じようにぐっと落ち込む。この人はなにをするつもりなんだろう？　愛の行為については大雑把な知識しかなかった。デヴィッドの輝く瞳と低い声は、聞いたこともないような生々しい快感を約束している。わたしに歓びの叫びをあげさせてくれるのだろうか？　ヴィヴィアンは驚いたときか、そういう演技をしているときしか叫んだことがなかった。この人の手で何度も恍惚状態に押し上げられ、しまいに自分の名前もわからなくなってしまうのだろうか。そんなふうにわれを失ったことは一度もない。彼はひと晩じゅう愛してくれると言うが、そんな体験をした女性の話は聞いたこともなかった。

「わたし、処女じゃないわ」デヴィッドの唇がこめかみをかすめたとき、ヴィヴィアンは衝動的に告白した。「セント・ジャイルズでは、二四歳まで処女の女なんていないんだから」

デヴィッドはヴィヴィアンと目を合わせた。「ぼくだって初めてじゃないよ」

ヴィヴィアンの頬が染まる。「あなたには誰もそんなことを期待しないでしょ」

黒い瞳が探るように彼女を見る。「きみは……」彼はためらった。「自分の意思でそうしたの？」

ヴィヴィアンは恥ずかしさにかっとなった。自分の意思だと認めたら、あばずれだと思われてしまうかもしれない。「もちろんよ」彼女は鋭く言い返した。

デヴィッドはまばたきして小さく首を振った。「強要されたわけじゃないんだね？」

彼女は開きかけた口を再び閉じた。彼の口調に非難は感じられない。わたしのことを心配してくれているようだ。「強要なんてされてないわ」

ヴィヴィアンが答えてもデヴィッドは動かなかった。「今だって無理することはないんだよ」彼がそっと言った。

彼女は全身が熱くなった。彼はわたしの答えを待っている。本当ならここで〝やめて〟と言うべきなのだろう。子供を身ごもって、哀れな母と同じ運命をたどることになるかもしれない。でも……彼に……さわってほしい。「わかってる」ヴィヴィアンは唇を湿らせた。「あなただって無理することはないのよ」

デヴィッドは一瞬、彼女を見つめてから顔を伏せ、笑いをこらえるように肩を震わせた。「ヴィヴィアン」彼女の額に自分の額をくっつける。「ああ、ヴィヴィアン！」彼は笑顔で息を吐いた。「わからないのかい？　四頭立ての馬に引きずられたとしても、今のぼくをきみから引き離すことなんてできないよ」彼は再び彼女にキスをした。「きみが馬に命じたなら別だけどね」

「まあ。そんなことしないわ」ヴィヴィアンはさらに赤くなった。愛を交わす前にこんな会話をするなんて思ってもいなかった。ヴィヴィアンの育ったところでは、せかせかと服の下をまさぐり合い、ちょっとうめく程度でことをすませるからだ。そもそもヴィヴィアンには叫んだりする意味がわからなかった。男女の交わりはそれほど大げさなものではないと思っていた。今夜、そそくさと体を合わせる以上の行為があると知るまでは。

「それを聞いて嬉しいよ」デヴィッドの顔に満ち足りた笑みがゆっくりと戻ってきた。彼はヴィヴィアンの頰から喉、そして腹部へと手を這わせた。そのあと人指し指で同じコースをなぞる。ヴィヴィアンの胸の頂が愛撫を求めるように硬くなった。「どうしてほしいんだい？」

「わからない……」さっきとは逆の順序でなぞられて、ヴィヴィアンは息をのんだ。デヴィッドの指先が乳房の際をゆっくりと一周した。

「これが好きならそう言ってごらん」指先が下へ移動する。「嫌いなのかい？」

「好きよ」彼の指先は燃えるような軌跡を残した。へそのくぼみに入り、それから脇腹をなで上げる。「好き」

次にデヴィッドの指は彼女の胸の外側をなぞり、ゆっくりと腹部を横切った。腹部にじらすように円を描かれ、ヴィヴィアンの腰は自然に浮き上がってしまった。「これも好きなんだね？」デヴィッドがささやく。

「好き、ああ、好きだわ！」もっと下を、脚のあいだをさわってほしい。そこはすでに期待に潤っている。ヴィヴィアンは衝動的に腰を突き出した。

「だめだ」デヴィッドは笑いを含んだ声で言った。彼女の下腹部に手をあててゆっくりと押し戻す。「いずれはたどり着くから。せかさないでくれ」

セクシーな指が体を這いまわるあいだ、ヴィヴィアンはひたすら〝好き〟を連呼した。彼の手の甲が乳房のふくらみを通ったときはマットレスから体が跳ね上がってしまった。硬くなった胸の先端を彼の指先がかすめる。ヴィヴィアンは悲鳴のような声を漏らしながら、デヴィッドの低い笑い声を意識の遠くで聞いていた。〝この人は悪魔だ〟恍惚状態のなかでヴィヴィアンは思った。あまりの気持ちよさにせかすこともできなかった。

長く放埒《ほうらつ》の日々を送っていたデヴィッドにとっても、すりで追いはぎのヴィヴィアン・ビーチャムほど自分をわき立たせてくれる女性に会ったことがなかった。しどけない姿で横たわって、あるときは息も絶え絶えに、あるときは懇願するように〝好き〟という言葉を繰り返している。まるで自分の指先から見えない糸が発せられ、彼女の肌の下へと潜り込んでいるようだ。ヴィヴィアンは彼の愛撫に敏感に体をよじり、震えていた。ストッキングをはいたままの脚が、やや開いた状態でデヴィッドの胸にあてがわれている。彼は頭を下げて膝の内側にじらすようなキスをした。絹のストッキングを通して彼女の体温が伝わってくる。デヴィッドは靴を脱がせ、彼女の肢体を目で愛撫しながらゆっくりとストッキングを巻きおろした。

左手で自分の体重を支えながら彼女の上に覆いかぶさる。ああ、なんて美しいんだろう。

こちらに向けられた青空のような瞳が欲望に輝いている。デヴィッドがふれたところすべてが赤く染まっていた。彼は手を下へ動かし、敏感な胸の頂を舐めながら脚の付け根に指を滑り込ませた。

ヴィヴィアンがはっと息をのみ、うめき声をあげる。デヴィッドは柔らかな茶色い巻き毛に隠れた小さな突起のまわりにそっと円を描いた。胸の頂をさっきよりも強めに吸い上げる。彼女の指がデヴィッドの頭に食い込んだ。

「ああ、好きなの！」彼女はすすり泣くように言った。「好き……。ねえ、わたしをどうするつもり？」彼女の脚が震えてシーツの上に落ちた。デヴィッドはヴィヴィアンの脚に挟まれるような格好になった。

「歓ばせるのさ」デヴィッドは上体を起こし、膝をついた。鼓動が狂ったように鳴り響き、呼吸が荒くなった。ヴィヴィアンの体はどこもかしこもピンク色だ。腿のうしろに指を這わせてみると、彼女のうめき声に自制心がはじけ飛びそうになった。

「自分でさわってごらん」デヴィッドはヴィヴィアンの手をとって胸の中央に導いた。「ぼくがやったようにするんだ」

ヴィヴィアンはぎこちない手つきで胸をさわった。目を閉じ、頭をうしろにそらして、彼がしたよりも勢いよく手を動かしている。彼女が自分の乳房をつかんでぎゅっと押しつぶすと、デヴィッドの首筋の筋肉に緊張が走った。彼は親指を舐め、再び小さな突起を刺激した。相変わらずからかうような手つきだったが、さっきよりも強く円を描く。そこはしっとりと濡《ぬ》れてとても熱かった。デヴィッドは息をつめたまま、彼女のなかに指を滑り込ませた。ヴィヴィアンは彼の指が肉に分け入ってくるのを感じた。デヴィッドの与えてくれる快感は想像を遥かに上まわっていた。彼が全身の神経が集まっているであろう一点を刺激し続けながら二本めの指を挿入させると、ヴィヴィアンはさらなる高みへと押し上げられた。体が浮き上がりそうな感覚に毛布をぎゅっとつかむ。歓びに爆発してしまいそうだ。「ああ!もう耐えられない」

「耐えられるさ」デヴィッドはそう言ってベッドからおり、残りの服を手早く脱ぎ捨てた。ヴィヴィアンはあまりの気持ちよさに朦朧としていた。デヴィッドが生まれたままの姿で彼女の上に覆いかぶさってくる。素肌がふれ合う感触に彼女は体を震わせた。すごい。なんて立派な肉体なんだろう。ヴィヴィアンはぼうっとしたまま、黄金色のたくましい肌や、黒っぽい毛にうっすらと覆われた胸、汗に光る肩のライン、そして覆いかぶさってくる男性の腕に浮かぶ筋肉の筋に見とれた。自然と興奮が高まる。

「ヴィヴィアン」彼は彼女を指で押し広げながら、優しく唇を合わせた。「いってごらん。きみを歓ばせたい」

デヴィッドの指が引き抜かれ、代わりに硬いものが押しあてられる。彼は少しだけ押し入ってからすぐに腰を引いた。再び挿入しては引き抜く。入るタイミングに合わせて、彼の指が円を描くように彼女の中心をとらえた。突き入るのと同じタイミングでそこをなでられ、ヴィヴィアンはめまいに襲われた。

デヴィッドは耐えがたいほど緩慢な動作で身を沈め、そのあいだも手で刺激を加え続けた。ヴィヴィアンは感情が高ぶるあまり泣き出しそうになった。早く満たしてくれないと死んでしまいそう。彼女は相手の腕をつかんで揺さぶり、無言でせかした。

「あせらないで」デヴィッドの声は低くかすれていた。「ああ、ヴィヴィアン、ぼくに任せてくれ」

「できないわ!」彼女は叫んだ。デヴィッドが再び突き込み、すっかり挿入したところで動きをとめる。完全に満たされたヴィヴィアンは欲望に任せて思いきり彼を締め上げ、苦悶《くもん》にうめいた。

デヴィッドが彼女の顔にかかった髪を払い、鼻先にキスをする。「できるさ」彼は静かに言って動き出した。

ああ……この感触は知っている。知っているけれどこれまでとはまったく違う。デヴィッドはゆっくりと力強く動きながら、完璧に合致したリズムでうずく突起を刺激してくれた。ヴィヴィアンは彼の腕のなかで粉々になり、快感のあまり気を失いそうになった。

突然、強烈な歓びの波が襲ってきて、ヴィヴィアンは衝撃にあえいだ。息をすることもできない。デヴィッドが激しく息を吸い、突っ伏して、首筋にキスをしてくれたような気がした。ヴィヴィアンは自分の存在そのものが揺らいでいるかのように相手にしがみついた。

「すごい」ようやく息がつけるようになると、ヴィヴィアンは弱々しい声で言った。デヴィッドの胸が笑いに震える。彼女はためらいがちに相手の背中をなでた。「すごくすてきだった」

デヴィッドは上体を起こし、黒い瞳を輝かせた。「それはよかった。もう一度するからね」

さっきよりも強く押し入られ、ヴィヴィアンは目を見張った。彼は目が離せないというように彼女を見つめながら肌を愛撫してくれる。信じられないことに先ほどと同じ欲望がわき上がってきた。最初のときは軽く、からかうように高めてくれたのに、今度は容赦なく攻め立てられる。彼の両腕が震え始めた。ヴィヴィアンは誰かの叫び声を繰り返し聞いたように思ったが、あとになってそれが自分の声であることに気づいた。

デヴィッドも叫び声をあげ、頭をがくりと垂れる。それから余すところなく突き入って引き抜き、彼女の体をぎゅっとつかんだ。彼の指先はヴィヴィアンの感じやすい肌に円を描いたり、押したりつまんだりした。ヴィヴィアンはまたしても降伏し、全身をこわばらせて叫んだ。

「まさかこれほどとは!」デヴィッドは彼女の肩に顔を押しつけたままくぐもった声で言った。ヴィヴィアンが震えるような笑い声をたてる。彼女が身動きしたので、デヴィッドは苦しそうに息を吸い込み、抱き合ったまま横に転がった。

ヴィヴィアンが片方の腕を相手の肩に投げ出してぴったりと寄り添う。デヴィッドは骨まで溶けてしまいそうだった。こんな快感を覚えたのはいつのことだろう。彼女の顔を見ると、心がぽっと明るくなった。腕のなかでヴィヴィアンがかすかに動き、気持ちよさげに体を落ち着ける。デヴィッドは彼女を抱いたまま体重を移動させ、腕を伸ばして上掛けを引っ張り上げた。ヴィヴィアンが振り向いて彼の顎に唇を押しつけ、髪を指ですいた。デヴィッドは完璧に満ち足りた気分で動くこともできず、息を吐いた。

ヴィヴィアンを放したくない。理由がなんであれ、ここまで女性に執着したのは初めてだ。いつもなら恋人と別れてもさほどつらくなかった。かつての恋人たちとは肉体だけの結びつきだったし、それ以上の親密さを望んでもいなかったからだ。だが、ヴィヴィアンは……。

ヴィヴィアンとはそういうふうになりたくない。

自分たちのなれそめはひどいものだった。かなりひどかったことはよくわかっている。女性を愛することと監禁することはまったく違う。ぼくはちゃんと彼女を口説けたのだろうか。今夜のヴィヴィアンは劇場で声をあげて笑い、ぼくにほほえみかけてくれた。屋敷に帰ったあとの楽しげな表情も演技には見えなかったし、ぼくにキスを返してくれた。しかし宿場で初めて会ったとき、ぼくは彼女を寂しげで臆病《おくびょう》な未亡人だと思い込んでいたのだ。それはまったくの誤解だった。

ぬくもりや満足感が冷たい恐怖に変わる。もしかしたらヴィヴィアンは、ほかに選択肢がなくてぼくとベッドをともにしてくれたのかもしれない。感謝の気持ちだったかもしれないし、好奇心ということもあり得る。これまで丁寧に愛されたことがなかったのは間違いない。そう考えると、単に欲望を解放する手段にすぎなかったのかもしれない。

相手にとってもこの結びつきが意味のあるものであってほしかった。初めて女性と寝たときデヴィッドは、見た目がよくて金があればいつでも相手を見つけることができると知った。

あのころはむしろ、ベッドにおいてだけ最高のパートナーであればそれでいいと思っていた。女性の体を探求し、歓びの声をあげさせる方法や、自分の期待どおりの快感を味わう方法を熱心に追求した。だがそれは単なる技であって、男としての欲望を満たすために提供する交換条件のようなものだ。そもそもこれまで付き合った女性のほとんどは、同じような考え方をしているようだった。彼女たちもまた、うしろを振り返ることなくデヴィッドのもとを去っていったのだから。

いつかヴィヴィアンもいなくなってしまうのだろうか。だが、監禁していては相手の意思などわかるはずもない。愛撫を拒否する機会も与えないで、彼女が感じている演技をしていないとどうしてわかるだろう。それでもデヴィッドは彼女を放したくなかった。ドアを開け放って好きにしていいと伝えたら、ヴィヴィアンは本当に出ていってしまうかもしれない。自分のことを勇気があるとも道徳心が高いとも思ったことはないが、今はふたつの気持ちに引き裂かれている。ここを去るチャンスを与えて彼女を失う危険を冒すのか、ここに閉じ込めたまま悩み続けるのか。彼女の気持ちを知りたいし、知る必要があるのに、答えを聞くのが怖い。

ヴィヴィアンはしばらくのあいだ満ち足りた気分にひたっていた。デヴィッドは彼女の腹部に腕を投げ出し、肩口に頭をあてている。彼女は彼の髪を指ですきながら、ちらちらと揺れる天井の影を見ていた。デヴィッドの髪はとても柔らかく、清潔で、長かった。ハンサムな男性の腕に抱かれ、ふかふかの上等なベッドに横たわっているなんて夢のようだった。この部屋には隙間風も吹かなければ、隅を駆けまわるねずみもいない。辺りは静まり返っており、暖炉のぱちぱちという音だけが響いている。夏の盛りに雨が降っているだけで惜しみなく火をたくなんて。しかもわたしのためだけに。自分だけのために火をおこしてもらったことが過去にあったかどうか、思い出せなかった。

ヴィヴィアンはまぶたを閉じた。夢よりもすてき。だって夢は目が覚めたら終わってしまうのに、デヴィッドとの関係は少なくとも何日かは続く。

これからのことは考えないようにしよう。ヴィヴィアンは生きるためにいろいろなことをしてきたし、そのなかには合法でないことも混じっていた。それでも身売りだけはしたことがなかった。ほかの違法行為を、売春を避けるための言い訳にすらしてきた。金のために男の前でスカートをめくるのではなく、そういう男たちが自分に払うはずの金を先に盗むのだと。そうすれば男たちに媚びることなく食べものを手に入れられる。

だとしたらデヴィッドとのことはなんなのだろう。デヴィッドが身動きして彼女を抱きすくめた。ヴィヴィアンは彼のそばにすり寄った。デヴィッドはぐっすりと眠っているようだ。ヴィヴィアンは衝動的に彼の頰に唇を押しつけた。これは身売りなんかじゃない。金銭のことなど頭をかすめもしなかった。彼に抱かれたのはそうしたいと思ったからで、ほかに理由なんかない。

それでも、彼が紳士で自分が泥棒であることは変えようがなかった。今夜のようなすばらしい時間は一時的なものにすぎない。ヴィヴィアンは振り向いてドアを見た。鍵穴に鍵が刺さったままだ。逃げるなら今がチャンス。

ヴィヴィアンは鍵を凝視した。あれは自由への鍵だ。ベッドから抜け出し、服を着て、誰にも気づかれないうちにあのドアから出てしまえばいい。目立たないようにロンドンを抜け出し、フリンやサイモンたちと合流してこれまでのことを打ち明ければ、デヴィッドは二度とわたしを見つけられはしないだろう。一両日中にイングランドのどこか、いやアイルランドやスコットランドまでだって逃げることができる。デヴィッドには探しようがない。

静かな部屋に鼓動が反響しているように思えた。ぱちぱちいう音とともに薪《まき》が割れて火の粉を散らし、壁に反射している光が揺らぐ。わたしのための炎、温かいベッド、絹のドレス。そして情熱的なキス。鍵穴に差し込まれたままの鍵。

ヴィヴィアンは片足をマットレスの端にずらしてみた。デヴィッドは動かない。横向きになって彼に背を向けると、デヴィッドの腕が腰から外れてだらりと垂れた。あと少し動けば彼の抱擁から抜けられる。相手が目を覚ます気配はなかった。寝顔に髪がかかり、まつげが頬に影を落としている。上掛けから抜け出せばわたしは自由だ。

動きなさい。そう自分に言い聞かせながらも、ヴィヴィアンはじっと横たわっていた。こんな姿を見たら弟はさぞ怒るだろう。フリンはサイモンをこき使い、わたしの不在をあの子のせいにしているに違いない。弟を守ってやれるのはわたししかいないし、この世で自分以外に面倒を見る相手がいるとすれば、それはサイモンだった。サイモンはわたしのためなら命も懸けてくれるはず。わたしはただ起き上がってドアまで歩き、あの子のもとへ戻ればいい。

ヴィヴィアンはシーツを握り締めた。ぎゅっと目をつぶって柔らかな枕に頭を押しつける。なんて弱虫なのだろう。たったひとりの弟が、冷たくじっとりした小屋に枕もないまま横たわり、その足元をねずみが駆けまわっているかもしれないというのに、この快適な環境から抜け出せないでいるなんて。彼女は目を開けてもう一度デヴィッドを見た。彼はヴィヴィアンの葛藤に気づきもせずに眠っている。目を覚ましてくれればいいのに。目を覚まして手を伸ばしてくれれば、せめてこちらを見てくれたら迷いも吹っきれる。彼に引きとめられているのだから逃げることはできないと自分を納得させられる。

ヴィヴィアンは片脚を上掛けから出して床におろした。暖炉の熱もそこまでは届かないらしく、床は温かいベッドとは対照的にひやりとしていた。ヴィヴィアンは身震いした。自分を奮い立たせてもう一方の脚を上掛けから出す。そして一糸まとわぬ姿で、震えながら敷きものの上に立った。すてきなドレスはさっきデヴィッドが床に落としたときのままだ。それに袖を通して裏の階段をおり、荒れ放題の小さな庭を抜けて路地に消えればすべてが終わる。このドレスはいい値で売れるだろう。だが、こんなドレスをもらうのは生まれて初めてなので手放したくない気もする。売るのがいやならとっておけばいい。古い灰色のドレスを着て、新しいドレスは持っていこう。この青いドレスはすばらしい夜と、人を愛することの意味を知った記念とすればいいではないか。

体に腕を巻きつけて寒さをこらえながら、ヴィヴィアンは自分の踏んぎりの悪さを呪った。いったいどうしてしまったの？　長いあいだ逃げる機会を狙っていたというのに、ようやくそのときが訪れたらドレスごときでばかみたいに迷って。彼女は再びデヴィッドに目をやり、それから無理やり視線を引きはがした。彼はなぜこんなことをしたのかしら。冷酷で傲慢《ごうまん》な気どり屋だと思っていたときはすべてが単純だった。どうして、美しいドレスや夢のような一夜を与え、意味ありげなキスをしたりしたの？　泥棒や乞食《こじき》ではなくレディのように扱ってくれたし、恋人のように抱いてくれた。そしてわたしは、これが永遠に続いてほしいと思っている。

ヴィヴィアンはふかふかした敷きものにつま先を食い込ませた。逃げるなら今しかない。これを逃せば絶好の機会を失うばかりでなく、デヴィッドに対する気持ちを抑制できなくなる。彼がいつまでも態度を変えないとは限らない。こんなふうにキスをされて抱かれてしまったら、身体的な自由を失うだけではすまない。

今夜のことは彼にとってたいした意味を持たないのだ。持つはずがない。魅力的な言葉や態度も一年後には違っているだろう。そのとき彼の腕のなかには幸せそうな別の女性がいるのだ。わたしはといえば、つるし首になっていなければ儲けもの。こんな幸せが続くなんておとぎばなしじみているし、そんなことが実現するはずがない。

それでも……。彼女は重心をずらした。鳥肌が立つ。〝しっかりしなさい〟ヴィヴィアンは自分に言い聞かせた。〝逃げるの？　逃げないの？〟

永遠とも思えるあいだ、ヴィヴィアンは腕をさすりながら立ち尽くしていた。もう一度ドアを見てからベッドに視線を戻す。ふいに暖炉の薪がはぜ、火の粉を散らして半分に折れたので彼女はびくっとした。ついにヴィヴィアンは寒さに身震いしながらベッドの脇に戻り、上掛けとシーツのあいだに滑り込んだ。しばらくもぞもぞしてから小さく息を吐いて体の力を抜く。

その背後でデヴィッドがかすかに目を開けた。彼はしばらく彼女を見つめてから安堵にまぶたを震わせ、本当の眠りに落ちていった。

# 14

アダムズの手配した使用人たちが、朝から働き始めることになっていた。デヴィッドが階下へおりると、新しい執事が従僕とメイド、そして料理人を従えて待ち構えていた。執事のホッブズは背が高く、相応に年を重ねた威厳のある男で、火かき棒のようにぴんと背筋を伸ばしている。頭のてっぺんからつま先まで隙がない。ここ数カ月というもの、家事を切り盛りする者が誰もいなかったので、まずはデヴィッドが自ら指示を与えなければならなかった。端的に言えば屋敷はどこもかしこも手入れが必要だ。ともかく、ほとんどほったらかしだった屋敷のなかのことを任せられる執事と、その指示を実行する使用人を確保できたことで、デヴィッドは肩の荷がおりた思いがした。

家具を磨いたり床を掃いたりする音とともに、耳慣れない足音や話し声が屋敷のなかを満たす。デヴィッドにしてみれば自分の家でないような居心地の悪さがあった。手すりを磨く方法についてもめている声が聞こえてくる。料理人は一時間に三度も厨房から飛び出してきて、やかんの取り扱いがなっていないとバネットにわめき散らしていた。三度めに料理人が飛び出してきたとき、デヴィッドは玄関ホールの奥で雑巾《ぞうきん》を手にしたまま怒鳴られているバネットを目撃した。猫背ぎみの背中がいつもより小さく見え、穏やかな丸顔も悲しげだ。デヴィッドはほこりをはたこうと絨毯を運んでいる従僕をかわしてホールを横切った。「バネット、話がある」

バネットはうなずいて怒っている料理人をよけ、足を引きずりながらデヴィッドのあとに従った。書斎に入るとデヴィッドはバネットに向き直った。今よりひどい状況にあっても主人を見捨てなかった唯一の使用人に。「ひどい騒ぎだな?」

「まったくです」バネットがうなずいた。

「そういえば主人付きの従者がいないと思ってな。やってみる気はないか?」

バネットの視線が揺らぐ。「しかしわたしは年ですし、流行の服装にも詳しくありません」

デヴィッドは片方の肩を上げた。「断るのか?」バネットはなにも言わなかった。「ここ数カ月というもの、ぼくの置かれた状況が……その、理想的とは言いがたかったにもかかわらず、おまえが忠実に仕えてくれたことに感謝しているんだ。その忠義に報いたい。掃除はメイドがいるし、もう料理をする必要もないだろう。今夜までに返事をくれ」

「わかりました」バネットが小さな声で答える。「ありがとうございます」

「こっちこそ」デヴィッドが返した。「ミセス・ビーチャムによくしてくれたことも知っている」

バネットは自分のつま先を見つめていた。「はい」

「ありがたく思っているんだ」デヴィッドは部屋の奥に向き直った。「もう行っていいぞ」

「ありがとうございます」

デヴィッドはうなずいて書斎のドアから離れた。思ったよりもいい気分だ。バネットへの提案はとっさの思いつきにすぎなかったし、彼を主人付きにしたらしゃれた服装は望めないだろう。しかし、何週間もバネットに身のまわりの世話を任せてみて、シャツや下着の状態には完璧に満足していた。新しく使用人を雇う必要などない。

デヴィッドは書きもの机をじっと見つめた。いつもなら机の上にあるのはほこりだけだ。兄のようにバスケットいっぱいの招待状を受けとるほどの社交性はないし、政治や経済に関して特別にやりとりする事項もない。デヴィッドが受けとるのは主に請求書だった。それすら直接エクセター・ハウスに送られていた時期もあったのだが、ロンドンに戻って以来、アダムズに命じて請求書は自分の屋敷に送らせるようにした。責任感を持つという誓いの一端として、自分のことは自分ですると決めたのだ。ただ、まだそれを整理するところまでは手がまわっていなかった。デヴィッドは胸を張り、決意を新たにして書きもの机に歩み寄ると、積み上げられた請求書の整理にとりかかった。

さほど経たないうちに執事がドアをノックした。

「なんだ?」デヴィッドは請求書から目を上げずに答えた。

ホッブズが机の前に立つ。「この屋敷にはお客さまがおられますね」

「ああ」仕立屋からの請求書をめくりながら答える。大部分の請求書については買いものをした記憶すらなかった。本当にこんなにたくさんのベストを注文したのだろうか。

「ご主人さま」ホッブズが苦しそうな声で言った。「そのお客さまというのは若いご婦人だとバネットから聞きました。しばらく前からこの屋敷に閉じ込められていると」

デヴィッドは請求書から目を上げた。「なにが言いたい？」

執事が非難に声を高める。「わたしはご主人さまにお仕えすることはできません」ホッブズはきっぱりと言った。「監禁は良心に反する、紳士らしからぬ行為です」

デヴィッドは執事にいらいらしたまなざしを向けた。「おまえは理解が早くて分別もあると聞いていたが……」

「はい」ホッブズの視線はデヴィッドの頭上のどこかに向けられていた。デヴィッドはため息をつき、疲れたように顔をこすった。執事にヴィヴィアンのことをどう説明するかなど考えてもいなかった。だが、六時間もしないうちにこの男に辞められては困る。ホッブズのあとを引き継いでくれる人材はロンドンにいないのだから。

「それならこの件に関しても思慮分別が求められることがわかるだろう。あの客人は悲惨な過去を持っている。とても……まっとうな生活をしてきたとは言いがたく、ぼくは彼女を更生させたいんだ。ドアに鍵をかけているのは悪い生活に戻らせないためだ。わかるか？」

長い間があってから、執事は途方に暮れた目でデヴィッドをちらりと見た。「つまりそれは……」

デヴィッドは辛抱強くうなずいた。よりによって、なぜこのぼくが生真面目な執事を雇ってしまったのだろう。執事というものは主人の過ちを受け入れ、必要があればかばってくれるものではないのか？　「そうだ。彼女のためなんだ。犯罪仲間のもとへ戻すことなどできると思うか？」

執事は困惑しているように見えた。「あの……」

「彼女を自由にしたら、一カ月もせずにつるし首になってしまうだろう」デヴィッドは執事の態度に変化を認め、ここぞとばかりにたたみかけた。「最初に彼女を見つけたときもつるし首になる寸前だった。キリスト教徒として助ける義務があるだろう？」

「はい、もちろんです」ホッブズは顔を赤くした。

「しかし、この屋敷にいることが世間に知れれば彼女のためにならない。信仰心のない者は、おかしな勘ぐりをしてぼくの行為を中傷するだろう。だからこの件については口外しないでくれ。屋敷全般のことと同様、おまえを信頼しているからな」デヴィッドは立ち上がった。

「おまえに関しては非常によい評判を聞いている。うまくやってくれると信じているぞ」

「はい」執事は咳払いした。「そういうことでしたら、その女性は……ひどい扱いを受けたりはしていないのですね？」

「よくもそんな！」デヴィッドは本気で憤慨した。

執事は重心を移動させた。「違います！　そのような意味では……つまり、きちんとした待遇を受けているのですね」

「ぼく自身が世話をしている。バネットに尋ねてみるといい」

「そういうことでしたら」ホッブズは再び咳払いをした。「わかりました。問題ありません」

「よろしい。ぼくの立場を理解してくれて嬉しいよ。ほかに懸念事項はないか?」

「ありません」執事は即答した。「ひとつも」

「それはよかった。すぐに馬車を準備してくれ」

ホッブズは一礼して走るように書斎を出ていった。デヴィッドは請求書の束に視線を戻したものの、首を振って書斎をあとにした。玄関ホールはまだ騒然としている。メイドが床を掃いたりモップをかけたりしている横で、従僕が家具を磨いていた。メイドは掃除の手をとめておじぎをするメイドにうなずき、一段飛ばしで階段をのぼった。デヴィッドはたくさんの人間に囲まれることに慣れていないので、この状況から逃げ出したくてたまらない。彼はヴィヴィアンの部屋をノックした。

扉を開けると同時にヴィヴィアンが大きな箱から顔を上げた。デヴィッドはホッブズに配慮して扉を開けたままにし、戸枠にもたれた。「ぴったりかな?」

ヴィヴィアンはなにも答えず、脇に置いてある帽子の箱からボンネットをとり上げた。大きな瞳がボンネットからデヴィッドに移動する。「これをわたしに?」彼女は静かに尋ねた。

デヴィッドが笑った。「ほかに誰にあげるというんだ? 気に入ったかい?」

ヴィヴィアンは感嘆してボンネットに視線を戻した。こんなに美しいボンネットが自分のものだなんて。先ほどメイドが箱を運んできたときも驚いたが、箱を開けてみると上等な綿で仕立てた普段着用のドレスが二着にショールと下着が一式、そして麦わらを絹で覆い、リボンをかけたおしゃれなボンネットが出てきた。ヴィヴィアンはなんと言えばいいのかわからなかった。「ええ」〝気に入ったかい〟と尋ねられたことを思い出してようやくつぶやく。デヴィッドは背筋を伸ばした。「その粗末な灰色の服はやめて……燃やしてしまってもいいな。これから馬車で外出しようと思う。使用人が大掃除をしているせいでワックスくさくて仕事にならない。きみも来るかい？」

ヴィヴィアンはうなずいた。急に恥ずかしくなる。今朝、目を覚ましたとき、デヴィッドはすでに部屋にいなかった。それからバネットが朝食を運んできて、新しい使用人が来たことを教えてくれた。ドアの鍵もなくなっていた。ヴィヴィアンは試しにドアを開けて玄関ホールへ出てみたが、そこには自由が広がっていた。落ち着かない気分でしばらくホールにたたずんでから部屋に戻ってしまった。もう出ていくことができるのに、そうしたくなかったのだ。まだだめだ。昨夜のことでデヴィッドとの関係が変わったのは確かだが、具体的にどう変わったのかはわからない。

ドレスに着替えて玄関ホールにおりてみると、開け放たれた玄関の前でデヴィッドが待っていた。ヴィヴィアンを目にしたメイドが不思議そうな顔をしながらもさっと膝を折るおじぎをする。デヴィッドは立ったまま、せわしなく動きまわる使用人たちを眺めていた。彼はこの騒ぎから離れたいのだ。ヴィヴィアンが階段を駆けおりると、デヴィッドが彼女に気づいて目を輝かせた。それを見たヴィヴィアンはひどくほっとした。

「なんてきれいなんだ」デヴィッドが言った。「準備はいいかい？」ヴィヴィアンはうなずいて、道端で待機しているぴかぴかの大きな馬車に向かった。釣り合いのとれた栗毛馬が二頭つながれている。デヴィッドはヴィヴィアンに手を貸してから自分も馬車に飛び乗った。

「永遠にあそこから逃げられないかと思ったよ」デヴィッドはそうつぶやいて馬に鞭《むち》を入れた。ヴィヴィアンはこれほど優雅で軽やかに走る乗りものに乗ったことがなかったので、しばらくは背中にあたる日の光を楽しみながら黙って座っていた。デヴィッドはわざとスピードを出し、恐ろしいほど狭い隙間を縫って馬車を走らせた。ヴィヴィアンは最初のうちぶつかるのではないかと息をのみ、ぎゅっと目をつぶってしまったが、三度めともなると彼が自信を持って馬を御していることがわかってきて笑い声をたてた。デヴィッドがかすかにほほえむのを見て、ヴィヴィアンの緊張もほぐれた。

馬車はロンドンを抜けて西へ向かった。デヴィッドはとくに目的地を定めていたわけではなく、実際、ヴィヴィアンのことしか考えられなかった。新しいドレスとボンネットを身につけた彼女はとても泥棒には見えず、青色のモスリンを着て太陽を見上げ、嬉しそうにほほえんでいる姿は天使のようだ。デヴィッドは嬉しくなると同時に、畏敬《いけい》の念と恐怖を覚えた。嬉しくなったのは彼女が贈りものを喜んでくれたからだ。畏敬の念を覚えたのは彼女があまりに美しかったからで、怖くなったのは……。

デヴィッドは英国でもっとも由緒ある名家に生まれ、特権を享受して気ままに生きてきた。唯一、彼に期待されていたのはきちんとした家の令嬢と結婚すること。昔から家族の期待にそむく傾向はあったものの、結婚だけは別だった。自分でも、いずれは落ち着くべきところに落ち着くのだろうと観念していた。誰かを愛するなどとは思わなかったし、その必要性も感じていなかった。今年、堅物の兄がどっぷりと恋に落ちたところを見ていなければ、人を愛する喜びが存在するなどとは認めもしなかっただろう。それなのにヴィヴィアンに恋をしてしまったらしい。彼女のそばにいるとどうしようもなく幸せな気分になる。

「やっとロンドンを抜け出せてほっとしただろう」街道から交通量の少ない細い道に折れたところでデヴィッドが切り出した。

彼女がこちらに目を向けるのがわかる。「ええ」

「もっと早くに遠出すればよかったな」デヴィッドは小道からそれて小さな池のほとりに馬車を停めた。ためらったのち、ロンドンを出てからずっと考えていた台詞を口にする。「ぼくと一緒にロンドンに帰る必要はないんだ」

ヴィヴィアンは尻をずらしてデヴィッドから距離を置いた。「指輪を探す手伝いなら――」

デヴィッドは切なそうに笑った。「今さらあれをとり戻すのは無理だ。それはわかっているよ。心配はいらない」ヴィヴィアンが眉をひそめるのを見てつけ加える。「もう指輪のことはいいんだ」

「ごめんなさい」ヴィヴィアンは慌てて言った。「本当にごめんなさい。あの、事情があって――」

「ヴィヴィアン」デヴィッドは彼女の手をとった。そうだ、彼女に手袋を買ってやるのを忘れていた。衝動的に自分も手袋を外してヴィヴィアンの手をとり、手のひらに指を這わせる。

肌がふれ合う感触にデヴィッドはまぶたを閉じた。「指輪のことはぜんぜん気にしていないよ」彼女の手がこわばる。「本当だ。昨日の夜も今日も、指輪のことなど一度も考えなかった」

ヴィヴィアンはなにも言わなかった。

「新しい執事は、ぼくがきみを悪い道から守ろうとしていると思っている」デヴィッドは間を置いてから言った。

「そうね。確かに守ってくれてるわ」ヴィヴィアンが震える声で答える。

デヴィッドの口の端が上がった。「後悔しているかい？」

その質問はいろいろな意味を含んでいた。彼は昨夜の出来事を後悔しているか、と尋ねているのだ。彼とベッドをともにしたことを後悔しているのではないかと恐れている。デヴィッドは彼女と目を合わそうとせず、うなだれたままヴィヴィアンの手の甲をさすっていた。

彼女は胃が浮き上がるような感覚に襲われた。「いいえ」

「ぼくらの社会では……独身男性が女性の客人を家に泊めるなんてあるまじきことだ」

ヴィヴィアンは驚かなかった。それは母から教わったことがある。一方のセント・ジャイルズでは、未婚の男女がひとつ屋根の下に住むことは珍しくなかった。そういうことをするのはたいてい身持ちの悪い女とろくでなしの男だが、そうでない場合もあった。

「この道を数キロ行くと宿場がある。一時間以内に到着するよ」

「一時間」ヴィヴィアンは繰り返した。

デヴィッドがうなずく。「そこからなら、どこへでも行ける」ヴィヴィアンはなにも言わない。彼は息を吐いた。「その宿まで連れていってあげるよ。五〇ポンドあればスコットランドにも行けるし、アイルランドにも戻れるだろう。英国じゅうどこへでも行けるさ」

「五〇ポンド？」

デヴィッドはうなずいた。「ポケットに用意してきた」

「ばかね、大金を持って旅しちゃだめだと学ばなかったの？　追いはぎに襲われちゃうわ」デヴィッドは弱々しく笑った。ヴィヴィアンは胸の高鳴りを抑えてにっこりした。「そのお金は床板の下にでも隠しておくといいわ。新しい使用人に給金を払わないといけないでしょ」デヴィッドはため息をついて首を振りながら笑った。「ヴィヴィアン、ぼくはきみを自由にしようと言ってるんだよ。きみがそれを望むならね。閉じ込めるなんて……間違ってた」

「わかってるわ」彼女は美しいドレスのひだを引っ張った。「これは昨日の報酬なの？」

「違う」デヴィッドが彼女の言葉を遮るように言う。「報酬なんかじゃない。昨日のことは……あんなことをすべきじゃ……」

「よかった。報酬なんてほしくないもの」

ふたりとも黙り込んだ。「マダム、どちらへお送りしましょうか？」デヴィッドがそっと尋ねる。ヴィヴィアンは考え込んだ。行かなければ。宿屋まで送り届けてくれる上に五〇ポンドもくれるのだから。しかし、以前の生活は遠い昔のことに思える。あのままでいたら、こうして太陽の下でデヴィッドと手をとり合って座っていることもなかった。「ロンドンかしら？」彼女が答えた。

デヴィッドが彼女を見る。ヴィヴィアンも彼を見つめ返した。ああ、わたしはばかだ。でも、彼はわたしを笑わせてくれる。レディのように扱って、心から愛《いと》しく思っているように抱いてくれる。一瞬、彼の体が覆いかぶさってきて肌を愛撫されているような錯覚に襲われ、ヴィヴィアンの肌が上気した。

デヴィッドがヴィヴィアンを見つめたままゆっくりと上体を近づけてくる。優しく唇が重なった。「きみはとらわれの身なんかじゃない」彼は唇をわずかに離してつぶやいた。「ぼくはきみがほしい」

「今ここで？」ヴィヴィアンはその場面を想像しそうになった。昨日の記憶が押し寄せ、体がほてる。道から外れた小さな池のほとりにふたりきりで……。

彼はほほえんで体を離した。「そうしたいのはやまやまだが、新しいドレスに草のしみをつけるのは惜しいだろう？」

ヴィヴィアンはさらに赤面して笑みを返した。デヴィッドが馬に鞭を入れ、ロンドンへ向けて引き返し始めた。いまだとらわれているような気がするが、それはさっき彼が言ったような意味ではない。ふたりの関係は根本的に変わったわけではなかった。この遠出で明らかになったこともあり、わからないままのこともある。ひとつだけ確かなのは、まだ彼のもとを去ることはできないということだった。

# 15

続く数日間をデヴィッドは最高に幸せな気分で過ごした。すべてが予定どおりに運ぶなど初めての経験ではないだろうか。社交シーズンと議会の会期が終わりに近づいていることもあって、兄の代理業務もなんとかこなせるようになってきた。仕事量が減ってきたのは確かだが、やるべきことがわかるようになり、それなりに手ごたえを感じる。業務に対する自分の処理能力に自信を持つ機会が少ないデヴィッドにとって、これはどうしようもなく興奮する事態だった。

屋敷のなかも円滑にまわるようになってきた。食事は時間どおりに給仕され、どこもかしこも清潔で、さらに重要なことに召し使いたちが辞めたいと言い出さなくなった。ホッブズの不安を解消してからはヴィヴィアンの存在に眉をひそめる者もいない。見違えるほどきれいになったわが家は予想以上に気持ちよく、その居心地のよさに驚いたほどだ。

そしてヴィヴィアンがいた。彼女のことを考えるだけで顔がにやけてしまう。自分が恋わずらいにかかった少年のような行動をとっていることすら気にならなかった。生まれて初めて心の底から、気が狂いそうなくらい誰かを愛している。それは信じられないほどすばらしい気分だった。日中はエクセター・ハウスで働き、屋敷に戻ってヴィヴィアンと夕食をともにする。彼女はたいてい居間にいて輝くばかりの笑顔で彼を迎え、ドアが閉まるとすぐに抱きついてくる。一緒に食事をとってのんびりしたあと彼女をベッドへ運び、混じりけのない幸せのひとときを味わうのだ。執事の目を盗んで彼女の部屋に忍んでいかなければならないことさえ気にならなかった。デヴィッドは毎晩のように、召し使いが寝てしまうまで自分とミセス・ビーチャムが起きている理由をでっち上げた。ホッブズはなにかおかしいと気づいていながらも、ふたりが聖書を読んで朗読の練習をしていると信じることにしたようだった。デヴィッドには、ヴィヴィアンを見飽きることなど決してないように思われた。ふとした視線や眉を上げるしぐさ、唇の動きにもさまざまな感情を刺激される。怒っている彼女をなだめたいがためだけに、わざと挑発することもあった。笑ったときに鼻にできるしわもかわいいし、快感にうめき、まぶたを震わせてのけぞるところもいい。図書室の本を読みふけっているときに眉をひそめたり、唇を噛み締めたりしているところもすてきだった。贈りものをすると、たとえそれがエクセター・ハウスの庭からつんできた花であってもヴィヴィアンはぱっと顔を輝かせる。デヴィッドは彼女のあらゆる面が愛しかった。

ヴィヴィアンの気持ちはわからない。しかし、愛情のあるふりをするにも限界があるのではないだろうか。この二週間というもの、その気になれば銀製品をくすねて出ていく機会はいくらでもあったのに彼女はそうしなかった。一度だけ、早めに帰宅したとき、居間に彼女の姿がなかったことがあった。魂にも等しい女性に置き去りにされたのかとショックを受け、その場に立ち尽くしていると、ホッブズがヴィヴィアンは庭にいると知らせてくれた。あのとき感じた安堵は強烈だった。

デヴィッドは彼女に魅了されていた。ヴィヴィアンは彼が当然と思っているようなことに感激するくせに、驚くだろうと思ったことには動じなかったりする。完全に理解することなどとうていできそうになかった。デヴィッドが罪深い過去を打ち明けたときも、ヴィヴィアンはひるむどころかおもしろがったほどだ。デヴィッドは彼女のすべてを知りたかった。

「なぜ泥棒になったんだい？」ある夜、デヴィッドは尋ねた。

「丁寧に勧誘されたからに決まってるじゃない」ヴィヴィアンはあきれたように目をまわした。彼女はソファーに横たわっていた。デヴィッドは同じソファーに背を預け、床に腰をおろして暖炉のほうへ脚を投げ出していた。雨が降って肌寒く、すでに夜もふけていた。「本当は、おなかが減っていたのに食べものを買うお金がなかったから。それ以外のどんな理由があると思うの？」

デヴィッドは片方の肩を上げた。「働きたくないから盗む連中もいるだろう」

「確かにね。でも、骨身を削って働いても、赤ん坊に食べものも与えてやれないから盗みをせざる得ない人もいるの」

デヴィッドはオレンジの皮をむき、ひと房もいでヴィヴィアンに差し出した。彼女がそれを口に入れ、目を閉じて果汁を堪能する。ヴィヴィアンがオレンジを食べたことがないと知って、デヴィッドは籠いっぱいのそれを買い求めた。甘やかしすぎかもしれないが、彼女の反応を見るのが楽しくてやめられない。

「そのときぎみはいくつだった？」

ヴィヴィアンは指についたオレンジの果汁を舐めた。「盗みを始めたとき？」

「そうだ」

彼女はしばらく考え込んだ。「一〇歳くらい。ママが死んだときよ」

「セント・ジャイルズに住んでいたの？」

「そうよ。ママは誠実な人だった。洗濯婦として身を粉にして働いたの」ヴィヴィアンは遠くを見るような悲しげな目つきをした。「おじいちゃんは農夫だった。どこに住んでたって聞いたかしら？　ダービーシャーだったかな。ママは恋人を追ってロンドンに来たの。その人は陸軍にいて、士官だったって。でも、戦場へ行ったきり帰ってこなかったわ。小さいころに会ったことがあるはずなんだけど、よく覚えてないの。それから——」ヴィヴィアンは唐突に言葉を切ってまばたきをした。デヴィッドはなにを言いかけたのだろうと思った。

「その人がお父さんなのかい？」

ヴィヴィアンがうなずいた。「ママと結婚したけど、お金はあまり残してくれなかった。ママは住む場所を見つけなきゃならなかったんだけど、小さな子供を連れていては難しかったの。それにすっかり気落ちしてたから……その人が死んじゃってからね。ふっと消えちゃうんじゃないかって思うこともあったわ。ママが死んでしまったときは、救貧院とか、下手するともっとひどいところにやられそうになったんだけど、わたしはチビで手先が器用だったから雑踏をすり抜けることができた。それでマザー・テートが拾ってくれたのよ。彼女は盗品の買い受け人だったんだけれど、ドレス店も経営してててね。店で売れたリボンやレースをわたしがとり返してきて、また売るの。疑われないようにかわいいドレスを着せてもらったわ。乳母とはぐれた金持ちの少女のふりをすることになっていたのよ。わたしの姿に同情して、一緒に乳母を探してくれる人は結構いたわ。そのあいだにハンカチや財布を盗もうと思えば簡単だった。マザー・テートはわたしの働きに満足していたわね」彼女は再び間を置いた。「デヴィッドには、ヴィヴィアンが別のことを言いかけたように思えた。

「じきに乳母を探す子供のふりをするには大きくなりすぎて、マザー・テートが役に立たなくなったわたしをギャングに引き渡したの。でも、数年すると状況が厳しくなった。ロンドンで盗みを続けるのは難しいわ。一度つかまって、更生施設に入れられて殴られた。わたしはそこを逃げ出して、ロンドンから遠く離れたの」

「なんてことだ」デヴィッドの胸に怒りと悲しみが込み上げた。どうしたら淡々と〝引き渡した〟などと言えるのだろう。まるで古くなったブーツをやりとりするように。だが、殴られたときに逃げ出したヴィヴィアンに、デヴィッドは彼女のプライドを垣間見たような気がした。「それで街道へ出たのか？」

ヴィヴィアンは自嘲気味に笑った。「むしろ街道しか行き場がなかったと言うべきね。しばらく単独ですりをしてたわ。あるときドーヴァー・ロードでお祭りがあって、観光客から財布をすったの。おと……いえ、あの、おいしいものが食べたかったから」ヴィヴィアンは舌を噛み切りたくなった。さっきから何度もサイモンのことを口にしそうになる。過去を回想しているときに弟のことを考えないのは難しかった。母親を亡くしたあとマザー・テートの下で働いたのは、その見返りとして赤ん坊だったサイモンの面倒を見てくれたからだ。ギャングのところへ行ったのも、ヴィヴィアンの取り分と引き換えにマザー・テートがサイモンの面倒を見ると言ってくれたから。更生施設から逃げ出したのだって暴力が原因ではなく、たった一〇歳のサイモンが矯正施設で働かされそうになったからだ。「その祭りで、フリンという男の財布をすってつかまったの。そいつは目にもとまらぬ速さでわたしの手をつかんだわ。それで自分の仲間にならないなら、その日のうちに治安官に引き渡すと言われたのよ」

「その男が追いはぎだったんだね」デヴィッドが言った。「なるほど」

「フリンはただのこそ泥だったわ」ヴィヴィアンが訂正した。「大きな仕事をしたいという野望はあっても、知恵が働かなかった。あいつは誰かの助けが必要だとわかってたのね」彼女は肩をすくめた。「わたしはフリンの仲間になった。飢えるよりましだから」

「フリンはすりの力を必要としていたのかい？」デヴィッドが怪訝そうな顔をした。

ヴィヴィアンは、フリンが彼女を引き入れて、あわよくば自分の情婦にしようとしたときのことを思い出してにっこりした。相手の肩にナイフを突き立ててやってから、フリンはヴィヴィアンと距離を置くようになった。「あいつは追いはぎのほうがこそ泥よりも上等だと思い込んでたのよ」ヴィヴィアンは細部の説明を省いた。「それで仕事の下準備をする人間が必要だった。度胸のある人はいても、治安官につかまらないよう機転をきかせられる人間を見つけるのは難しいんだから」

「追いはぎの計画はすべてきみが立てたのか？」デヴィッドは感嘆と不快感の入り混じった口調で言った。

ヴィヴィアンは笑った。「そうよ。あなたはすごくいいカモだったわ！　上等な服を着て、立派な馬に乗って、気前よくお金を出して。それが二ギニーしか持っていないなんてどうしてわかる？」デヴィッドは目を細めた。「単純なことよ。まずは金持ちの乗客を見つけるの。わたしたちの狙いは貴重品や現金だから、両方を持っている客がいちばんだわ」

「もっと儲けさせてやればよかったね」デヴィッドが皮肉っぽく言う。

「まあ、許してあげる」ヴィヴィアンは愛想よく言った。デヴィッドは彼女を見つめ、のけぞって笑った。ヴィヴィアンもにっこりする。

「このかわいい牝狐《めぎつね》め」そう言って首を振る。「許してあげるだって？」

「閉じ込めたことも許してくれと土下座するなら、考えてもいいけど」

「土下座？」デヴィッドが彼女の足首をつかんで引っ張ると、ヴィヴィアンは悲鳴を上げてソファーからずり落ちまいと踏ん張った。「このおてんば娘め、ここへおいで」

「いやよ！」ヴィヴィアンは笑いながら身をよじり、彼の手から逃れようとした。デヴィッドはぱっと手を離して彼女の肘をかわし、床に座り直した。笑っているヴィヴィアンは美しい。心地よい笑い声に、追いはぎの標的にされたことも怒れなくなった。

「きみにはすりの才能があったの？」スカートを整えるヴィヴィアンに向かって尋ねる。

「なかなかのものだったのよ」彼女は恥じ入る様子もなく答えた。

「ぼくに披露してくれよ」ヴィヴィアンはにっこりして首を振った。デヴィッドは彼女のほうを向き、むき出しの足首に指を這わせた。「お願いだから見せてくれ」優しい声で懇願する。

「ばかな人ね」ヴィヴィアンが笑った。「なんでそんなものが見たいの？」

デヴィッドは片方の肩を上げた。「きみにふれてほしいだけかも。さわらせてくれたら、それで満足できるのかもしれない……」

ヴィヴィアンはあきれて目をまわし、立ち上がって、彼女をつかまえようとしたデヴィッドの手を逃れた。「さあ、ポケットの中身を抜きとられたいんでしょ。それなら立ってちょうだい。寝そべっていられちゃできないわ」

彼は立ち上がった。「どんなものを盗むんだい？」

ヴィヴィアンはデヴィッドを観察した。「なんでも。男性の所持品を買いとってくれる店があるの。腕は鈍ってないはず」

デヴィッドはポケットのなかから上等なハンカチをとり出した。「これは？」

「ああ、数ペニーにはなるわね。上等な生地だし、しみもないから」

「数ペニーにしかならない？」ハンカチに支払った金額を思い出しながらデヴィッドは声を上げた。「一ポンドにはなるよ」

ヴィヴィアンは肩をすくめた。「セント・ジャイルズでは無理。せいぜいその日のパン代ね。盗み損にならない程度よ」

デヴィッドは押し黙ってハンカチをポケットに戻した。彼女が飢えていたことも泥棒だったことも承知している。飢えの苦痛から逃れるために盗むなら仕方ないと思えた。生きるために盗んだのだ。同じ立場だったら自分も同じことをしなかったとは言えない。

「部屋を横切ってちょうだい」彼女の声にデヴィッドは我に返った。「ハンカチはもっと奥にしまってね」

「本当に盗めるのかい？」デヴィッドはハンカチをポケットの奥に押し込んだ。

彼女の口元が弧を描く。「まあ見てなさいって。さあ、歩いて」

「なんで歩く必要がある？」

「突っ立っていられちゃ仕事ができないもの。歩いているときは、押されたりぶつかったりしてもさほど気にならないものよ。服も揺れるでしょ？　それと一緒にポケットも動くから手を入れやすいの」

「きみがそう言うなら」デヴィッドは部屋をぶらぶらと歩いた。ヴィヴィアンは少しのあいだ相手を観察してから歩き出し、彼とすれ違った。肩がこすれただけでほかにはなにもなかった。混雑した通りを歩いていたなら肩がふれたことさえ気づかなかっただろう。ヴィヴィアンは前を向いたままで、デヴィッドには目もくれずに颯爽《さっそう》と歩いていた。デヴィッドは部屋の端で足をとめた。これでハンカチを盗めるとはとうてい思えない。不審なことはなにひとつなかった。ところがポケットに手を入れてみると、なかは空だった。「盗《と》ったのか？」彼は半信半疑で言った。

ヴィヴィアンは振り返り、澄ました顔で視線を下げた。「どうかしら？」デヴィッドがポケットの奥を指でさらって再確認する。「なくなってる」「気づかなかったの？」ヴィヴィアンは得意げに目を輝かせ、彼に笑いかけた。「あなたほどの人なら見抜けると思ったのに」

「肩がすれただけじゃないか」デヴィッドがゆっくりと言った。「疑いもしなかったよ。どこにあるんだ？」ヴィヴィアンは体の前で手を組んでいる。

彼女はとぼけた。「どこってなにが？」

そのときデヴィッドには、こんなにも長いあいだヴィヴィアンがつかまらずにいた理由がわかった。開けっぴろげで誠実そうなあの表情をどうして疑うことができるだろう。天使のように清らかな顔をした若い女性を疑いたいと思う人はいない。「この小悪魔め」

ヴィヴィアンが笑うと、先ほどまでの純真そうな表情が消えた。そこには興奮と勝利に頬を紅潮させた女性が現れた。デヴィッドは部屋の向こう側にいるヴィヴィアンに近づいた。

「これが本番だったらもうハンカチは持っていないでしょうね。つかまったときのために、すぐに仲間に渡してしまうの」

「でも今は持ってるんだろ？」デヴィッドが彼女の全身を眺めまわす。ヴィヴィアンの頬が濃いピンク色に染まった。「問題は、どこにあるのかってことだ」

「あなたが腕前を見せろと言ったのよ」ヴィヴィアンがデヴィッドの手をかわす。「どうやったか知りたくないの？」

「今はハンカチをとり戻せればいい」デヴィッドは彼女をつかまえて腰に腕を巻きつけ、自分のほうへ引き寄せた。「さてと、まずはポケットを確認しないと」片方の手をドレスの脇のポケットに滑り込ませ、彼女のヒップをなでまわす。ヴィヴィアンは笑って身をよじった。

「うむ。ないな」デヴィッドはもう一方のポケットも丹念に調べた。「ここにもない」彼女の胸に視線を落とす。

「まさか、そんなことしないでね」

「そんなことって？　なんでもするさ」デヴィッドはポケットに入れていた手を上に滑らせ、彼女の胸のふくらみを探った。「ぼくはすりに遭ったんだぞ」

「自分から望んだんじゃない」彼の手が胸の谷間に侵入すると同時に、ヴィヴィアンの呼吸が切れ切れになった。

「そのとおりだ」デヴィッドがささやいて指先で肌を軽くなぞる。ヴィヴィアンは身を震わせ、無意識に体をそらして相手に押しつけた。

「次はなにを要求されるのかしら」デヴィッドは、ドレスの胸元のボタンを外して手を滑り込ませてきた。「あなたは要求が多いから」

デヴィッドが軽く笑う。「なんだろうね」ドレスの前が開き、シュミーズがあらわになった。「自分で脱いで」デヴィッドが低くからかうような声で命令すると、ヴィヴィアンは震える指でシュミーズの紐をほどいた。下着がコルセットの上までずり落ち、胸の谷間に押し込まれたハンカチがのぞく。

「おやおや、マダム、ここに盗品が」

ヴィヴィアンは頬を染めた。「返してほしい?」

ハンカチの埋まった谷間をじっくりと眺めるデヴィッドの瞳が色を増した。「いや、うまく収まってるようだから今はいい」彼は思わせぶりにヴィヴィアンの肩からドレスを外し、床に落とした。次にコルセットを緩めて胸を解放し、ようやくハンカチを引っ張り出した。上等なリネンが肌をくすぐる感触に、ヴィヴィアンが身震いする。

「泥棒には罰を与えないと」デヴィッドはそう言って彼女の手首をハンカチで縛ると、親指のすぐ下で結び目をつくった。「どうやって償ってもらおうかな」

「なくしたわけじゃないでしょ」ヴィヴィアンは抗議した。「とり戻したじゃない」

デヴィッドが含みのある笑みを浮かべた。「どうかな」ヴィヴィアンの手を上げさせて自分の首にかける。ハンカチで手首を縛られているため、彼女にはどうすることもできなかった。身長差を埋めるためにデヴィッドがかがんでくれたが、それでもヴィヴィアンはほとんどつま先立ちになった。

「わたしをつるし首にする気?」デヴィッドの吐息がむき出しの胸にかかる。ヴィヴィアンは鳥肌が立ち、息も絶え絶えになった。

デヴィッドがくっくと笑う。「そうさ。ぼくの首につるすんだ」

ヴィヴィアンもこらえきれずに笑い出した。心臓がとまりそうだ。ハンカチの結び目を引っ張ってほどこうとしたが、バランスを崩して相手の胸にもたれかかるはめに陥っただけだった。

「ああ、いいね。それをもう一回やってごらん」身をよじるヴィヴィアンの胸を眺めながらデヴィッドが言った。

「ほどいて」

デヴィッドの瞳に意地悪そうな光がはじける。「まだだ。自分でほどこうなんて考えるなよ。ぼくは縛るのが上手なんだから」

「あら、いつもこんなことをしているの？」

「まだまだ経験不足でね」

「そう。それで、わたしにどうしろと？」この人がならず者と言われるのも当然だ。こんなふうにいたずらっぽくほほえみかけられたら、どんな女性も貞節をかなぐり捨てて目の前の快楽に溺《おぼ》れてしまう。現にわたしは、シュミーズとコルセットだけになって手首を縛られているのに、次の展開に胸を高鳴らせているのだもの。

「まずは鞭打ちだな」デヴィッドがシュミーズをまくり、ヴィヴィアンのヒップをむき出しにした。片手で優しく尻を叩き、もう一方の手でも同じことをする。痛くはなかったが、ちくっとするような、くすぐったいような刺激があった。「悪行を悔い改めるか？」

「あなたがやれって言ったんじゃない。きゃっ！」またしても軽く叩かれて彼女は叫んだ。

「やめて！」

デヴィッドは押し殺した笑いを漏らした。「反省することだ。さもないと四つ裂きだぞ」

彼の手が尾てい骨から首の付け根まで這い上がり、それから肩と肩を結ぶラインをたどる。

ヴィヴィアンはぶるっと震えた。痛みとは違う衝撃が体を貫いた。

「しないわ」彼女はささやいた。「反省なんて……」

「本気かい？」彼の手は腿のあいだに移動していた。ヴィヴィアンは小さく息を吐いて膝を緩めた。「悪かったと思わないのか？」デヴィッドが指で肌をまさぐりながら詰問する。

「いいえ。ちっとも」

「悪い子だ」彼は息を吸い、こするようなキスをした。

まるで麻薬だ。ヴィヴィアンは慎みもなく身を投げ出し、彼の手がシュミーズをまくり上げて尻や腹部を愛撫するのを許した。この人はわたしを堕落させる。こんなふうに抱かれ、愛撫されているのに理性を保つことなどできない。彼の魅力に警戒心が吹き飛んでしまう。情熱に溺れたらろくなことにならないのはわかっている。それでもデヴィッドにキスされていると、世界が灰になっても気づかないかもしれない。たとえ気づいても、どうでもいいと思ってしまうかもしれない。

わたしが悪いの？　巧みな手つきで腹部や脇腹、そして尻や腿のあいだを愛撫され、我を失わない女などいるのだろうか。デヴィッドの手が腿のうしろを這って膝を持ち上げ、秘められた部分を完全に開いたとき、ヴィヴィアンはつま先立ちでようやくバランスを保っている状態だった。

「反省したかい?」彼はそうつぶやいて、彼女のなかに長い指を滑り込ませた。

「ええ」ヴィヴィアンは息をつまらせた。「いいえ! ちっとも……まだよ……」

デヴィッドは柔らかな笑い声をたて、指を二本に増やしてひどく敏感になった一点を親指で刺激した。ヴィヴィアンがあえぐ。「じきに反省することになる。ぼくの腰に脚をまわして」デヴィッドが低くうなって彼女を放し、自分のズボンの前ボタンを外した。ヴィヴィアンが震える脚を片方ずつ持ち上げると、デヴィッドは彼女の膝に手をまわして抱き上げた。片方の手で彼女の尻を支えて高ぶりの上にゆっくりとおろすと、デヴィッドの顔がゆがんだ。

「ぼくにつかまって」完全に挿入してから彼は命じた。ヴィヴィアンはうめいて相手の首にしがみついた。「きみの好きに動いてごらん」

「どうやって?」彼女は声を絞り出した。彼はくすくす笑って両手で二つの丘をつかみ、彼女を持ち上げている。それから数歩前進して、ヴィヴィアンの背中を壁につけた。

「教えてあげよう。こんなふうに……するんだ」デヴィッドが膝にかけていた腕を腿のほうにずらし、壁に手をついた。ヴィヴィアンは彼の首にしがみつき、脚を広げて落ちまいとしたが、体が数センチ浮き上がった。「今度は力を抜いてごらん」彼が耳元でささやく。ヴィヴィアンにも彼の考えていることがわかった。

彼女は自分で動いてみた。最初はゆっくりと、そしてしだいに情熱的に何度も体を上下させる。耳元でささやくデヴィッドの声が興奮をあおった。彼はヴィヴィアンの美しさを称《たた》え、彼女のそばにいると正気を保てないと言った。もっと速くと要求したり、ゆっくりと言ったり、なにをしてほしいのか口に出せと命じたりする。ヴィヴィアンは夢中だった。彼の大きくて力強く美しい存在と、彼が与えてくれる快感のことで頭がいっぱいだった。

突然、デヴィッドがヴィヴィアンの腰をぎゅっとつかみ、彼女を抱き上げて床におろした。「向こうを向いて」息を切らし荒々しい声で命令する。それから彼女の手を首から外し、ハンカチをもぎとった。「壁のほうを向くんだ」ヴィヴィアンはふらついたまま反対側を向かされ、壁に体を押しつけられた。膝のあいだにデヴィッドの脚が割り込んでくる。腰に手をまわされ、尻を引き寄せられると、わけもわからないまま彼が押し入ってきた。胃が縮むような感覚が走る。先ほどとは違う深い攻撃だ。デヴィッドは彼女の脚を広げ、ヒップをがっちりとつかんで動き出した。力強い突きに、ヴィヴィアンはつま先立ちになって恍惚感にひたった。両手を壁について体を突き出し、相手を完全に受け入れようとする。

「さわって」彼はかすれ声で言って、舌先で彼女の耳たぶを舐めた。それから手首をつかんで下腹部へといざなう。「きみと……ぼくにさわってくれ」デヴィッドがふたりの体の接合部に彼女の手を押しつけ、熱くて硬いものが自分のなかに滑り込んでいくのを指先に感じたヴィヴィアンは、さらに指を広げて高ぶりを挟むようにした。耳元でデヴィッドがうめく。彼は何度も何度も突いた。さらに強く、速く、深く。ヴィヴィアンの頬を涙が伝う。彼女はすすり泣いていた。歓びが骨の髄まで浸透し、いつ気を失ってもおかしくなかった。デヴィッドが彼女の手をどけて自分の手をあてる。その指が快感の中心を正確にとらえた瞬間、ヴィヴィアンはあっという間に限界へ押し上げられ、うめき、懇願し、叫んだ。彼はさらに深く突き進んで自分の体重で彼女を壁に押しつけ、強烈な解放にその身を硬直させた。

ヴィヴィアンは粉々になった。デヴィッドが相手だと、なぜこうもたやすく降伏してしまうのだろう。こんなにふしだらなふるまいをしてしまうなんて。長いこと男たちを遠ざけてきたはずなのに、デヴィッドが相手となると流し目ひとつで簡単にドレスを脱いでしまう。この人はわたしを知り尽くしている。わたしの理性はどこへいってしまったの？

それでも彼女は幸せだった。どうしようもないほど、想像したこともないほど満たされていた。

「もう……」彼女は弱々しく言った。「すりをしてこんな罰を受けるなんて思ってもみなかったわ」

胸を揺するような深い笑い声に、ヴィヴィアンは温かな気持ちになった。彼の手はそれぞれヒップと胸のふくらみの上に置かれたままだ。首のうしろに鼻をこすりつけられて壁に頰をつけたまま、ヴィヴィアンは夢見るようなほほえみを浮かべた。こんなに開放的で穏やかな気持ちになったのは初めてだ。

デヴィッドは彼女の髪に顔を押しつけて深く息を吸った。生まれ変わった気分だ。心地よい疲れにひたった体は完全にリラックスしていた。そして心は……。

心はもはや彼自身のものではなかった。腕のなかにいる、機転のきく小柄な泥棒に抜きとられてしまっていた。彼女はぼくのことをわかってくれる。これほどまでに気持ちの通じる相手がいようとは想像もしていなかった。デヴィッドにも彼女の気持ちがわかった。逆の立場に生まれたとしたら、ヴィヴィアンは間違いなくぼくよりもましな人間になっていただろう。しかし、自分がヴィヴィアンの立場だったら彼女と同じことをしたはずだ。彼女は、ぼくのすさんだ過去を知っても拒絶反応を起こさなかった。ぼくの失敗を理解し、衝動的な行動を許してくれた。彼女はぼくを高揚させ、笑わせてくれる。彼女を守れる男になりたいと思わせてくれる。自分にそんな一面があるとは思ってもみなかった。この先、こんな気持ちになれる女性に巡り合うことなどあるのだろうか。

デヴィッドはヴィヴィアンをそっと床におろし、ふらつきが治まるまで支えてやった。居間の壁に押しつけられて愛されたというのに、ヴィヴィアンはひるんだ様子もなく、満ち足りた怠惰な笑みを浮かべていた。デヴィッドは自分の負けを悟った。言葉も見つからぬまま体を離して衣服を整えると、彼女もそれにならった。デヴィッドが床からドレスを拾い上げて彼女に着せてやる。芝居の夜、青い絹のドレスを着ていたヴィヴィアンが脳裏に浮かんだ。ヴィヴィアンはボタンを留め、スカートをはたいた。一見すると澄まして見えるが、紅潮した頬ときらきら光る瞳はごまかせない。

「あのね」ヴィヴィアンは意味ありげに笑った。「こんな罰を受けるなら犯罪が増えちゃうと思う」

デヴィッドは笑い声をあげた。犯罪か。彼女が泥棒だという事実をつい忘れてしまう。軽やかな足取りで部屋を出ていくヴィヴィアンを見て、デヴィッドの心が揺れた。よく考えもせずに彼女を自分の世界へ引き込んでしまったが、今さら昔の生活に戻すことはできない。彼女が飢えたり、誰かのポケットに手をかけてつかまったり、強盗に失敗して撃たれたりするなど想像するのも耐えられなかった。そんなことはさせられない。

だからといって自分にいったいなにができるのか、デヴィッドにはまだわからなかった。

## 16

幸せな時間の終わりは予告なしにやってきた。

「ご主人さま、ウェア卿がいらしています」デヴィッドは眉をひそめた。ホッブズが名刺ののった銀のトレイを差し出す。ウェアだと？　以前は親しくしていた時期もあったが、もう何年も話をしていない。マーカスと取引があるのかもしれないな。「おひとりではありません」執事の口調にはかすかな不快感が漂っていた。デヴィッドはいやな予感がした。ホッブズの言い方からすると、ウェアの連れは儲け話を持ってきた銀行家や事務弁護士ではなさそうだ。物騒な輩《やから》や金貸し、下手をすると捕り手かもしれない。

「お通ししろ」デヴィッドは硬い声で答えた。ホッブズが一礼して部屋を出ていく。どんな連中が現れるのだろう？　デヴィッドは椅子から立ち上がってキャビネットへ近づき、エクセター・ハウスから持ってきたウィスキーをとり出してシングルよりもやや多めに注いだ。馴じみのある緊張が全身に広がるのを抑えようと、肩をまわしたり、首を伸ばしたりしてみる。かつて父の書斎に呼び出されたときと同じだった。どんな過ちを犯したのか見当もつかないという点ではいつもと違うが。ここのところ悪意のある嘘をついた覚えはないし、借金もない。人妻にもちょっかいを出したりしていなかった。それなのに言葉にできないなにかが、この訪問は不吉だと告げていた。

「ウェア卿です」そう告げたホッブズは、声を一段低くしてつけ加えた。「それからお連れの……みなさまも」ウェアと一緒に入ってきた男たちは見るからに普通の客ではなかった。金を賭けるとしたら、迷うことなくボウ・ストリートの捕り手に賭けるだろう。

「ウェア」デヴィッドの会釈にウェアがうなずいて答える。いかなる感情も読みとれないが、この男の場合はそれが普通なのだ。

「リース、兄上殿はうまくやっておられるだろうな」

デヴィッドは笑みを浮かべた。「あんなに幸せそうな姿は見たことがないよ」

ウェアがうなずいた。「ロンドンじゅうを探しても、彼ほど幸せになるべき人物はいない」

「そうだな」デヴィッドは見知らぬ男たちの姿を視界の隅にとらえながら相槌を打った。それからようやく気づいたふりをして、彼らの方向へ目を向ける。間違いなく法的機関の連中だ。しかも冷酷な部類の。彼らの用件に心当たりはなかったが、デヴィッドは最悪の事態に備えて腹を据えた。「座ってくれ」

ウェアは書きもの机にいちばん近い椅子に腰をおろし、ふたりの男は後方の小さなソファーに並んで座った。「飲みものは?」デヴィッドは平静を装って尋ねた。男のひとりが口を開きかけたところでウェアが手を振る。「ありがたいが結構だ」うしろに座っていた男が不機嫌そうに口を閉じたが、ウェアはまったく意に介さなかった。「微妙な用件なんでね。いくつかの質問は――」ウェアはそこで言葉を切った。「きみにとって不快だと思う」その口調には背後の男たちへの非難がこもっていた。「ぼくはなにか力になれればと思って同行したまでだ」

飲みものを要求しようとした男がしびれを切らして立ち上がった。「我々は」丁寧だが有無を言わさぬ口調だ。「重大な犯罪を捜査しています」

デヴィッドは眉を上げた。「ほう？」

「深刻な事件です」男が続けた。「ある追いはぎが、乗り合い馬車を次々と襲っては乗客に暴力を振るっているのです」

「追いはぎというのはそういうものだ」

「ふざけている場合ではありません！」男がきつい声で言った。「追いはぎのひとりの親分格の男には明確な特徴があります。大きな羽根飾りのついた帽子をかぶり、金の指輪をして、黒の伯爵《ブラック・デューク》と名乗っているのです」

デヴィッドは指輪と聞いてひやりとしたが、顔には出さなかった。男たちはこちらがとり乱すのを期待している。デヴィッドはそれを承知のうえで、相手の探るような視線を正面から受けとめた。「それで？」マーカスを真似てゆっくりと尋ねる。「犯人をとらえるのにぼくの協力が必要なのか？」

男が口を引き結んだ。「いいえ。我々が捜査していることをお伝えに来たのです。追いはぎはつるし首ですよ」

「そう願いたいね」デヴィッドは答えた。

「親分格の男がはめている指輪にあなたの紋章が入っていることも調べがついています。三人の目撃者が証言しました」男は挑戦的に顎を上げた。

デヴィッドは間をとった。じっと見つめられると人は冷静さを失うものだ。いつもは非難がましい視線にさらされる立場なのでよくわかる。しかし、デヴィッドの視線にマーカスほどの迫力はなかったようだ。ボウ・ストリートの連中は顔をしかめることもひるむこともなかった。「おいおい、あなたたちはぼくを疑っているのか?」

「ひとつの見解としてですが。あなたのご意見をうかがいたいと思いまして」

ウェアが天井画を鑑賞するかのように頭をうしろへ倒した。「じゅうぶんな証拠があってのことだろうな? いくらボウ・ストリートの捕り手とはいえ、エクセター公爵の弟にこんな嫌疑をかけるとは」

男がひるむ。「もちろん証拠はあります」男の口調がわずかに変化した。「指輪をはめた追いはぎを目撃した者はひとりではありません。彼らの証言は非常に似通っています。最近、エクセター卿の弟君が今回とよく似た手口を使う追いはぎに遭遇されたことも調べました。失礼ですが、あなたの財政状況は不安定のようですし、ここのところ、いつものように外出されていないとか」

「つまり、決定的な証拠はなにもないのだな?」デヴィッドは椅子の背にもたれた。「印章つきの指輪はあなたが指摘した追いはぎに盗まれた。手口が同じなのは同一犯による犯行だからだろう」

「あなたにお尋ねしたいのは」ふたりめの男が口を開く。「最近の行動についてです」デヴィッドは眉を上げた。「質問することが我らの務めですから」丁寧な口調だが引き下がる様子はない。「目撃者の証言は信頼に足るものですし、一刻も早く追いはぎをとらえよとの声が高まっています。こちらを訪問することについてはよくよく検討した結果です。犯人はエクセター家の印章つきの指輪をしている。あなたはいつもの集まりに顔を出していない。ここ何年もあやうかった財政面が、ここのところ著しく持ち直しているのは周知の事実。これらの要素にわたしの権限ではお話しできないほかの事実を加味して、あなたからお話をうかがうことにしたのです」

「ぼくはずっとこの屋敷か、エクセター・ハウスにいた」デヴィッドが答えた。

「それを証明できる方はいますか？」

「召し使いだ」デヴィッドの声が冷たくなる。「あなたの名は？」

「コリンズです」男は動じる様子もなく答えた。「ボウ・ストリートのジョン・スタフォードの助手を務めています」

「では、コリンズ」デヴィッドが言った。「すぐに足がつくような指輪をはめ、天下の街道で馬車を襲ったのだとしたら、ぼくは英国一のばか者ということになる。あなたはぼくをばか呼ばわりしているのか？　それとも、誰でもいいから牢《ろう》にぶち込まねばならない状況に追い込まれて、弁護士が法廷用のかつらを投げつけたくなるような結論に飛びついたのか？

どっちなんだ?」

コリンズは大きく息を吸って、吐いた。「どちらでもありません。簡単な質問をしているだけです」

「それならすでに答えは得られたはずだ」デヴィッドは鈴を鳴らしてホッブズを呼び、椅子から立ち上がった。「ご機嫌よう」

コリンズとその連れは一礼して部屋を出ていった。ホッブズが男たちのあとに続く。デヴィッドは地面におろされた操り人形のように、ぐったりと椅子に体を沈めた。なんてことだ! ボウ・ストリートの連中から追いはぎの容疑をかけられるとは! さすがのデヴィッドもこれにはショックを覚えた。「今度こそ飲みものをどうだ、ウェア? ぼくはひどく飲みたい気分なんだが」

「ありがたくいただくよ」

デヴィッドは立ち上がってウィスキーを注いだ。手元がわずかに揺らぐ。彼は片方のグラスをウェアに渡して自分の席に戻った。この屋敷に捕り手がやってくるとは。デヴィッドは信じられない気持ちで酒を口に運んだ。

「どこかから圧力がかかっているんだ」ウェアが沈黙を破った。「世間はブラック・デュークに関する噂で持ちきりだからな。その名を知らない者は、ロンドン市民の一〇人にひとりもいない」

「トレヴェナムだろうか?」デヴィッドが言った。

ウェアが首を傾げる。「それはないと思うね。トレヴェナムのような男が、公的にせよ私的にせよ、捕り手とかかわりたがるとは思えない。ぼくに言わせれば……あくまで推論だが、パーシーの父親じゃないかと」

デヴィッドはひるんだ。親友の父親が？　だが、その可能性は大いにある。ジェームズ卿は、息子に悪影響を及ぼすデヴィッドのことを毛嫌いしていた。それも昔からだ。まだ学生だったデヴィッドとパーシーが友人になったその日から、ジェームズ卿はあんなろくでなしを相手にするな、と息子に忠告していた。パーシーが友人たちの前で父親からの手紙を読み上げたことがあり、仲間たちはジェームズ卿がデヴィッドをこきおろすのをひどくおもしろがったものだ。大学の休暇中にデヴィッドがパーシーの実家に招待されることはなかったし、パーシーもエインズリー・パークからの招待を受けることは許されなかった。今になっても、ジェームズ卿はデヴィッドとの付き合いに関してたびたび息子に小言を言うらしい。

「ジェームズ卿は監獄の改善にいろいろと助言している」ウェアは続けた。「ボウ・ストリートの捕り手の活動に深い関心を寄せ、改善案や資金を提供しているんだ。追いはぎが爵位《デューク》を名乗ったとなれば、当然のごとく彼の注意を引くだろう」

ウェアは、パーシーの父親がデヴィッドを犯人扱いする理由をよく知っているのだろうが、あえて並べ立てたりはしなかった。ジェームズ卿はきっとトレヴェナムたちが広めている噂に立腹しているのだ。自分の息子がデヴィッドの肩を持ち続けているとなればなおさらだろう。「個人的な圧力ではなく、確かな証拠に基づいてボウ・ストリートの連中が捜査することを願いたいね」

「それはもちろんだ。むしろ今回の訪問は、自白したほうがいいという丁寧な忠告と理解するべきだな。決定的な証拠があればこうはいかなかった」ウェアはぼんやりと空のグラスを見つめた。

「連中は見当違いをしているんだぞ」デヴィッドがぴしゃりと言う。無実を信じてくれる者はいないのだろうか？　このぼくが追いはぎなんてするものか。

「わかっている」ウェアは即答した。「だが、コリンズのような男はどうしようもなくやっかいになることがある。頑固だからな。監視されていると思ったほうがいい」

ウェアの言うことはもっともだった。すでになにか見られてしまっただろうか？　デヴィッドはふと、危険にさらされているのは自分だけではないことに気づいた。連中がヴィヴィアンを発見して追いはぎと結びつけたら、実際に犯行に及んでいる彼女はつるし首を免れられず、そうなっても自分にできることはほとんどない。彼女を助けるどころかぼく自身が疑われている始末だ。デヴィッドの心にいつもの憤りが込み上げてきた。マーカスやウェアならにらみをきかせ、いくらか発言するだけで問題を解決できるだろう。それがぼくときたら……。

デヴィッドはゆっくりと息を吐いた。ぼくときたら、これまでの所業が災いして追いはぎの容疑をかけられている。酒に賭けごとに女遊び、そして法にふれるもろもろの行為にかまけていなければ、少しは発言力があったかもしれないのに。こういう状況に陥ったのは誰のせいでもないし、他人の助けを当てにすることもできない。ヨーロッパにいる兄を頼りたくてもロンドンへ呼び戻すには一カ月以上かかる。自分でなんとかするしかないのだ。

「ウェア」デヴィッドは言った。「ぼくはブラック・デュークではない」

「そんなことはこれっぽっちも疑っていないさ」ウェアは先ほどまでと同じ口調で答えた。目つきだけが鋭さを増している。

デヴィッドは上体を乗り出した。「きみに知っていてほしいんだ。ぼくがブラック・デュークじゃないことを。あの指輪は何週間も前に盗まれた。ロンドンじゅうの質屋に出向いて探したが出てこず、二度と戻ってこないものとあきらめていたんだ」

「そうか」ウェアが小声で言う。

「ぼくはもう何週間もロンドンを離れていない。マーカスの代理業務と自分自身が引き起こした問題で手いっぱいだった。この家の召し使いはもちろんマーカスの召し使いも、ぼくがほぼ毎日、朝から晩までエクセター・ハウスにいたことを証明できる。ぼくが発言できなくなったときのために、それをきみに知っていてほしいんだ。追いはぎなんかで家名を汚すことは絶対にない」

「そうだな」ウェアは優雅にうなずいて立ち上がった。「ぼくもできることを考えてみよう」

デヴィッドも立ち上がる。「ありがとう」

ウェアはかすかに頭を下げて出ていき、デヴィッドはドアを見つめた。ウェアはボウ・ストリートの捕り手にもの申して捜査に待ったをかけてくれるだろう。彼の影響力があればそのくらいはできるはずだ。だが、そのあとのことは自分で処理しなければならない。

デヴィッドは重い足取りで階段を上がり、ヴィヴィアンを探した。彼女は窓際に膝を抱えて座り、日の光の下で本を読んでいた。デヴィッドが部屋に入るとぱっと笑みを浮かべる。

「これ読んだ？ 本当にすてきなのよ。男の人がこんなに美しい文章を書くなんて。しかも女性についてなの。聞いて。〝これはあなたが傲慢だった分、これはあなたが嫉妬《しっと》した分、そして、これはあなたが不誠実だった分！〟〝ああ、おれは幸せだ！ 愛しく優しいおれの天使。もっとぶっておくれ。どんな男も殉教者も、これほどの至福は味わえない！〟男性がこういう台詞を言う場面を想像できる？」ヴィヴィアンは笑った。

デヴィッドはしばらくなにも言えなかった。一生懸命に音読するヴィヴィアンの表情を見ていると喉がつまり、息が苦しくなった。彼女はろくに手入れもされず、過酷な環境に放置された植物のようなものだ。わずかな世話と励ましでみごとに花開く。彼女の笑顔や肩に垂れかかった髪、スカートの下からのぞく裸足《はだし》のつま先に比べれば、あのいまいましい指輪などなんの価値もない。

追いはぎに奪われただけですんでいたなら……。

沈黙が続くにつれ、ヴィヴィアンの笑みが薄れた。デヴィッドは暗く、冷え冷えとした目をしている。「どうしたの？」ヴィヴィアンは小さな本を胸に抱きかかえた。まるで本のなかの美しい言葉や愉快な登場人物、そして奇抜な悪ふざけに助けを求めるかのように。「なにかあったの？」

デヴィッドは彼女の質問に答えず、椅子を引いて浅く腰かけると膝に手をついた。「ヴィヴィアン」低い声が彼女の背筋を震わせる。「問題が起きたんだ」

「問題?」ヴィヴィアンの大嫌いな言葉だ。

デヴィッドはうなずいた。「追いはぎが……次々と乗り合い馬車を襲っているらしい」彼がヴィヴィアンを凝視する。「ブラック・デュークと名乗り、ぼくのものと酷似した印章つきの指輪をしている」

ヴィヴィアンは恐怖のあまり口が閉まらなかった。「フリンね」ようやく声を絞り出す。

デヴィッドはうなずいて、眉間のしわを深めた。「あの悪党のしわざよ!」

「間違いない。フリンとやらは自ら盗品をさばいたことがあるのか?」

ヴィヴィアンは首を振った。「盗品を売るのはいつもわたしの担当だったの」

デヴィッドはちょっと目を閉じた。「それなら指輪は売ってないな。まだやつが持っているはずだ」

「そう思うわ」ヴィヴィアンは憤りを覚えた。あのばか男。よくもそんな派手で危険で、間抜けなことができたものだ。サイモンが……。恐怖が彼女の心臓をわしづかみにした。わたしがそばにいてやれないのだから、弟も手伝わされているに違いない。ヴィヴィアンは本を置き、床に足をおろした。「あの男ときたらずっと危ない橋を渡ってきたけど、まさかここまで――」

「ヴィヴィアン」デヴィッドがかすかに首を振った。「話はまだ終わっていない」

彼女は怪訝そうに動きをとめた。「なに?」

「実は……」デヴィッドが髪をかき上げる。ヴィヴィアンがひそかに気に入っているしぐさだ。ちょっと乱れた髪が彼を野性的に見せる。「ぼくの犯行だと思われているんだ」

あまりの衝撃にヴィヴィアンは顔をしかめることすらできなかった。「そんなばかな話は聞いたことがないわ!」反射的に叫ぶ。

「だろう?」デヴィッドは皮肉っぽく言った。「しかし、残念ながら本当なんだ」

「そんなことがあるもんですか。ボウ・ストリートのやつらの職務怠慢だわ」ヴィヴィアンが言い放つ。「なんで? あなたは一カ月以上もロンドンから出てないじゃない」

「ぼくもそう言ったさ。でも証拠がない」

「わたしが証言するわ。毎日ここで会っていたんだから」

「それはそうだが」デヴィッドはため息をついた。「ボウ・ストリートへ乗り込んでいって証言するわけにはいかないだろう。よくて愛人扱いされるだけさ。悪くすればきみ自身が疑われるかもしれない」

ヴィヴィアンは口を閉じた。なんてこと! デヴィッドの言うとおりだ。屋敷に追いはぎを囲っていたと知れたら、助けになるどころではない。わたしにとってもまずい事態になる。

「きみを危険な目に遭わせるわけにはいかない。今この瞬間もこの屋敷は見張られているはずだ。外出したら尾行される」

「そんなのどうにでもなるわ」ヴィヴィアンは反射的に言った。「やつらの目をくらます方法はいくらでもある」

デヴィッドが横目でヴィヴィアンを見る。「もっと若いときにきみと知り合いたかったな」

彼は首を振った。「だが、屋敷から抜け出せばいいってもんじゃないんだ。彼らは踏み込む前になるべく多くの証拠を集めようとするだろう。ぼくにもいろいろ友人がいるし、兄の耳に入れれば政府に抗議してくれるだろう。だからボウ・ストリートの連中も、絶対の自信が持てるまでは手を出してこないはずだ」

「あなたならつるし首になったりしないでしょう？　財産があるもの。五〇〇ポンドあればつるし首にはならないって聞いたことがある」

デヴィッドは首を振った。「追いはぎの容疑をかけられたまま残りの人生を過ごすなんてつるし首も同然だよ。社交界は悪い噂に厳しいからね。今回は……今度だけはこの手で無実を証明したいんだ。ぼくは本物のブラック・デュークを探す」

ヴィヴィアンは口を引き結んだ。

「力を貸してくれるかい？」デヴィッドが彼女の手を両手で包み込む。

ヴィヴィアンはその手を引き抜いた。「正気なの？　フリンが素直に治安判事の事務所へ出向いて懺悔《ざんげ》するような男だと思う？」

デヴィッドは笑った。「だめかな？　それを期待していたんだけど」ヴィヴィアンがあきれて目をまわすのを見て、デヴィッドは真顔に戻った。「冗談だよ。だが、指輪をはめて犯行に及んだところをつかまえれば――」ヴィヴィアンがショックに息をのんだので、デヴィッドはそこで言葉を切った。

「あなた、どうかしちゃったのよ。あいつの前に顔を出したら口封じに撃たれるに決まってるじゃない」

「このままの姿で乗り込んだりしないさ。田舎の農夫にでも変装するよ。きみの話ではフリンは利口な男じゃないんだろう？　ぼくだなんて気づかない」

「頭の回転が鈍いからって、目まで悪いわけじゃないのよ」ヴィヴィアンが食い下がる。「仕事の最中に五感を働かせられない追いはぎなんて、とっくの昔に鎖につながれて監獄でのたれ死んでるわ」

「だが、ほかにどうやって無実を証明すればいい？」

ヴィヴィアンはしばらく考えた。「捕り手はブラック・デュークをつかまえようとしているんでしょう？　なにもせずに待つのよ。いずれは治安官があいつをつかまえる。そうすればあなたでないことがわかるじゃない」

デヴィッドはいらだったように背もたれに寄りかかった。「いつも待つばっかりだ！　ボウ・ストリートの連中はぼくを犯人だと決めつけている。ロンドン近郊の治安官どもが急にやる気を出すのを待てというのか？　フリンが同じ場所で同じ格好をして馬車を襲い続けるほど間抜けであることを祈りながら？　やつは明日にもヨークやウェールズやアイルランドに逃亡するかもしれないんだぞ。そうなったら二度とつかまえることなどできやしない。ぼくは逮捕されるか、そうでなかったとしても永遠に疑われ続けることになる」

「フリンがいなくなれば追いはぎもなくなるじゃないの。逮捕なんてできるわけがないわ」

「それを期待するよりもフリンの居場所を突きとめたい。あわよくばこの手でやつを治安官に突き出してやりたいんだ。このままではいつニューゲート監獄に送られてもおかしくない状況なんだぞ。獄中から無実を訴えるのは、今よりもっと難しいんだから」

「無謀よ」ヴィヴィアンは言い張った。「そんなに調子よく見つかるはずがないわ」

「フリンに情でもあるのか？」デヴィッドはいぶかしげに尋ねた。「やつが投獄されるところを見たくないとか？」

ヴィヴィアンはデヴィッドの視線を避け、本の背表紙を何度もなでた。「いろいろ事情があるのよ」

「いろいろってなんだ？」彼がヴィヴィアンの顎を持ち上げ、視線を合わせる。

ヴィヴィアンは本当のことを言いたくなかった。秘密は心の奥深くに根を張っている。フリンと一緒にいる弟を危険な目に遭わせるくらいなら死んだほうがましだ。そう伝えようとしても口を開くことさえ難しかった。フリンなら一〇〇年獄中で鎖につながれたって気にならないが、サイモンとなるとそうはいかない。「フリン以外にも仲間がいるもの」彼女は小声で言った。「みんなが憎いわけじゃないから」

「なるほど」デヴィッドは体を引いた。「図体の大きな男と少年か」

ヴィヴィアンは最後の言葉にたじろいで、なんとかうなずいた。

「そういうことなら余計に、ぼくが直接乗り込んでいって連中を探したほうがいいだろう。

ぼくの望みは指輪をとり戻すことと、ブラック・デュークの犯行を終わらせることだけだ。きみへの仕打ちを考えても、フリンとやらはオーストラリアに流刑にしてやりたいが、デュークと名乗るのをやめて指輪を返すなら、それでよしとする」

ヴィヴィアンは目を閉じた。涙が込み上げ、顔がゆがむ。〝きみへの仕打ちを考えても〟だなんて。これまでにヴィヴィアンのことを守ろうとしてくれた男性はサイモンだけだ。そのサイモンさえ、若さゆえにほとんど頼りにならなかった。ヴィヴィアンの胸がうずいた。

「フリンはあの指輪に固執するでしょう。頑固なうえに短気だから。そして……」彼女は眉間のしわを深めた。「あの少年に八つ当たりするわ」

デヴィッドの表情が変化した。「少年？」

ヴィヴィアンは恐る恐る目を上げた。「わたしの弟よ」小さな声で答える。「弟のサイモン」

デヴィッドは目を閉じ、ゆっくりとうなずいた。「やっとわかったよ。きみはずっと弟をかばっていたんだね」

「なにがあっても弟のもとへ治安官を送る手伝いはできない！　わたしを引き渡してもいいから弟だけは――」

「だったらなおさら、ぼくときみで行こう」デヴィッドはヴィヴィアンの発言が聞こえなかったかのように続けた。「指輪ときみの弟をとり戻すんだ」

ヴィヴィアンは口を開いたまま固まってしまった。熱っぽく語り続けるデヴィッドを唖然として見つめる。

「フリンがきみの言ったとおりの男なら、きみの弟……サイモンだったかな？　サイモンは喜んでぼくらと一緒に逃げるだろう。彼になにかしようなんて思わないよ」

「サイモンはあなたの頭をひどく殴ったのよ」

デヴィッドがどうでもいいというように手を振る。「あたり前だろう？　ぼくのせいできみが気絶するはめになったと思っただろうからね」ヴィヴィアンは笑いそうになったことに自分でも驚いた。平静を装って腰をおろし、頭のなかを整理する。とんでもない計画だがうまくいくかもしれない。デヴィッドの提案は魅力的だった。治安官がフリンをつかまえるのを待っていたら、サイモンも一緒につかまってしまう恐れがある。あのフリンのことだ。繰り返し同じ場所で馬車を襲い続けるに決まっている。場所を移ったら名声を楽しめないからだ。地元の酒場を巡り、酒を飲んではブラック・デュークの活躍に耳を傾け悦に入っているに違いない。そうであることにスカートのなかのコインをすべて賭けてもいい。もしかすると、自ら噂を広めていることだってあり得る。つかまるのは時間の問題だ。

「彼らを探すのを手伝ってくれるかい？」デヴィッドがもう一度尋ねた。

「サイモンを治安官に引き渡したりしないと約束してくれる？　弟を監獄送りにする手伝いはできないわ」

「そんなことは頼まないよ」デヴィッドが静かに答える。「力の限り、サイモンを治安官から守る」

ヴィヴィアンはどきどきしながらデヴィッドを見つめた。どうすればいいのかわからなかった。サイモンの面倒を見たり、危険な目に遭わないよう守ったり、できる限り安全な場所を確保したりしてやるのはヴィヴィアンの役目だった。それなのに今、目の前の男性に弟の運命を預けようとしている。彼女は弱々しい笑みを浮かべた。ほかに道はない。彼しかいないのだ。「だったら手伝うわ」

# 17

続く二日間をかけてデヴィッドは計画を練った。あえていつもの日課を守り、朝は尾行がいないかどうかを目の隅で確認しながらエクセター・ハウスに向かった。いくら都会とはいえ、不自然なほど所在なげにしている茶色いコート姿の男を見つけたときは敵のしっぽをつかんだと思った。デヴィッドは得意満面で、尾行しにくそうな高級店をはしごしてまわった。自分自身も店に立ち寄る理由が必要なので、ヴィヴィアンへの贈りものを買うことにする。髪を結えるリボンやレース、上等なペイズリー柄のショールに絹の扇子を二本、それから本。贈りものの箱を開けたときの彼女の顔を想像するだけで、どうしようもなく幸せな気分になった。

エクセター・ハウスに到着すると必要な業務をざっと片づけ、仕上げはアダムズに任せた。デヴィッドは、法的機関を出し抜いて追いはぎをつかまえるというぞくぞくする課題に夢中になった。ブラック・デュークはフリンの仕業だというヴィヴィアンの意見を疑う理由はない。フリンをよく知る彼女が、あの男は気に入った指輪をほかの追いはぎに売るような男ではないし、他人がブラック・デュークを名乗る機会を与えるはずがないと断言したのだ。どうやらフリンは救いようのないほど見栄っ張りらしい。ブラックだろうがホワイトだろうが〝デューク〟という響きにうっとりしているに違いないとヴィヴィアンは言った。

ボウ・ストリートの連中にはフリンを捜索していることを悟られたくなかった。計画は秘密にしておきたい。身に覚えのないことで非難されるのはもちろん、融通のきかない捕り手に計画の邪魔をされるのはごめんだった。連中に打ち明けたところで信じてもらえるとは思えないし、むしろ台無しにされるだけだ。

デヴィッドとヴィヴィアンは、ブラック・デュークが最後に目撃された場所に行くのがいちばんだという結論に至った。そのためにはロンドンへ続く街道を行き来する乗り合い馬車に乗ればいい。ヴィヴィアンなら、フリンが目をつけそうな馬車を予想することができる。それらの馬車に乗っていれば、いつかはフリンに遭遇するに違いない。そうしたらフリンたちのあとを尾行し、取引を持ちかける。デヴィッドは指輪を買い戻し、必要ならサイモンの自由のためにも金を払う。それでブラック・デュークの一件は終わりだ。

ウェアが再び訪ねてきたことで、計画の実行時期が繰り上がった。ボウ・ストリートの連中がデヴィッドのもとを訪れた裏に、ジェームズ卿がいるという彼の読みは正しかったようだ。内密に調査したところ、ジェームズ卿はたび重なる追いはぎ事件に憤慨し、とくにブラック・デュークを名指しで非難しているようだった。乗り合い馬車を襲撃することはもちろん、公爵を装うとは神への冒瀆《ぼうとく》に等しいと息巻いて、即刻、犯人をとらえるよう組織に圧力をかけているという。

「そこまで敵視される覚えはないんだが」デヴィッドはつぶやいた。

ウェアがにやりとする。そのいたずらっぽい笑みを見て、デヴィッドは何年も前にこの男とともに悪さをしていた時代を思い出した。「ジェームズ卿の息子は今年、賭けでちょっとした額をすったらしいな」

「ぼくのせいじゃないさ」

「ジェームズ卿は、ご子息がきみとつるんでいるときに大金を失ったと思い込んでいる」

それは事実かもしれない。デヴィッドは背もたれに寄りかかって顔をしかめた。「つまり、またボウ・ストリートの連中がやってくるということか？」

「そうなっても驚かないね。連中が新しい証拠をつかんだかどうかまではわからないが、もしきみが身柄を拘束されたら、たとえそれが自宅軟禁だったとしても新聞に書き立てられるぞ。世間はさらに好奇心をつのらせるだろう。どんなつまらない噂にも尾ひれがつくものだからな」

デヴィッドはぶつぶつと悪態をついた。追いはぎの罪で捕り手に逮捕されそうだなどという話が漏れたら世間になんと言われることか。エクセターの名を完全に失墜させてしまうかもしれない。〈ホワイツ〉にいた連中にリース家の不名誉を賭けのネタにされ、偽造紙幣の犯人呼ばわりされているだけでもじゅうぶん悪いというのに。捕り手が行動を起こせば、トレヴェナムたちは待ってましたとばかりにぼくをこきおろすに違いない。そうなればわずかに残った面子《メンツ》も丸つぶれだ。

「ジェームズ卿とて、きみを逮捕しろとあからさまに指示できるわけではないし、きみが有罪だという証拠をつかんでいるわけでもない」ウェアが続ける。

「それでも噂が立つのは避けられない」

「そのとおりだ。なにか策は講じたか?」

デヴィッドはウェアに用心深い視線を向けた。「策?」

「しらばっくれるなよ」ウェアの顔にまたしてもいたずらっぽい笑みがよぎる。「きみは、ボウ・ストリートの連中が問題を解決するのを待っているような男じゃないだろう」

「まあな」デヴィッドはわざと曖昧に答えた。ウェアにはそれで通じたようだ。笑みが大きくなった。

「ただ落ち込んでいるようなやつじゃないと思っていたよ」ウェアが立ち上がる。「いつか自伝でも書いてくれ。きみの話はなかなか勉強になりそうだ」

「なんの勉強がしたいんだか……」デヴィッドはさっと髪をかき上げた。「自伝なんて書いたら、若い連中の反面教師にされちまう。義母が憤死してしまうよ」

ウェアはにっこりした。「違いない。それでもぼくは楽しんで読むがね」ウェアが帰ったあと、デヴィッドは作戦の詰めにとりかかった。

どしゃ降りの日、ふたりはアンソニー・ハミルトンの力を借りてロンドンを出た。デヴィッドの見立てでは、友人のなかで秘密を守れそうなのはハミルトンくらいだったのだ。捕り手に尾行されているかどうかは定かでないので、用心するに越したことはない。デヴィッドはハミルトンに頼んでロンドン郊外の宿屋まで送ってもらい、そこから先は、前もって待機させておいた馬車に乗り換えて調査をするつもりだった。

デヴィッドは、ハミルトンがヴィヴィアンに興味深げな視線を送っていることに気づいたが、雨音がひどくて馬車のなかはろくに会話も成り立たず、ヴィヴィアンに至ってはほとんど口をきかなかった。宿屋に着いたところでデヴィッドは雨のなかに飛びおり、ヴィヴィアンに手を貸して別の馬車に乗り移らせた。ハミルトンは御者に荷物を移し変えるよう指示して、デヴィッドのわきに降り立った。

友人の目がヴィヴィアンのあとを追いかける。「いつだったか、牧師か拳銃を選べとぼくに言ったな」

「もはや牧師という選択肢はない。彼女に関してはね」

友人はいかにも意味ありげな笑いを浮かべた。「そういうことか」

デヴィッドがうなずいた。「力を貸してくれてありがとう」

「どういたしまして」ハミルトンは愉快そうに言った。

自分とヴィヴィアンの荷物が入った旅行鞄を持ち上げながら、デヴィッドは首を振った。降りしきる雨で全身びしょ濡れだったが、わずかに動作をとめ、ハミルトンの手を握る。

「幸運を」ハミルトンが言った。

デヴィッドはにっこりした。「ありがとう」

「今ほど運が必要なときもない」馬車に乗り込むデヴィッドを見ながらハミルトンはつけ加えた。

デヴィッドはもう一度首を振ってドアを閉め、馬車が動き出すと同時に座席にどさりと腰をおろした。ヴィヴィアンが問いかけるようなまなざしを向ける。彼は自信たっぷりの笑顔を返した。運があるに越したことはないが、いずれにせよ賽《さい》は投げられてしまったのだ。

ヴィヴィアンはフリンが出没しそうな場所として四つの街道を挙げた。デヴィッドは田舎に不案内だった。自分で馬車を御すときはロンドンから目的地まで寄り道せずに突っ走るし、御者を雇うときはどんちゃん騒ぎの疲れで熟睡しているあいだに目的地へ着いてしまうからだ。一方のヴィヴィアンはといえば、多少の土地勘はあるものの、さして詳しいわけでもなかった。

「あちこち移動していたのよ」調査初日の夜、活気のある宿の一室で食事をしているときにヴィヴィアンが言った。「顔を覚えられないようにするためにね。名うての泥棒やごろつきは宿から追い出されてしまうの。営業許可を剝奪《はくだつ》されるから。酒場の主人は誰よりも早く治安官に通報するわよ」

「だが、きみはブロムリーで何度も仕事をしたんだろう」

「そうよ。すごくばかげた行為だわ」ヴィヴィアンはぎゅっと眉をひそめた。「フリンが場所を移りたがらなかったの。場所を移ろうと最初に言ったのがわたしだったから。追いはぎが連続するとすぐに噂になるわ。今ごろ、夜警や街灯点灯人はこぞってブラック・デュークを探しているはずよ。つるし首にしてくれと宣伝しているようなものね」

デヴィッドは肩をすくめた。「そうなってもちっともかまわないね。ぼくらが先に見つけることさえできれば」

ヴィヴィアンはサイモンのことを思いながらうなずいた。フリンがつるされるのはかまわないが、そうなればサイモンも道連れだ。公爵を装うなんて目立つことをしたら、危険を察知するよりも早く破滅するに決まっている。なんとしてもボウ・ストリートの連中よりも先に彼らを見つけなければ。

「サイモンのことを教えてくれ」デヴィッドがヴィヴィアンの頭のなかを読んだように言った。「どんな少年なんだい?」

「一六歳なの」ヴィヴィアンはスプーンを握って食べ始めた。暗い気分になっているあいだにシチューは冷めかけていた。「いい子なの。昔からね。あんまり悪く思わないであげて。サイモンを泥棒の世界に引き込んだのはわたしだから。だけど、あの子は本当に見込みがなくて」

「へえ。彼はどんなことをするんだい?」

「たいていフリンの御用聞きよ」ヴィヴィアンは面目なさそうに言った。「馬の世話を任されてるわ。一頭か二頭なら自分で盗んだこともあると思う。あの子はわたしと一緒に仕事の下準備に行って、フリンとクラムに手順を伝えるの。クラムっていうのは体の大きな男のこと。サイモンは優しい子なの。こんなことになったのはわたしのせいだわ」ヴィヴィアンはため息をついた。

「なぜ？」デヴィッドはテーブルに片肘をついて、なにも見逃すまいというようにその黒い瞳でヴィヴィアンを見つめた。

彼女が赤くなる。「ママが亡くなったとき、あの子はまだ赤ちゃんだったわ。わたしは弟と一緒にいたかったけど、そうするには盗みをするしかなかったの。マザー・テートはわたしが盗みを続ける限りサイモンを預かってくれたのよ。盗品買い受け人と泥棒に育てられたサイモンに、どんなチャンスがあったと思う？」

「弟を手元に置いたことを後悔してるのか？　孤児院に引き渡そうとは思わなかった？」

「思わないわ」ヴィヴィアンはデヴィッドが言い終わりもしないうちに答えた。「そんなことは一度も思わなかった」

デヴィッドは片方の肩を上げた。「じゃあきみに落ち度はない。唯一自分にできることをしたまでだ」

ヴィヴィアンはこくりとうなずいた。そうだ。ほかにどうしようもなかった。やはりあれでよかったのだ。「幸いにも、わたしは才能があったの。すりのね。手先が器用じゃなかったら、マザー・テートもあんなに長く弟の面倒を見てくれなかったと思う。サイモンは最初から見込みがなかった。やれと言われたことができなかったの。あの子の盗んだものを川や路地に投げ捨てて、危ないところを助けてやったことが何度もあるわ。あんまりにも下手くそだから、わたしがつき添って仕事を肩代わりしなきゃならなかったくらいよ」正直に話しすぎたことに気づいて、ヴィヴィアンは視線を上げた。「弟を治安官に渡したりしないと約束したわよね？」

デヴィッドが口角を上げた。しかし目は笑っていない。「ああ。忘れたとでも思った？」

「いいえ」そんなことは思っていない。あの会話が現実だったことを自分に確認したいだけだ。

「いずれにせよ、きみの弟に会えるなんて光栄だな」デヴィッドの口ぶりは、明日サイモンと一緒にお茶を飲む約束でもしているかのようだ。「見込みのない泥棒に会うのは初めてだからね」

「わたしがいるじゃない」

デヴィッドは声をあげて笑った。「きみは並外れて有能じゃないか」

「無事に見つかることを祈りましょう」

「ああ。ぼくはきみの勘を信じているよ」

その確信に満ちた言い方にヴィヴィアンはとまどった。信じてもらって嬉しいはずなのに、心から喜べない。デヴィッドは過ちを犯している。立派な紳士が追いはぎ探しなんて。彼のような人は、馬泥棒の弟を助けようとしているこそ泥の手伝いなどするのではなく、ロンドンの劇場にでも通うべきだ。「ともかく、そのしゃべり方をなんとかしましょう」ヴィヴィアンは話題を変えようとした。「発音がきれいすぎるわ」

デヴィッドは椅子の背にもたれて脚を組んだ。「そんな必要はないよ。ぼくは口を開かないようにする」

「でも、なにか話せと言われたらどうするの？　一発でお坊ちゃんだとばれるわよ」

「よしてくれ」デヴィッドはまだ本気にしていなかった。「大げさだな。〝おまえの言葉遣いは紳士らしくない〟ってずっと言われ続けてきたんだぜ」

「でも、田舎の農夫とも思えないわ」ヴィヴィアンがテーブルに身を乗り出し、木の皿についたシチューをパンの皮でこすりとる。「いつものお遊びとは違うのよ」

デヴィッドは笑った。「ぼくのことを心配してくれるのかい？　なんて優しいんだ」ヴィヴィアンは落ち着きなく肩を動かした。「そばへおいで」デヴィッドがヴィヴィアンの座っている椅子の脚にブーツを引っかけ、そのままぐいっと引いて自分の椅子と向き合わせた。それから肘掛けをつかんで近くへ引き寄せる。「さあ、教えてくれ」

「わかったわ。教えてあげる」ヴィヴィアンは彼を鋭く一瞥した。「どんな話し方がお好み？」

「田舎者ならなんでもいいよ」

「あら、大事なことなのよ。アイルランド人はどう？」彼女はアイルランドの歌のように母音を誇張した。「ウェールズ人は？　コーンウォールの農夫なんかはどう？　それともケントの御者がいい？」質問のたびにアクセントを変える。「どんな話し方をするかで周囲の人の対応が変わるのよ。よく考えたほうがいいわ」

「なんとも……」デヴィッドは感嘆して言った。「みごとだ」

ヴィヴィアンは大きな笑みを浮かべた。「でしょ？　セント・ジャイルズに住んでよかったと思うのはこのくらいね」泥棒は全国から集まってくる。貧民街であらゆる方言を拾い聞きし、必要に応じて使い分けるのは、ヴィヴィアンにとってさほど難しいことではなかった。アイルランド人の使用人がりんごを盗み、怒った商人がその女を追いつめてみると、自分の農場で収穫したりんごを売りに来たダービーシャーの娘だったりするのだ。

「ぼくは達人を前にしているわけだ」デヴィッドは上体をかがめて手を組み、膝に肘をついた。ふたりの顔は数センチしか離れていない。「教えてくれ」

ヴィヴィアンはどぎまぎして椅子の上で体をずらした。こんなに近い距離でじっと見つめられてはまともに頭が働かない。「〝すまねえな〟って言ってみて」

「〝すまねーなー〟」

ヴィヴィアンは首を振った。「違う。語尾を伸ばさないの。〝すまねーなー〟じゃなくて〝すまねえな〟よ」

「〝すまねーな〟」

ヴィヴィアンは大きく深呼吸した。「ったくこんなこともわかんないわけ？　もっと短くだってば！」強いヨークシャー訛りで言う。

「そういう話し方をすると、まったくの別人みたいだ」デヴィッドはヴィヴィアンの唇を見ながらつぶやいた。

「そこが肝心なんだってば」

デヴィッドはしばし沈黙した。「ぼくは見込みなしかい？」

「大丈夫。耳で聞いたとおりに繰り返せばいいの。〝ロンドンまでの切符ちょうだい〟」

「ロンドンまでの、切符、ちょーだい」

ヴィヴィアンはため息をついた。「なんだか違うのよね」

「そうかな？」デヴィッドは彼女の口元を凝視している。

ヴィヴィアンはその視線を無視して、目の前の課題に集中しようとした。デヴィッドを少しでも周囲から目立たなくするという課題に。言葉遣いさえごまかせれば、出生地を偽装することはできないまでも、ロンドンの伊達男とは思われないだろう。「それじゃあこうして。話すときに喉の奥で音をつまらせるようにするの」デヴィッドの首を指して説明する。「ここを閉じるようにして――」

「キスしてくれ」デヴィッドはつぶやいて、ヴィヴィアンに上体を近づけた。

「これができれば――」彼女は言葉を切って笑い出した。「ちょっと、キスの時間じゃないわよ！」

「いいや、キスの時間だね」デヴィッドは彼女の唇に自分の唇をすりつけた。「いつだってキスの時間さ」ヴィヴィアンが再び抗議する前に口をふさぐ。

ヴィヴィアンは降伏してキスに不安を溶かした。この先、彼はいつまでわたしにキスをしてくれるかしら？　ここ数日、その答えを考えないようにしてきたがもう限界だった。明日か明後日か、はたまたその次の日か、わたしたちはフリンを見つける。デヴィッドは指輪をとり戻し、ブラック・デュークの茶番にけりをつける。そうしたら、わたしはどうなるの？　デヴィッドがわたしをロンドンへ連れて帰りたいと思ってくれたとしても、そこにふたりの未来はない。だいいち指輪をとり戻すためにはフリンと取引しなければならないだろう。あの悪党が簡単に引き下がるはずがないのだ。それなりの対価を要求されるに決まっている。わたしが何週間も姿を消していたとなればなおさらだろう。わざとつかまったわけではないにしろ、フリンがそんな事情を考慮してくれるとは思えない。金を積んだくらいであの男が素直に指輪を手放すだろうか？　あいつはわたしを仲間に引き戻そうとするに違いない。盗みと逃亡と嘘の世界へ。数週間ではあってもそういう生活から抜け出せたというのに、また元に戻るなんて残酷すぎる。

だが、ほかにどうすればいいのだろう。フリンやサイモン、そして自分自身の犯した過ちのためにデヴィッドが絞首刑になったら、生きている価値すらなくなってしまう。無実の男性を――愛する人を身代わりにするくらいなら、自分の首にロープを巻くほうがましだ。わたしは人生の大半を盗みに費やしてきた。最後にもう一度だけその才能を生かして彼の指輪をとり返し、疑惑を晴らし、そのあとは自らもたらした苦しみを引き受けるのだ。

ヴィヴィアンはデヴィッドのキスを受け入れた。膝に乗せられ抱きすくめられたときも、逆らわずに身を任せた。ごわごわしたウールのジャケットの下に手を入れて、くったりとしたリネンのシャツに覆われた温かくて力強い彼の体の感触を記憶に留めようとする。〝愛してる〟彼女は心のなかで言った。デヴィッドの手が彼女の頬をなで、肩から背中へと移動する。彼はヴィヴィアンの腰に手をまわして体を持ち上げ、自分の脚にまたがらせるように座らせた。スカートが膝の辺りにまとわりつく。デヴィッドはたいした苦労もなく簡素なドレスのボタンを外すと、床に落とした。首筋、シュミーズから露出する肌、そして胸の谷間へとキスの雨を降らされ、ヴィヴィアンはため息をついてのけぞった。彼のキスが呼び覚ます感覚ときたらまさに魔法だ。

「レッスンは？」ヴィヴィアンは息を吐いた。

「存分に学んでいるさ」鎖骨に息がかかる。「こんなにすばらしいレッスンは初めてだ」

ヴィヴィアンは笑って相手の首に腕をまわした。「こんなことを教えるつもりはないんだけど」

デヴィッドの指がシュミーズの紐をほどく。下着が肩を滑り、素肌に彼の唇がそっとあてがわれると、ヴィヴィアンは身を震わせた。「ぼくは扱いにくい生徒なんだ」デヴィッドは淡々と言った。「家庭教師には毎週のように鞭で叩かれたよ」

「いい先生じゃなかったのね」

「きみとは月とすっぽんだ」デヴィッドが感情を込めて言う。ヴィヴィアンは笑いかけて息をのんだ。デヴィッドがシュミーズを引きおろしたからだ。彼の指は丈の短い胴衣の紐を引っ張って、それを脇に投げた。ヴィヴィアンがデヴィッドの首から手を離して肩紐から腕を抜くと、シュミーズが膝のところまで滑り落ちた。彼女は再び彼に抱きついた。

「あなたったらどうしようもない人ね」ヴィヴィアンはそう言いながらデヴィッドにすり寄った。彼の手が彼女の尻をつかんで引き寄せる。屹立《きつりつ》しかけたものを腹部に感じたヴィヴィアンは、さらに身を寄せて、彼の瞳が色を濃くするのを見つめた。

「どうしようもないって？」ベルベットのような声がヴィヴィアンの背筋に戦慄《せんりつ》を送る。

「すっ裸で男の膝に座り、相手の忍耐力をもてあそんでいるのはぼくじゃないよ」デヴィッドの手が腿をなで上げ、シュミーズの端をつかんだ。ヴィヴィアンはどきどきしながらほほえみ、期待に胃がよじれるのを感じた。

「裸じゃないわ」

「それなら裸にしてやろう」デヴィッドは彼女の頭からシュミーズを引き抜いてストッキングだけにした。「さっきのおかしなアクセントで〝お願い、キスして〟って言ってごらん」デヴィッドがつぶやく。

「どっちの？」

「ウェールズでもコーンウォールでもなんでもいいよ」

「〝お願い、キスして〟」ヴィヴィアンがつぶやくとデヴィッドはそのとおりにした。「〝もっともっと、キスしてちょうだい〟」

「要求の多い女だ」デヴィッドは低く笑った。「その次はどうしてほしいんだ？」

「愛して」ヴィヴィアンが彼の頬を両手で包み込んだ。「お願い」

デヴィッドの顔からからかうような表情が消える。彼は彼女の手をとって指の付け根に唇をつけた。「それはもうお願いしなくていい」デヴィッドは彼女をベッドに運び、その望みをすべて叶えてやった。ヴィヴィアンが思いつきもしなかった方法まで駆使して。歓喜の世界に押し上げられながら、ヴィヴィアンはたったひとつのことしか考えられなかった。

〝何度でもキスして。デヴィッド、愛してるわ〟

ふたりはシーツに絡まってぐったりと横になっていた。これまではほとんど出番のなかったデヴィッドの良心が激しくうずき出している。あまりに強烈な感情の高ぶりに、彼はしばらくじっとしていた。腕のなかで丸くなっているヴィヴィアンの背中をなでる。「きみは宿に残っていてくれ」

ヴィヴィアンが身動きした。「ばかなこと言わないで」眠そうな声だ。

「一緒に来たら危険だ」デヴィッドは無意識に彼女を抱き締めた。「きみがどんなに危ない橋を渡ることになるか、わからないとでも思うのか？」

ヴィヴィアンはシーツの上に手を滑らせてデヴィッドの手を探りあてると、指を絡ませた。その行為が呼び覚ます感情に、デヴィッドが目をつぶる。彼女を失うわけにはいかない。

「あなたには助けが必要だわ」ヴィヴィアンはリラックスしたまま言った。「フリンは〝やあ〟と言って指輪を手放すような男じゃない」

デヴィッドはなにも答えなかった。フリンは彼女を連れ去るのではないだろうか。長いあいだ姿を消していたことに腹を立てて、いきなり発砲するのではないだろうか。ヴィヴィアンの身にとんでもない災いが降りかかるのではないかと思うと、彼はどうしようもない不安に襲われた。フリンの人相はわかっているし、目の前に現れてさえくれれば、アジトを突きとめる自信はあった。自分の身を危険にさらすことはどうでもいい。

だが、ヴィヴィアンとなると……どうしようもなく怖い。

「きみがここにいてくれたほうが、ぼくは安心していられるんだ」デヴィッドは再び彼女を説得しようとした。

「デヴィッド」ヴィヴィアンは息を吐き、身をよじって彼に向き合った。「あなたは自分のしていることがわかっていないのよ。ひとりで乗り込むなんてばかなことはやめて。フリンは嬉々《きき》としてあなたの頭に拳銃を突きつけるでしょう。身代金目当てかもしれないし、あなたを脅かしたいだけかもしれない」彼女はデヴィッドの頬に片手をあて、眠そうにほほえんだ。「一緒に計画したじゃない。そのとおりに進めましょう」

デヴィッドは笑みを返さなかった。「きみが危ない目に遭うのが恐ろしいんだ」

ヴィヴィアンの目をなんらかの感情がよぎる。彼女が少し笑った。「わたし？　わたしのことを心配してるの？　監禁したくせに？」

デヴィッドは瞳を閉じて彼女に額をくっつけた。「じゅうぶん注意すると誓ってくれ。ぼくはやつらを見つけたいだけで、武器も持たずに道端で追いはぎと対決したいわけじゃない」

「デヴィッドったら」ヴィヴィアンは息を吐いて彼の唇に指先をあてた。「ちゃんとわかってる。こういうことをするのは初めてじゃないのよ。忘れちゃったの?」

ヴィヴィアンの口調にはかすかなアイルランド訛りが混じっていた。こんな計画を持ちかけたりしなければよかったと後悔しているのに、彼女ときたらいつもより穏やかに見える。ロンドンの屋敷ではうまくいくように思えた計画が、この小さな宿屋では無謀で危険に思えた。たかが指輪のためにヴィヴィアンをわざわざやっかいごとの渦中へ連れ戻すなんて、ぼくはいったいなにを考えていたんだ?

デヴィッドが向こう見ずなのは今に始まったことではなかった。どんな危険にもたじろがなかったし、冒険を避けたりもしなかった。死にそうな目に遭ったこともある。運を天に任せたことなど数えきれなかった。名誉は何度も失墜していて、今さら失うところもないように思える。これまでは悪さをしたいという欲求を満たしたり、スリルを味わったりするために無茶をしていた。食べてはいけないと言われた最後のタルトをくすねる程度の、すぐに許されるとわかっていることでさえ、デヴィッドにまたとないやる気と興奮を感じさせた。

しかし今になってみるとそういう無茶の裏には、最後はどうにかなるだろうという安心感があったように思えた。自覚していなかったとしても同じことだ。自分はリース家の一員で、父と兄はエクセター公爵だ。一族の名前がさまざまなやっかいごとからデヴィッドを守ってくれ、どんなことをしようと本当にまずい状態に陥ったことはなかった。無謀な冒険をして命を落とす可能性はあっても、死んでしまえば苦しむこともない。兄からの気前のいい支援のおかげで経済的にはなんとかなるし、ここ数週間で、その気になれば名誉すら回復できることがわかった。努力すれば社交界における地位をとり戻し、人騒がせな問題児だった自分をなかったことにするのも可能だ。

しかし、ヴィヴィアンはそのどれひとつとして持ち合わせていないのだ。つかまって追いはぎの容疑をかけられたとしても、力のある家族が守ってくれるわけではない。自分の手に負えるものならなんとかしてやりたいが、追いはぎに対する世間の怒りは強いため、手をまわす間もなく極刑が下るはずだ。とても助けることはできないだろう。彼女を確実に守る唯一の道は、つかまらないようにすること。そのためには自分ひとりで乗り合い馬車に乗るのがいちばんいい。

「ヴィヴィアン、お願いだ」デヴィッドはささやいた。

「もう眠りましょう」彼女の答えはそれだけだった。

# 18

それから五日間、ヴィヴィアンはデヴィッドとともに乗り合い馬車に揺られて英国の田舎をまわった。幸いデヴィッドはヴィヴィアンが教えたとおり、荒っぽい話し方や態度を心がけてくれた。農夫とまではいかないものの、裕福な農家の男か、富を手に入れて高飛車になった商人くらいには見えるだろう。いずれにせよ、ふたりのことを怪しんでいる乗客はいないようだし、治安官が馬車を見張っている様子もない。

ふたりはそれぞれの役柄に徹した。デヴィッドは品のよい平民、ヴィヴィアンは貧しい貴婦人で、それぞれの理由でロンドンと地方のあいだを行き来しているという設定だ。乗り合い馬車が終点に着くとデヴィッドが馬車を雇い、ヴィヴィアンに同乗を勧める。それからロンドン郊外と適当な距離を保って次の宿場まで移動し、同じことを繰り返す。デヴィッドは集落からかなり離れたところでヴィヴィアンを馬車から降ろし、宿には別々に到着するようにした。そして夜がふけると彼女の部屋に忍び込んで愛を交わし、夜明け前に部屋を出て、再び他人のふりを続ける。

ヴィヴィアンは、ずっとこういう生活をしてきたような錯覚を覚えた。毎朝ひとりで目を覚まし、初対面のふりをしてデヴィッドに会う。デヴィッドも、昼のあいだは節度のある態度でヴィヴィアンに接し、夜になるとベッドに潜り込んでくる。当然のことながらヴィヴィアンは寝不足だった。乗り合い馬車がどんなに揺れようとも、眠気をこらえるのがひと苦労だ。さらに大変だったのは、たいてい向かいの席に陣どっているデヴィッドが前の晩のことを思い返しているような意味ありげな視線を送ってくるときに、何気ない表情を保つことだった。

六日めはいつもどおりに始まった。ヴィヴィアンが片手で口を覆ってあくびをこらえようとしたとき、突然、銃声が響いた。馬車が左右に大きく揺れる。こういう事態を待っていたにもかかわらず、ヴィヴィアンは心臓がせり上がるような感覚に襲われた。以前ならこの銃声は本格的な演技を始める合図だった。今日はいつにも増して演技力が問われる。

その日は隣に座っていたデヴィッドがスカートのひだの下でヴィヴィアンの手を握った。ヴィヴィアンも握り返したかったが、そうする前に彼の手が離れてしまった。彼女は乾いた唇を湿らせ、デヴィッドのほうを見まいとした。他人同士なのだということを忘れてはならない。それにうっとりしている暇などないのだ。

「今のはなんだ?」興奮した乗客が叫んだ。

「追いはぎだ!」

「追いはぎ?」デヴィッドが尋ね返す。「そんなはずないだろう」

「おれの目を疑うのか?」最初に答えた男が窓から身を乗り出した。「すごいスピードで追いかけてくるぞ」

馬車はさらに揺れ、速度を増した。ヴィヴィアンの向かいに座っている男が座席から投げ出されそうになって持ち手にしがみつく。馬車のなかにはののしりや怒声、助けを求める声がこだましていた。振動で体が前後に跳ねる。デヴィッドはヴィヴィアンを守るように彼女の前に腕を突き出した。

「いったいどうなってる?」乗客のひとりが大声をあげた。

「御者は追いはぎを振りきるつもりだ」別の客が勇敢にも窓から身を乗り出す。ヴィヴィアンはこれ幸いとデヴィッドの腕にしがみつき、怯えている未亡人のふりをした。何週間も堅気の世界にいたせいで、恐怖が生々しく迫ってきた。相手のことを知っているにもかかわらず、追いはぎに遭遇する恐ろしさを実感していた。

デヴィッドの演技はみごとだった。いつかこうなると予想していただろうに、彼の反応は前回のときと見分けがつかない。唇を引き結び、警戒に目を細めている。これから起きる事態に備えながらも、なにもできないことを腹立たしく思っているふうに見えた。ヴィヴィアンの脳裏に、地べたに手足を投げ出して横たわるデヴィッドの姿が浮かんだ。サイモンに殴られたところから額へと血がしたたっている。ヴィヴィアンは鋭く息を吸って彼の腕を押しやろうとした。

再び銃声が響く。さっきとは違って馬車の真上から聞こえた。窓から身を乗り出していた男が驚きにうめいて頭を引っ込めた。馬車が速度を緩める。

「なぜスピードを落とす？」別の男が尋ねた。

「追いつかれたんだ」窓から身を乗り出していた男が答えた。「追いはぎどもは御者を射程にとらえやがった。もう逃げても意味がない」

「抵抗しよう！」隅に座っていた若い男が叫んだ。数分前まではすっかり青ざめていた男だ。「追いはぎの言いなりになるなんていやだ。ぼくは……」

「おまえは」デヴィッドが言った。「両手撃ちでもできるのか？　相手はひとりじゃないんだぜ」デヴィッドの口調は以前よりも荒っぽくなっている。ヴィヴィアンのやってみせたとおりだった。彼女は誇らしくなると同時に、彼がどうやってレッスンを妨害したかを思い出して胃が浮き上がるような感覚に襲われた。デヴィッドの鋭い指摘に若い男が黙り込む。やがて馬車は車体を傾がせて停まり、車内に沈黙が落ちた。

ヴィヴィアンは手を握り締めた。手袋のなかで手のひらがじっとりと汗ばんでいる。ドアが勢いよく開き、クラムがいつものように拳銃を構えていた。「出ろ」クラムは低い声で言った。ヴィヴィアンは顔を伏せていたが、頭のなかが真っ白だった。ようやくここまできた。すべては次の数分間にかかっている。

クラムが馬車のなかに入り、荷物を外へ放り出し始めた。袋を手にしたサイモンが乗客たちのほうへ歩み寄る。ヴィヴィアンの目は、後方にいるフリンの姿をとらえた。馬に乗っているのは同じでも、大きな羽根飾りのついた帽子をかぶっている。白い羽根は薄暗がりでもよく目立った。これ見よがしな格好をして間抜けもいいところだ、とヴィヴィアンは皮肉っぽく考えた。乗客たちがしぶしぶ貴重品を袋へ入れ始める。フリンは馬に拍車をあて、小走りで乗客のほうへやってきた。

「紳士諸君」フリンはがらがら声で言い、もったいぶったしぐさでばかげた帽子を脱いだ。指にはまった指輪がぎらぎらと光る。「それからレディも」ヴィヴィアンは顔をそむけていた。フリンやクラムに気づかれる前にサイモンと話したい。「ブラック・デュークに対する寄付に感謝する」

「この悪人め」ヴィヴィアンの隣にいた若い男がぼそりと言った。フリンはそれを聞いて楽しそうに笑った。

「そのとおり。だがな、ただの悪人じゃない」フリンはまたしても大げさな身ぶりで馬の向きを変え、馬車の前にまわった。御者と助手にも同じ挨拶をするつもりなのだ。

痩せた男の時計と財布をせしめたサイモンがヴィヴィアンに向き直った。「宝石は？」

ヴィヴィアンはついに顔を上げ、サイモンを直視した。レティキュールを開けて数枚のコインを袋に入れる。サイモンはいったんヴィヴィアンから視線をそらしたが、再び振り返った。その目が見開かれる。彼女は唇を引き結んだ。なにも言うな、という合図だ。サイモンがまばたきしたが、黒く塗った顔が一瞬だけ緩み、白い歯がのぞいた。ヴィヴィアンは弟をじっと見つめた。サイモンは咳をしながらあとずさり、デヴィッドに袋を突き出すと、彼のほうを見もせずに怒鳴った。「旦那も貴重品を出しな」

ヴィヴィアンは少しだけ呼吸が楽になった。よし。これで弟に自分の存在を知らせることができた。サイモンがフリンに報告してくれれば、あとで合流することができる。うまくいけばフリンを説得して問題の指輪をとり戻し、今夜じゅうにデヴィッドに返せるかもしれない。そうすればデヴィッドの無実は証明され、フリンのもとを出るよう弟を説得することもできる。いずれにせよ、こんな生活からは抜け出さなければならない。それから……。

「待てっ!」野原に新たな声が響いた。振り返ったサイモンは啞然としている。フリンが顔を上げ、旅行鞄を蹴り開けて汚らしい手で中身を物色していたクラムも視線を上げた。ヴィヴィアンの心臓が腹のほうへ沈み込む。馬にまたがり武装した男たちが、拳銃を手に馬車の周囲を包囲していた。ついにボウ・ストリートの騎馬隊がブラック・デュークを発見したらしい。

しばし辺りは騒然とした。フリンは両手に構えた拳銃を発砲して奇声をあげたが、騎馬隊員のひとりがフリンの馬を撃って抵抗を封じた。馬がいななきとともに地面に倒れる。フリンは馬から飛びおりて走り出そうとしたところをすぐにとり押さえられた。

さらにたくさんの騎馬隊員がクラムとサイモンへ近寄る。フリンが発砲した直後、クラムは外見からは想像もつかないような速度で駆け出し、闇《やみ》に消えた。五、六人の騎馬隊員がそのあとを追走する。サイモンは逃げようとしなかった。姉のほうに疑うような視線を向けたが、恐怖に引きつったヴィヴィアンの表情から彼女のせいではないとわかったのだろう。あきらめたような顔つきになり、騎馬隊員が近づいてくると頭を垂れた。脇におろした手から拳銃がだらりと垂れ下がる。抵抗もせずにとらえられたサイモンは、治安官とフリンがとっ組み合いをしている道路を横切って離れたところへ連れていかれた。彼はうしろを振り返らなかった。

追いはぎから解放された乗客たちが堰《せき》を切ったように話し始める。デヴィッドはこれ幸いとヴィヴィアンのほうを振り返った。「けがは？」小さな声で尋ねる。ヴィヴィアンは小さく首を横に振った。デヴィッドはほっとしたようだった。「計画どおりにはいかなかったな。次はどうする？」

ヴィヴィアンはなにも答えなかった。どうすればいいかわからなかったのだ。治安官と騎馬隊の輪からひとりの男が抜け出して、静粛を求めるように手を上げた。乗客たちは説明を期待して静まった。「みなさま！」男はもったいぶって言った。「我々はブラック・デュークをつかまえました」

乗客がどよめく。ヴィヴィアンはつま先立ちになってとらえられた男たちの姿を探した。フリンとサイモンは背中で腕を縛られている。誰かがサイモンを小突いて泥の上にひざまずかせた。サイモンが地面に崩れ落ち、がくんとうなだれる。ヴィヴィアンは苦悶のうめきをのみ込んだ。こんな危険な仕事にあの子を巻き込むなんて。フリンの真っ黒な腹を撃ち抜いてやりたいと思った。脇に立っている治安官たちに視線を移す。馬車に乗っていたひょろりとした男が治安官と話していた。男は両手を盛んに動かしてこちらを指し示している。一瞬にしてヴィヴィアンは状況を察した。

デヴィッドの外套の袖をつかむ。彼と話せるのはこれが最後になるかもしれない。周囲を見渡していたデヴィッドは、二回袖を引っ張られて上体をかがめた。「ありがとう」ヴィヴィアンはそっと言った。

デヴィッドがわずかに眉をひそめる。「心配するな」彼は周囲に気をとられたままだ。「きみの弟のことは治安官と話をつける」

ヴィヴィアンは身がよじれるような苦しみをこらえ、小さく首を振った。デヴィッドはわたしが弟のことを心配していると思っている。愛しいデヴィッドにはわたしの言うことが伝わっていないのだ。「そういうことじゃないわ」治安官がこちらを向き、乗客のあいだに視線を走らせるのをヴィヴィアンは視界の隅でとらえていた。乗客の男はヴィヴィアンを指して話し続けている。「わたしが言いたいのは……それ以外のぜんぶ、最高に幸せだった数週間のことよ」

デヴィッドは彼女に注意を戻した。「嬉しいよ」彼はとまどって答えた。「だけど、そういうことはあとで話そう」

ヴィヴィアンは笑いたいと思ったが喉がつまってできなかった。「そうね」しみじみと言う。「そうできたらどんなにいいか……」治安官たちが大股で近づいてきた。彼女はもう一度デヴィッドの腕を引っ張り、さらに身を寄せた。「もしそうならなくても、わたしはあなたには想像もできないほど幸せだったってことを忘れないで」

「忘れるもんか」デヴィッドは完全に面食らっていた。「でも——」

「さよなら」ヴィヴィアンがささやいた。

「ちょっと失礼」いちばん体の大きな治安官が、乗客をかき分けてヴィヴィアンの腕を乱暴につかんだ。「ミスター・スパイクスがお話ししたいそうです」

「ここで話せばいいじゃないか」ヴィヴィアンを連れていこうとするたくましい男に向かってデヴィッドが声をあげる。「いったいなにをする気だ?」

男は歩みをとめなかった。「ミスター・スパイクスからお話があるのです」同じ説明を繰り返すだけだ。乗客たちが左右に別れた。ヴィヴィアンは抵抗もせずに引きずられていた。あとを追おうとしたデヴィッドは、別の治安官に阻まれてしまった。

「どけ!」デヴィッドが言った。

「できません」鈍そうだが屈強な男が答える。「ミスター・スパイクスはこのご婦人に用があるのです」

デヴィッドは唇を引き結び、このまま引き下がってなるものかと状況を見守った。驚いたことに、ミスター・スパイクスの話とはヴィヴィアンの手首に鉄製の拘束具をはめることだった。「どけっ!」デヴィッドは目の前の男にきつい声で言った。

男が拳銃を構える。治安官たちは気が高ぶっていた。ブラック・デュークをつかまえた喜びに興奮しているのだ。「旦那、そこを動かないでくださいよ」男は言った。「ミスター・スパイクスの命令だ」

デヴィッドは憤慨した。どこのどいつか知らないが、この借りは必ず返してもらうぞ。女性に手かせをはめるとは。いやな予感がした。ヴィヴィアンが追いはぎの仲間だとわかるはずがないのに。違うのか？　彼女の弟がヴィヴィアンを認識したのは間違いない。乗客のなかにそれを見抜いた者がいるのだろうか。たとえそうだとしても、ここでヴィヴィアンを失うわけにはいかなかった。デヴィッドは再び抵抗を試みた。

「スパイクスとは何者だ？　女性に手かせをかけるとは！」治安官たちのやり方に憤慨しているふりをする。「どういう了見なんだ？　見ろ！　足かせまでつけてるじゃないか。女性があんな扱いを受けるのを見すごせるものか」

男はデヴィッドの指したほうを見ようともしなかった。「ミスター・スパイクスはご自分のやり方でやるとおっしゃったんです。あの女性に荒っぽいことをしているとすれば、なにか理由があるはず。黙って見ていればすべて解決します」

デヴィッドは顔をしかめたまま、荷馬車の座席に引っ張り上げられるヴィヴィアンを見ていた。ほかの仲間はすでに荷台にのせられ、腹ばい状態で縛られている。ヴィヴィアンの横顔が見えた。デヴィッドは目の前の大男を押しのけてなりふりかまわず彼女のもとに駆け寄りたかった。ヴィヴィアンは怯えているように見える。あんな顔をするのは初めてだ。彼女にはこうなることがわかっていたのだろうか？　わかっていたに違いない。だから〝さよなら〟と言ったのだ。

「この地区の治安判事と話をするからな」デヴィッドは大きな声で言った。「女性に足かせをつけるなんて許されない行為だ」

「あの女はぐるなんですよ」ブラック・デュークをとらえたと宣言した治安官が言った。「いかにも誇らしげな顔だ。乗客たちの注目が集まると男は胸をそらした。「我らがとらえたんです。そうですとも。ブラック・デュークとふたりの仲間を！」

「あのご婦人は乗客だった」デヴィッドが抗議した。「ぼくらと同じように」ほかの乗客がざわめく。

「あの女も仲間です。だからつかまえたんです」治安官がやり返した。「乗り合い馬車に潜入していた治安官が、あの女が追いはぎに合図しているところを見たんだ」治安官は得意そうに鼻をさわった。「我々は美しい顔なんぞにだまされたりしません」

デヴィッドはうろたえて黙り込んだ。ほかの乗客が一斉に話し始めた。治安官は自慢話を続けている。なんてことだ。これからどうすればいい？　ここでかばいすぎると事態をさらに悪くしてしまうかもしれない。しかし、なにもしなければ彼女はつるし首にされてしまう。なにか方法はないのか？　デヴィッドは苦悩した。ぼくになにができるだろう。マーカスがここにいたら……。ここはウェアの管轄区ではないが、彼なら仲裁できないだろうか。兄から金を借りて、治安官にわいろを送るというのはどうだ？　しかし、やつらが話に乗ってこなければ、ヴィヴィアンを助ける望みが絶たれてしまう。

治安官たちは、永遠とも思えるあいだ乗客を現場に足どめした。深まる夕闇のなかに立たせっぱなしで、たいまつの光のもと名前と情報を書き留めている。ようやく自分の番がまわってくると、デヴィッドは怒り心頭で怒鳴りつけた。「おまえたちがあの女性にしたことは許されないからな」

治安官が顔を上げ、低い声で答えた。「そうかもしれませんね」黄ばんだ顔は汗でてかてかしていた。「旦那、あの女にほれなすったね？　ほかの連中が、旦那はあの女に目をつけていたと言ってたよ」

「よくもそんなことを！」デヴィッドが言い返した。「あんなに清楚《せいそ》な女性なのに。ぼくは不適切なふるまいなど断じて──」

「わかりましたよ。で、旦那の名前は？」

デヴィッドは罵詈雑言《ばりぞうごん》をのみ込んだ。「ジョン・パーマーだ」この旅で使っている偽名を告げる。

「どちらから？」

「ケント。メイドストンの近くだ」

治安官は帳面に書き留めながらわずかにうなずいた。「職業は？」

「なぜぼくが尋問されなきゃならない？　ぼくは容疑者なのか？」

「いいえ」治安官が顔を上げる。「やましいことでも？」

デヴィッドは本気で怒っていた。「あるわけないだろう。追いはぎに遭ったんだぞ！　しばらく前からこの近辺を荒らしまわっている強盗に、一五シリングも盗まれたんだ」

「もう大丈夫ですよ」治安官はややとげのある口調で言った。「あの男はもう逃げられない。それで旦那の職業は？」

冷静さを欠いていたデヴィッドは、最初に頭に浮かんだことを口にした。「エクセター公爵の商用の途中だ」

治安官の鉛筆がとまった。「エクセター公爵？」

「そうだ。この件は必ず公爵に報告するからな」

男は鉛筆を放した。「もう結構です。質問は終わりました」

「賢明なことだ」デヴィッドは相手をにらんだ。「彼女はどうなる？」

治安官は不服そうな顔をしながらも丁寧な口調で返した。「ほかの者たちと一緒にニューゲート監獄へ送られます。ボウ・ストリートの連中が迅速に片をつけるでしょう。もう行ってかまいませんよ」

それで終わりだった。この時点で彼にできることはなにもない。先行きがまったく見えないまま、デヴィッドはうなずいてその場を立ち去った。

# 19

デヴィッドはロンドンに戻った足で直接エクセター・ハウスに向かった。道中ずっとヴィヴィアンを助ける方法を考え続けていたのだが、まともな案はひとつも思い浮かばなかった。思考は堂々巡りを続けるばかりで、胸が張り裂けそうに痛む。苦しみを癒すには相当量のワインを飲むしかないように思えた。マーカスのワインセラーは自分のそれよりもはるかに充実している。デヴィッドは厩舎係に向かって手綱を放り投げ、足を引きずりながら屋敷に入った。すべてぼくのせいだ。またぬちゃくちゃにしてしまった。しかも今回はとばっちりを食らうのはぼくではなく、ヴィヴィアンだ。よりによって、いちばん状況を理解しているはずのこのぼくが、疑惑と混乱の渦中に彼女を引き戻してしまった。今ほど自分という人間に幻滅したことはない。いっそ彼女の身代わりとしてつるし首になれたなら。そのほうがぼくにふさわしいのではないだろうか。

デヴィッドは階段の下で立ちどまった。もう夜だというのに屋敷のなかがやけに騒がしい。彼は背後に控えていた執事を振り返った。「なにごとだ、ハーパー」

ハーパーがおじぎをした。「奥さまがお戻りになったのです」

あやうくうめき声を漏らすところだった。義理の母が帰っているとはなんというタイミングだろう。どうして今ごろロンドンに戻ってきたのだ？　シーリアとともにエインズリー・パークでモリーを甘やかしているはずではなかったのか？　デヴィッドにとって、義理の母は今もっとも会いたくない人物だった。彼女はいつもデヴィッドをかばってくれた。彼が信頼に値しなかったときでさえ、見捨てないでいてくれた。ちょうど今のような事態のときでも。だがこんなときに、あなたに責任はない、あなたにできることはなにもないのだと慰められたりしたら、ぼくは本当にだめになってしまう。

デヴィッドは義母に見つからないことを祈ってマーカスの書斎に滑り込んだ。帰宅したことを告げないようハーパーに念を押したほうがよかったかもしれない。そう思いながらウィスキーのデカンターとグラスを机に運ぶ。アルコールで脳を活性化させれば妙案が浮かぶかもしれないし、少なくとも泥酔すればすべてを忘れられる。泥酔する可能性のほうが圧倒的に高いなと考えながらデヴィッドは顔をしかめ、グラスに酒をなみなみと注いだ。

ノックの音がして、返事をする間もなく義理の母がさっと入ってきた。「デヴィッド、ここにいたのね！」ロザリンドはそう叫んで座っているデヴィッドに抱きついた。彼は立ち上がり、笑みを浮かべようとした。「ロンドンへ戻ると連絡すべきだったのだけれど、待ちきれなかったのよ」ロザリンドはデヴィッドの頰にキスをした。「レディ・ウィンタースがすてきな知らせをもたらしてくれたものだから、居ても立ってもいられなくって」

デヴィッドには、義母がなにを言っているのか見当もつかなかった。ひとりにしてほしい。

今は誰かと一緒にいたい気分ではない。「すてきな知らせ……だって?」ぼんやりと返す。

ロザリンドが笑顔を見せた。「またお遊びだなんて言わないでね。レディ・ウィンタースは確信を持っていたのよ。あなたもマーカスも、わたしのことを永遠に待たせるつもりかと思っていたけれど、こうしてふたりそろって同じ年にねえ! ああ、デヴィッド、本当によかったわ」

デヴィッドはウィスキーグラスを握り締め、困惑しきってロザリンドを見つめた。

「それで」彼女は机の向かいにあるソファーに腰かけた。「お茶を飲みながら、お相手のことを聞かせてくれる?」

「お相手?」

「二週間前、あなたと一緒に劇場にいた女性のことよ」ロザリンドは笑いながら言った。「劇場に連れていったなんて! わかっていたらもっと早くにボックス席を譲るようマーカスを説得したのに。ああ、デヴィッド、あなたは結婚したほうがいいわ。正直言って、お父さまが亡くなってから何度となく心配していたのよ。もちろん若いうちは心のままに生きるべきだと思うけれど、ときどき……とくに今年の初めは、あなたがいつまで経っても落ち着かないつもりなんじゃないかと思えて――」ノックの音がした。

メイドがお茶の用意をするあいだだけ、ロザリンドは口をつぐんだ。デヴィッドはすでにウィスキーのボトルを丸々一本空けてしまったような気分だった。意識をはっきりさせるために軽く頭を振る。メイドが部屋を出た。ロザリンドが明るい笑顔でデヴィッドに手招きする。「さあ、ぜんぶ話してちょうだい」

デヴィッドはデカンターとグラスを持ったまま、用心深く義母に近寄った。「正直なところ、なにを話せばいいかわからないな」

「その方のお名前は？」ロザリンドは自分の紅茶を注ぎながら促した。「レディ・ウィンタースはその方のお名前を知らなかったのよ」

〝なぜなら、ヴィヴィアンが貧民街出身の泥棒だからだ。レディ・ウィンタースと知り合いのはずがない〟デヴィッドは苦笑いした。「知らないだろうね」ウィスキーをぐいっとあおる。

「それで、そのお嬢さんの名はなんというの？」ロザリンドが再び尋ねた。

デヴィッドはグラスの中身に見入った。「ヴィヴィアンだよ」

「きれいな名前だこと！　ご家族は？」

〝無法者の一団だ〟「弟がいる」デヴィッドはもごもごと答えた。

「そう。わたしはどちらにも会ったことがないんでしょう？」ロザリンドは鈴のような声で笑った。

〝お義母《かあ》さんは、ブロムリーの宿場で強盗に遭ったことはあるかい？〟「ないだろうね」

ロザリンドは不満そうな声を出した。「もったいぶらないで教えてちょうだいよ。始めからぜんぶ知りたいわ」

「話せることなどたいしてないよ」デヴィッドは適当にあしらおうとした。「ぼくが女性と劇場にいたというだけで、お義母さんがロンドンまでやってきたことのほうが驚きだ。レディ・ウィンタースもそんなことで大騒ぎするとは、よほどゴシップに不自由しているらしい」

「ルクリーシア・ウィンタースがゴシップ好きなのは確かよ。でも、根も葉もない作り話をする人じゃないわ」ロザリンドはデヴィッドの顔の前で人指し指を振った。「劇場にいたのは自分じゃないなんて嘘は通用しませんからね」

デヴィッドは再び酒を飲んだ。「レディ・ウィンタースの言うとおりだよ。ぼくは実際、女性と劇場にいた」芝居に感激して、ろくに整理もされていない図書室から同じ戯曲を探し出し、一言一句読み返すような女性と。

「それ以上のことがあるはずだわ。ほらほら、デヴィッド。わたしだって、あなたが女性連れで劇場にいたというだけでわざわざロンドンまで来たわけじゃありませんよ。それ自体はさほど珍しくはないわ。でも、レディ・ウィンタースの書きようでは、その女性はいつものような……ねえ？」ロザリンドは言葉を濁した。デヴィッドの連れの大半が娼婦か既婚女性だと言いたいのだろう。「ロンドンに来た理由はね、あなたがその女性をうっとりと見つめていた理由を知りたいからよ」

〝うっとりするのに理由なんてない〟デヴィッドは絶望した。〝それに彼女にはもう会えないかもしれないのだ〟

ぐっと酒をあおる。「お義母さんはヴィヴィアンに会ったことがないよ。これからも会うことはないな。彼女は貴族ではないから」彼は率直に打ち明けた。「ハンナだって貴族じゃないけれど、すばらしい公爵夫人になったもの」

「そんなことはどうでもいいわ」ロザリンドが即答する。「ハンナだって貴族じゃないけれど、すばらしい公爵夫人になったもの」

デヴィッドはため息をついた。「そうじゃない。ヴィヴィアンは貴族になんてなれっこないんだ。彼女の母親は農家の娘で、父親は陸軍士官らしい。父親のほうはスペインに派兵されて二度と戻らなかったらしいよ。身内は弟だけで、乗り合い馬車を襲った罪で投獄されている。ちなみにぼくの失態でヴィヴィアンまでも監獄にいるんだ。すぐさま手を打たないと、彼女も弟もつるし首になってしまう。初めて会ったとき、彼女はロンドン行きの乗り合い馬車に乗っていて、弟が馬車を襲う手助けをしていたんだ」

ロザリンドは唖然として義理の息子を見つめた。それからカップを置いてデカンターを持ち上げ、自分の紅茶にたっぷりと酒を注ぐ。「なるほどね」彼女は不自然に明るい声で言い、震える指でカップを持ち上げた。「とても……変わったお嬢さんだこと」

デヴィッドは唇をゆがめた。「だろ？」

ロザリンドはアルコールのきいた紅茶をぐいっと飲んだ。デヴィッドもグラスに残ったウイスキーを飲み干す。しばらく部屋に沈黙が落ちた。

「なんてことかしら」ロザリンドがとうとうカップを置いた。「本当に想像も……つまり……」彼女の声はかすれて消えた。「デヴィッド」一呼吸置いて、真剣な声で尋ねる。「あなた、いったいなにに巻き込まれているの？」

「わざとじゃない」デヴィッドは反射的に言った。

ロザリンドが手を振った。「なんで巻き込まれたかをききたいんじゃないの。なにに巻き込まれているかを知りたいの」

デヴィッドはため息をついた。「エインズリー・パークからロンドンへ戻る途中、栗毛の馬の片方が脚を痛めたんだ。ぼくは約束の時間に間に合うよう乗り合い馬車に乗った」

「なんの約束？」

「マーカスが銀行員と事務弁護士から状況説明を受けられるように手配してくれていたんでね」デヴィッドが言った。「兄上から聞いてないかい？」

「ああ、そうだったわね」ロザリンドの声に驚きがにじんだ。「その約束を守るために、あなたは乗り合い馬車に乗ったわけね。それで？」

「馬車が襲撃された」デヴィッドは言葉を切った。しかし、それだけでは説明になっていない。「ぼくはヴィヴィアンを乗客のひとりだと思っていた。彼女はとても美しく、追いはぎが乗客の財布を回収しているとき、たった一シリングしか持ち合わせていなかったんだよ。強盗のひとりが彼女を突き飛ばして……」デヴィッドは片手を上げ、再びだらりとおろした。「ぼくはマーカスにもらった印章つきの指輪を奪われた。そして、それをとり返すと決意して、知ってる質屋に片っ端から声をかけて――」

「質屋に知り合いが？」

「二〇件以上は」デヴィッドはやや恥じ入った様子で答えた。

ロザリンドが息をのむ。「そんなに？　でもどうして？」

「たびたび資金が必要だったので」

「マーカスに言えば――」ロザリンドが言いかけたが、デヴィッドは首を振った。

「兄上に金の無心をするくらいなら海軍に志願するよ。質屋のほうが手軽だった」ロザリンドは殴られたような表情をしていた。無理もないかもしれない。義母が自分に特別な愛情を注いでいることはわかっている。みんなに見捨てられたときも義母はぼくを信じ、かばってくれた。そして多くの場合、それは彼自身のためにならなかった。「ぼくはみんなの言うようにどうしようもない男だったんだ。なぜベントリーがぼくに白羽の矢を立てたと思う？」

「わたしの前でその名は二度と口にしないで。彼はもう身内ではないわ」

「だが、あいつはばかでもない」デヴィッドはソファーに沈み込んだ。「あいつの人選は的を射ていた。ぼくは賭けごとばかりするうえによく負ける。賭けごとに関してはちっとも学習しなかったし、人の意見にも耳を貸さなかった。やつに利用されて当然の男だったんだ」

ロザリンドはぽかんとしたまま義理の息子を見つめていた。

「だが、ぼくはあの指輪をとり戻すと決めた。指輪を失い、仕事の約束まで守れないのでは、兄上に顔向けできないと思った。そこへある質屋から指輪を見たと連絡があったんだ。質屋は指輪をとり戻すだけでなく、売ろうとしたやつをつかまえる手助けもしようと申し出た。ぼくが自分の不始末にけりをつけるついでに社会の不正も正せると思ってその店に出向いたところ、指輪を売りに来たのは彼女……ヴィヴィアンだった。ぼくは彼女を無理やり屋敷へ連れ帰って客間に閉じ込めたんだよ」

「デヴィッド！」ロザリンドがあえぐ。彼はうなずいた。

「そうすれば彼女は縮み上がってすぐに指輪を返すだろうと思ったんだ」それがいかに見当違いだったかを思い、デヴィッドは一瞬ほほえんだ。「しかし、ヴィヴィアンは指輪を持っていなかったし、仲間に届けさせることも拒んだ。ぼくも指輪が戻るまでは彼女を解放するつもりはなかった。そういうわけでぼくらは好むと好まざるとにかかわらず、一緒にいるしかなかったんだ」

ロザリンドが額に指をあてた。「それがどうして？」

「彼女はすてきな女性だ」デヴィッドがそっと言う。「美しく、賢く、機転がきいて、根性もあるし魅力的だった」

「あらあら」ロザリンドは紅茶を注ぎ足した。今度はウィスキーなしで。「でも泥棒なんでしょう？」

「そんな言葉じゃ片づけられないよ」デヴィッドは心から言った。

ロザリンドはため息をつき、首を振ってしばらく紅茶を飲んでいた。「それで、どういうわけで監獄に入れられてしまったの？」

「ボウ・ストリートの連中がぼくの屋敷を訪ねてきたんだ」デヴィッドは先を続けた。「印章つきの金の指輪をつけた追いはぎが、ブラック・デュークと名乗っては乗り合い馬車を繰り返し襲撃していると言って、ぼくをつかまえようとしていた」

ロザリンドが目を細める。「あなたをつかまえようとするなんて信じられないわ」

デヴィッドはしかめっ面をした。「いや、やつらは本気だった。すぐにつるし首ということはなかったと思うが。それでも監獄送りになるなんてまっぴらだ。連中はぼくが犯人だと決めつけていたし、ほかを探す気もなさそうだった。だから自分で追いはぎをつかまえようと決めたんだ。少なくとも指輪をとり返せば茶番にけりをつけられる。ブラック・デュークの犯行も、ぼくと犯人を結びつけるものもなくなる。いい計画だと思ったんだ」

「無茶なことを」ロザリンドは息を吐いた。

「ぼくは、やつらの居場所を探すのを手伝ってくれとヴィヴィアンを説得した」デヴィッドは罪の意識に押しつぶされそうになりながら、苦しげに言った。「ブラック・デュークを名乗る男は、ぼくの指輪を盗んだヴィヴィアンの仲間に違いないと思ったんだ。悪名高き犯罪者から指輪をとり戻すという無謀な計画に、彼女を引っ張り込んでしまった」

「でも、さっき質屋がどうとか」ロザリンドは〝質屋〟という言葉を汚らわしいもののように発音した。

「質屋では指輪を手に入れることができなかったんだよ。ぼくは指輪をとり戻すのはあきらめていたし、むしろその存在は忘れていたけどね」デヴィッドは言葉を切り、あのまま忘れておけばよかったのだと思った。あんな指輪などとり戻しに行かなければ、こんなことにはならなかった。「ぼくらは捜索を始めた。しかし、ブラック・デュークを見つけたのはぼくらだけじゃなかった。ちょうどボウ・ストリートの捕り手もその場にいたんだ。犯人とのあいだで一悶着《ひともんちゃく》あって、捕り手は追いはぎの一味とともにヴィヴィアンまで連れていってしまった。ヴィヴィアンの弟も一緒にね。彼らはニューゲート監獄に送られ、じきにつるし首になるだろう。みんな、ろくでなしのぼくが引き起こしたことなんだ」

「ああ、デヴィッド」一瞬の沈黙のあと、ロザリンドはうろたえて叫んだ。デヴィッドは片手を上げて義母を制した。

「ぼくの責任なんだ。ぜんぶ。ぼくが彼女を死に導いた。ぼくがつかまればよかったんだ。そのほうがどんなに……」彼はまぶたを閉じた。「ヴィヴィアンを劇場に連れていったのは、彼女が芝居を見たことがなかったからなんだ。あの夜、彼女は芝居に魅了されて、目にするものすべてに興奮していた」

デヴィッドは落胆して天井を見上げた。ロザリンドはなにか言いかけたが、ありがたいことにもはや義理の息子を慰めようとはしなかった。この義母でさえ言葉が見つからないのだ。彼はなぜかほっとした。

デヴィッドはしばらくぼうっと天井を見上げていた。頭が痛い。頭蓋骨のなかでドラム演奏が始まったかのようだ。ドラムの音はなにかに向かってデヴィッドを駆り立てている。行動を起こさなければならない。ただ、なにをすればいいのかがわからなかった。

デヴィッドは勢いをつけてソファーから立ち上がると、玄関ホールを抜けてエクセター・ハウスを出、そのまま自分の屋敷まで足早に歩いた。脚のうずきをこらえて石段をのぼったところで、ちょうど帰ろうとしていたアンソニー・ハミルトンに遭遇した。

「リース！」ハミルトンは頭を下げ、デヴィッドの貧相な服装にさっと目を走らせた。「旅行の結果がどうなったかと思ってな」

「まだ終わってない」デヴィッドは屋敷へ入った。ハミルトンがあとに続く。ホッブズは無言のまま、さっき返したばかりの客人の帽子と手袋、そしてデヴィッドの帽子を受けとった。デヴィッドはわずかに足を引きずりながら居間へ向かい、暖炉の前の椅子に腰をおろすとわずかに顔をしかめた。

「なにが残ってるんだ？」ハミルトンが反対側の椅子に陣どり、そばのテーブルに置きっぱなしだったトレイからブランデーの入ったグラスをとった。「さっき、旅はまだ終わっていないと言っただろう」

「ブラック・デュークを見つけたんだ」

ハミルトンは眉を上げた。「すごいじゃないか！　見つけられる可能性は低いと思っていたのに」

「しかし、ボウ・ストリートの騎馬隊も同じところに居合わせた」

「そんな」ハミルトンは背もたれに寄りかかった。「まさかそんなことになるとは」

「ああ、ひどいタイミングだよ」デヴィッドは相槌を打った。「最悪と言っていい。騒動にまぎれてヴィヴィアンまで連行されてしまった」

「追いはぎと一緒に？」ハミルトンが怪訝そうにきき返す。「なるほどね。だんだん状況が見えてきたぞ」

「そうさ、彼女は追いはぎの仲間なんだ」デヴィッドは苦々しげに答えた。「仲間だったと言うべきかな。身寄りのない若い女性が、ほかにどうやって生き延びろというんだ？　売春などと答えたら、おまえの喉をかき切ってやるぞ！」ハミルトンはわずかに笑みを浮かべ、黙って首を振った。「今や彼女はニューゲート監獄へ連れていかれてしまった。まだだとしても、明日の朝にはそうなる。彼女を自由にする方法を考えなければならないんだ」

「また兄貴のふりをすればいいじゃないか」ハミルトンが言った。「エクセター公爵なら、殺人犯だって釈放できるだろう」

デヴィッドはうめいた。「だめだ」

「なぜ？」友人はかすかに驚いたようにきき返した。「前にもやったじゃないか」

「兄がヨーロッパにいることは周知の事実だ」デヴィッドは暖炉の火をにらんだ。ヴィヴィアンは今夜、火の気もなければ、お気に入りの柔らかなマットレスもない場所にいるに違いない。「それにぼく自身、もう兄のふりはしたくない」

「そんなことを言っている場合じゃないだろう」ガラスのぶつかる音をさせてハミルトンがブランデーを注ぎ足した。「あの人をとり戻したくないのか？」

もちろんとり戻したい。これまで望んだなによりも、彼女をとり戻したかった。しかし、彼女を助けられるのが自分しかいないというのに失敗したら。それを思うと死ぬほど怖い。だいいち、もう兄のふりはしたくなかった。かつてほかに手段がなくてマーカスに成りすましたときは、あわや死ぬ目に遭った。今回は死ぬわけにはいかない。ぼくはヴィヴィアンの唯一の希望なのだから。その事実がデヴィッドの全身に巨石のようにのしかかっていた。これほどの責任感と、それに伴う無力感を感じるのは初めてだ。「なにか別の方法を考えないと」

アンソニー・ハミルトンは背もたれに寄りかかり、暖炉のほうに脚を投げ出した。「わいろか？　詐欺か？　監獄破りか？　ほかにどんな選択肢がある？」

デヴィッドは友人のほのめかしに眉をひそめた。「合法的な手段でないとだめだ。彼女を逃がしても、捕り手がロンドンじゅうを探しまわるようでは意味がない。ふたりしてニューゲート監獄送りになってしまう。しかも、マーカスは何百キロも離れたところにいて、力を貸してもらうことはできない」

「確かに」ハミルトンが途方に暮れたような声を出す。「それだと、おまえがニューゲートに乗り込んでいって、彼女を返してくれと率直に頼むほかないように思えるが」

デヴィッドのしかめっ面が徐々に緩んだ。喉元まで出かかっていた悪態が薄れていく。まるで神託がおりたかのように、デヴィッドの心にある計画が浮かんだ。これまで難しく考えすぎていた。良策というものは複雑ではだめだ。ごく単純でないと。思いついたばかりの計画に致命的な欠点がないか素早く検討してみる。大丈夫そうだった。もちろん完璧ではないが、失敗しても致命傷にはならない。そうあってほしい。ほかの策を考えている余裕はないのだから、これに懸けるしかないだろう。「そうだな」デヴィッドはゆっくりと言った。「素直に頼んでみるとしよう」

# 20

ヴィヴィアンは独房の隅に丸くなって座っていた。今夜のところは狭くて汚い地方の監獄に一時収容されることになったらしい。治安官とボウ・ストリートから派遣された騎馬隊員たちは、自分たちの活躍を大声で称えながら酒場へ向かったようだった。直ちにニューゲート監獄へ送られ、明日の朝いちばんでつるし首になるよりはましだとしても、とても助かったとは思えない。床はじめじめしており、すぐ近くから壁を引っかくような身の毛もよだつ音がした。独房の隅にある、わらを積み重ねて薄い毛布で覆っただけのベッドの下にねずみが潜んでいるのだろう。ヴィヴィアンは決してそこへ近づくまいと思った。ねずみの気配など微塵もない部屋で温かく柔らかなベッドに眠ることを覚えた今は、汚らしいわらの上に眠るくらいなら硬く冷たい床のほうがましに思えた。

デヴィッドはどこでなにをしているのだろう。手かせと足かせをはめられ、市場に出荷される豚のように荷馬車にのせられたとき、ヴィヴィアンは恥ずかしさのあまり彼のほうを振り返ることができなかった。今ごろになってそれが悔やまれる。あれがデヴィッドを見る最後のチャンスだったかもしれないのに。プライドなんかにこだわっている場合ではなかった。

ヴィヴィアンは目をつぶって周囲の不潔な環境を頭から締め出し、昨日の夜のことを思い出そうとした。温かく安全な部屋で、デヴィッドに愛されていた夜のことを。

「ヴィヴィアン？」小さな声にヴィヴィアンは目を開けた。疲れて心細げな弟の声だ。彼女は慌てて独房の反対側へ這い寄り、どこかに穴はないものかと仕切り壁に指を這わせた。

「姉貴、そこにいる？」サイモンの声はかすれていた。「起きてる？」

「わたしはここよ」ヴィヴィアンは、煉瓦のつなぎに使っているモルタルがぼろぼろになってできた隙間を見つけてささやき返した。「けがはしてない？」

壁越しに弟のため息が聞こえる。「この先に待っていることを考えたら、こんなのけがのうちに入らないよ」ヴィヴィアンは身震いした。壁の向こうで足を引きずる音がする。「姉貴？」サイモンの声がやや大きくなった。「ぼくら、どうなるんだろう？」

ヴィヴィアンは答えにつまって歯ぎしりをした。弟が哀れでたまらない。怯えを必死で隠そうとしている。一緒につかまっているとはいえ、弟のことはわたしが守ってやらなければならなかったのに。そもそも幼いサイモンをフリンの仲間に引っ張り込んだりしなければよかったのだ。わたしがデヴィッドの屋敷をもっと早くに脱出していたら、弟に危険を知らせて逃がしてやれたかもしれない。「わからない」ヴィヴィアンはそれしか言えない自分がいやだった。もしかしたらデヴィッドが……いや無理だ。彼になにができる？

サイモンは長いあいだ黙っていた。「今までどこにいたの？」ようやくぽつりと尋ねる。

ヴィヴィアンは目を閉じて壁に額をつけた。石壁の表面はでこぼこして冷たかった。「あの男は、前に襲った馬車に乗っていたやつだろ？」姉が答えないので、サイモンはそのまま続けた。「ぼくが殴ったやつだ。姉貴を突き飛ばした日に」サイモンの声が怒りにかすれた。「姉貴はあいつにつかまったんだね？」

ヴィヴィアンはため息をついた。「ある意味そうね」そっと答える。彼はわたしの体と心をつかまえた。「あの人はいい人なのよ」彼女は弟を心配させまいとした。「わたしを傷つけたりしなかったわ」

「ごめんよ」サイモンがささやき返す。「ぼくがもう少し利口だったら、あいつの指輪を奪ったりしなかったのに。姉貴の言うとおりあんなことをするべきじゃなかったんだ。ああ、ぼくのせいでみんな死ぬんだ！」

「あんなのはちょっとしたミスだし、わたしたちはまだ死んでいないわ」ヴィヴィアンはきっぱりと言った。「こうして話をしてるじゃない。死んでしまったら話せないのよ。だからわたしたちは死んでない」明日もそう言えるかどうかはわからないが、それは口にしないでおく。「あんたが指輪を奪ったことは関係ないのよ」彼女は言葉を切った。「あれはフリンが持っているんでしょう？　わたしが……いなくなってから、いったいなにがあったの？」

「そうさ。指輪はフリンが持ってる。あいつはあの指輪が気に入ったんだ。だから指にはめてはうっとり眺めていたさ。姉貴も知ってのとおり、あいつはあんまり頭がよくないからな。自分のことを公爵の婚外子で、一歩違えばれっきとした貴族だったかもしれないなんて言いふらし始めた。クラムは別に気にしてなかった。あの指輪をしているとき、フリンはクラムにエールなんかをおごってやってたからね」

「あんたはなにかされなかった？」

「前と一緒さ」サイモンは姉の質問を避けた。「たいしたことない。ただ、姉貴のことが心配でたまらなかった。売春宿に売られたか、ごろつきに殺されたんだと思ったよ。フリンは、ぼくはもちろん、クラムが姉貴を探しに行くのさえ許さなかった。あいつ、姉貴が売り上げをひとり占めして逃げたと言うんだ。姉貴なしでも困らないって」ヴィヴィアンは思わず顔をしかめた。弟ともどもつるし首になるとしても、フリンを道連れにできるのがせめてもの救いだ。なんとも情けない話だが、少なくとも復讐心は満たされる。サイモンの声が弱々しくなった。「心配したんだよ、姉貴……」

ヴィヴィアンの心に罪の意識が広がった。「わたしもよ」劇場やデヴィッドの図書室を探索した日々。彼のベッドで過ごした長い夜のことは考えまいとする。

「それであの男は」サイモンは、説明に窮する話題に戻した。「本当に姉貴を傷つけたりしなかったんだね？　なにをされたの？」

ヴィヴィアンは姿勢を直して必死で言い訳を考えながら涙と戦った。小さな足音が体の脇を駆け抜ける。彼女は飛び上がってスカートをはたき、ふたたび壁の隙間のそばに膝をついた。「盗品を売ろうとしてつかまったの。あの指輪を返すまでは解放しないと言われたわ」

それなのに彼は自由にしてくれた。この二週間というもの、あの屋敷を出ようと思えばいつでもそうできた。仮に引きとめられたとしても、それは指輪のためではないことをヴィヴィアンは承知していた。

「じゃあ、なんであいつと馬車に乗っていたのさ?」サイモンが尋ねる。

ヴィヴィアンはため息をついた。

「いろいろ複雑なのよ」

「あいつと寝たんだな?」それは質問ではなかった。

ヴィヴィアンはかっとした。「わたしに向かってそんな口のきき方をしないで！　言葉に気をつけなさい！」

「でも、そうなんだろ?　姉貴が手かせをつけられたとき、あいつは治安官とやり合ってた。なんの理由もなくかばったりしない」

「いずれにせよ彼はもういないのよ。あんたには関係ないことだわ」デヴィッドが自分を助けようとしてくれていたのだと知って、ヴィヴィアンはわき上がる幸福感を抑えた。それでも彼にはどうしようもなかった。

「あいつが助けてくれないかなあ」サイモンがつぶやく。「いかにも金持ちそうだったじゃないか。ぼくらを自由にするくらい簡単なんじゃないかな」

「そうだとしても、なんでわたしたちを助けなきゃならないの?　またあんたにぶたれるため?」

「ここから出してくれるなら殴ったりしないさ」サイモンが言い返した。それから深いため息をつく。「ぼくは……別に怖いわけじゃないからね。ただやりきれなくて」

ヴィヴィアンは乾いた笑い声を発した。「わたしは怖いわ」

沈黙が落ちる。「ほんとに？」

「泣き出しそう」とヴィヴィアン。「あんたがここに入れられたのはわたしのせいだもの。ママにあんたの面倒を頼まれたのに。追いはぎもできない脳なしの仲間に引き入れたりして。ああ、なにか手を打たなきゃいけないのに、どうしていいかわからないの。フリンのせいですぐに絞首刑にされちゃうわ。逃げ出す方法を思いつくまでどうやって時間稼ぎをすればいい？」ヴィヴィアンはため息をついた。「だから怖いわ」

長い沈黙が流れた。ヴィヴィアンは疲れきって壁にもたれた。なんの希望もないのにサイモンを慰めてどうなる？　以前は窮地に陥っても、絶望したり、とり乱したりなどしなかった。そんなことをしても悪い結果を招くだけだとわかっていたから。落ち着いて頭を働かせれば、常にチャンスは巡ってくると信じてきた。これまでは。ヴィヴィアンは疲れ、霧がかかったように頭がぼうっとして筋道を立てて考えられなかった。温かで心地よいベッドに眠っていたから精神的にもろくなってしまったのだろうか。寒さと体の痛みに泣きたくなった。なにかが足元を駆け抜ける。ヴィヴィアンはいらいらして脚をばたつかせた。いまいましいねずみめ！　わたしをかじりたいなら、せめて死ぬまで待つがいいわ。

「フリンはどこ？」ヴィヴィアンは沈黙に耐えられなくなってささやいた。「ねえ？」答えはない。「サイモン？」

「別の独房にいる」サイモンがもごもごと答えた。鼻をすする音がかすかに聞こえた。「本物の公爵みたいに扱われて、あいつはさぞかし満足だろうね」弟の口調にヴィヴィアンは声をあげて笑いたくなった。「さっきまで壁越しにちょっと話をしてたけど、今はぐっすり眠ってるよ。いびきが聞こえるもん」

いつものごとくだわ。ヴィヴィアンは首を振った。「クラムは？」

「わからない。うさぎみたいに駆けてっただろう？」サイモンは引きつるように笑った。「アリスのところへ戻ったんだろうな」

それはかまわない。クラムがこのまま逃げ延びたとしても別にいいと思った。アリスにはクラムが必要だ。少なくとも彼らだけはフリンの愚かさの犠牲にならずにすむ。「あんたも少し寝なさい」ヴィヴィアンは優しく言った。

「なんのために？」鼻をすする音を聞いてヴィヴィアンの胸がよじれた。弟が泣いている。「明日になったらたっぷり眠れるじゃないか。明後日も、その次もずっと」

またしても反論できない。ヴィヴィアンは背中を丸め、楽な姿勢で壁に寄りかかった。ねずみが近くを駆け抜けたが、もう動く気力もなかった。

こんなの無情すぎる。わたしは最後に天国を味わうことができたからいい。でも、かわいそうな弟にはそれもない。

「サイモン、ごめんね」ヴィヴィアンはつぶやいた。「本当にごめん」

しゃくり上げ、鼻をこする音がする。「こっちこそ」さっきよりも少しだけ大きな声で弟が答えた。「ごめんよ、姉貴……」

## 21

モレシャム監獄はたいした苦もなく見つかった。デヴィッドの乗った馬の後方に、エクセター・ハウスの御者であるハリスが壮麗な馬車をつける。今回の作戦に欠かせない演出とはいえ、デヴィッドは公爵用のごてごてした馬車に閉じ込められるのだけは我慢できず、ひとり、馬に乗ってきた。ヴィヴィアンが閉じ込められているはずの古ぼけた建物が目の前にあった。薄汚い石壁に小さな窓が並んでいる。内部はじめじめして寒いに違いない。デヴィッドは馬から降り、駆け寄ってきた従僕に手綱を渡して、馬車から降りてくる男に目を向けた。

「打ち合わせしたことを覚えているだろうな?」

アダムズは熱心にうなずいた。「はい。一言一句!」

「よし」デヴィッドは深く息を吸った。「それじゃあ仕事にかかろう」

馬車の正面で足をとめたデヴィッドは手袋を脱ぎ、アダムズが差し出したステッキを受けとった。それから建物の入り口へ近づいて、なるべく大きな音をさせてドアをノックした。

数分してドアが開き、ずんぐりした治安官が腹をかきかき、あくびをしながら出てきた。

「いったいなんの用だ?」治安官は不機嫌そうに言った。半開きの目は血走っており、息はエールくさい。昨夜は祝杯を上げていたのだろう。

「あなたは治安官？」デヴィッドは優雅な動作でステッキに体重をかけた。

治安官は何度かまばたきをした。「いかにも。治安官のチョーレイだ」

「よろしい」デヴィッドはまくし立てたりせずに、身なりや態度から相手が状況を察するのを待った。治安官の目が、重厚な馬車と制服を着た従僕たち、そしてデヴィッドの後方に控えているアダムズへと泳ぐ。デヴィッドは相手の目がある一点に留まったのに気づいた。馬車のドアに彫られた紋章を見ているに違いない。治安官はごくりと生唾をのんで小さくおじぎをした。

「ど、どのようなご用件でしょう？」

デヴィッドは片方の眉を上げた。「ここで話さなければならないのか？」

チョーレイは飛び上がった。「はい！　あの、いえ、もちろん違います。こちらへどうぞ」

治安官はドアを支えてデヴィッドを招き入れた。すぐあとにアダムズが従う。チョーレイはズボンをずり上げながら、ふたりを先導して小さな事務所へ案内した。

デヴィッドは勧められてもいないのに椅子に腰をおろした。チョーレイが真っ赤な顔をして先ほどの質問を繰り返す。「どのようなご用でしょうか？」

「ここにぼくのものがあるはずだ」

治安官は口を開け、魚のように一、二度ぱくぱくさせた。「そんなことはないと思います」

なんのことか見当もつかない様子だ。

「金の指輪で、一族の紋章が入っている。数週間前にブロムリーの乗り合い馬車で盗まれたきり、ぼくの手元には戻っていない。ボウ・ストリートからの連絡によれば、悪人が——」デヴィッドは言葉を切って首を傾げた。

「ブラック・デュークです、旦那さま」アダムズが助言する。

デヴィッドはしばし天井を仰いでから治安官に注意を戻した。「そうだ、それだ。その人物がぼくの指輪をはめ、ばかげた名を名乗って乗り合い馬車を襲っていたとか」デヴィッドは不快そうに顔をゆがめた。「その指輪を返してほしいんだがね」

治安官のあばた面から赤みが消えた。「ええっと、その、はい。そうです。どのような紋章でしょう？」

デヴィッドがうなずく。合図を受けて、アダムズが書類挟みから一枚の紙を引っ張り出した。「エクセター公爵家の紋章の写しです」秘書は小声で説明した。

チョーレイは目を丸くした。デヴィッドをちらりと見る。「あの……その、つまりあなたさまは？」

「違う。ぼくはエクセター公爵ではない」デヴィッドは愉快そうに言った。「その弟だ」治安官がさっとアダムズを見ると、秘書は無言でうなずいた。

「なるほど」紙をひっくり返すチョーレイの指先が、紙面に小さな汗じみを残した。緊張から唇をきゅっと結んでいる。デヴィッドはそのまま待った。どこかでドアが開く音がして、調子っぱずれのハミングが聞こえてきた。

「ああ、よかった！　ミスター・スパイクスだと思います」治安官は安堵の表情を浮かべた。「ミスター・スパイクスならどうすべきか心得ていますから」チョーレイは慌てて部屋を出ていった。

デヴィッドは椅子にかけたまま聞き耳を立てた。突然ハミングがやみ、ひそひそ話が始まる。事務所の外でばたばたと足音が響いたかと思うと、再びささやき声が続いた。足音が事務所に近づいてきて、ドアが大きく開いた。

「これはおはようございます」脂ぎった声がした。デヴィッドは、新たに入ってきた人物を見ようと首をひねった。昨夜、たいまつの明かりのなかでふんぞり返っていた男だ。がに股で闊歩《かっぽ》しながらブラック・デュークをつかまえたと得意げに宣言していた。この男がミスター・スパイクスに違いない。ヴィヴィアンを拘束した男だ。「わが町へようこそおいでくださいました」

デヴィッドは相手の頭のてっぺんからつま先へと視線を走らせた。「ああ」

スパイクスは一瞬、途方に暮れたような顔をしてから慌てて言った。「わたしはサミュエル・スパイクスです。州長官をしています」

「なるほど」デヴィッドが言った。「それでは、あなたがぼくの指輪を持っているのだな？」

「はい、持っています。しかし、訪ねてこられた方に、はいそうですかと渡すわけには――」デヴィッドが立ち上がって正面に立ったので、スパイクスの言葉は尻すぼみになった。

「いかないのです」弱々しい声で締めくくる。

「もちろんだ」デヴィッドが言った。「どんな証明がほしい?」

「ええっと」スパイクスはこのような事態を想定していなかったようだ。「証明と言われましても……」

デヴィッドは天井を見上げてため息をついた。アダムズが走り出て書類を提示する。

「そちらは?」スパイクスが嚙みついた。

「エクセター公爵の秘書です」アダムズが答える。「公爵さまがお留守のあいだ、デヴィッドさまの補佐をしています」

「お留守?」スパイクスがデヴィッドを見て眉をひそめる。

「こちらはデヴィッド・リース卿です」アダムズがつぶやいた。「公爵さまの弟君にあたられ、現在、公爵家の地所の管理をされておいでです」

スパイクスはまだ話がのみ込めないという顔をしていた。「そうですか」

「そうだ、エインズリー・パークだ!」よどんだ目で成り行きを見守っていた治安官が甲高い声で言った。「従弟がそこで庭師見習いをしています」

「エクセター家はケントにあるエインズリー・パークを始め、イングランドとスコットランドに複数の地所及び屋敷を所有しています」アダムズが言った。「デヴィッドさまが直々においでになるなんてめったにないことですよ。非常にお忙しい方なのですから」

デヴィッドはじっと立ったまま、しかめっ面をした太鼓腹の州長官と、二日酔いの肥満した治安官を見つめていた。この田舎者たちを操るのはさして難しくないはずだ。だが失敗は許されない。事態をいっそうややこしくしてしまう。

スパイクスは不安そうに治安官と視線を交わし、アダムズが持ってきた書類をのぞき込んだ。縦にしたり横にしたりして内容を吟味したあと、書類をアダムズの手に押し返す。「なるほど。それでは指輪を持ってまいります」彼は頭をぐいっと動かした。チョーレイはびくりとして州長官のあとから部屋を出ていった。

「どうも」デヴィッドはドアが閉まるまで待ち、それからアダムズに向き直った。「でかしたぞ」

秘書の目が輝いた。「ありがとうございます！」

「やつらは今ごろ、ぼくの申し出について話し合っているだろうな」デヴィッドがひとり言のように言う。「あの指輪をボウ・ストリートの連中に引き渡すか、はたまたぼくのご機嫌をとるか。治安官の従弟が庭師の見習いだったのは幸運だった」

「さらに重要なのは、やつらが自分に不利なことはしたくないと思っていることです」

デヴィッドはかすかに笑った。「そうだな。そこを刺激してやればいい」

数分後、スパイクスと治安官が戻ってきた。スパイクスはさっきよりもずっと落ち着いた態度で、薄汚れた小さな袋を差し出した。「これがお探しになっておられるものかと」ぎこちなく一礼する。

デヴィッドは袋を受けとって口を開いた。数週間前にマーカスからもらった、重厚感のある指輪が転がり出る。デヴィッドは袋を脇に放って指輪をはめた。冷たい物体がするりと指に収まると同時に自信が戻ってきた。心のなかでほっとため息をつく。第一段階は達成した。デヴィッドはスパイクスに笑顔を向けた。「そのとおりだ。ミスター・アダムズ、すぐに礼を送るよう手配しろ」

「はい、旦那さま」アダムズは書類挟みを開き、なにごとか書き込んだ。スパイクスは喜びと安堵を隠せないようだった。

「ありがとうございます。もちろんそんなお気遣いは必要ありません。善良な市民のみなさんをお守りするのは――」

「そういえば」デヴィッドが口を挟んだ。「もうひとつあったな」

州長官は口を閉じ、いぶかしげにアダムズを見た。再びデヴィッドへと視線を戻す。貧相な喉元がびくびくと動いた。「ほかに……どんなお役に立てるでしょうか？」

「人を探しているんだ」デヴィッドが答えた。「女性をね」

驚愕と懸念らしきものがスパイクスの顔をよぎった。彼は動かなかった。

「髪は茶色で目は青だ」デヴィッドは続けた。「背はこのくらい」手で示す。「そういう女性を見なかったか？」

スパイクスは口を開きたくなさそうだった。「その女性とどういったご関係なのでしょう？」ようやく小さな声で尋ねる。デヴィッドは心外だと言わんばかりに眉を上げた。州長官が赤面する。「申し訳ありません。しかし、どなたに要求されても囚人を引き渡すわけにはまいりません」

デヴィッドはほっとした表情を浮かべた。「それなら彼女を見たんだな？　すばらしい」すぐに顔をしかめる。「しかし、囚人とはどういうことだ？」

スパイクスの顔は赤かぶのようだった。「監獄にいるのは囚人と決まっています」

「なるほど」デヴィッドはあからさまに不快そうな顔をした。「すぐに彼女をここへ連れてきてくれ」

「どなたを探しているのか教えてください」スパイクスが言い張った。「ここには囚人しかおりませんし、相応の理由なしには何人たりとも釈放するわけにはまいりません。乗り合い馬車を襲っているところをつかまえたのですから――」

「女性が乗り合い馬車を？」

スパイクスの顔がさらに赤みを帯びた。「その女はやつらと一緒にいたのです。強盗の一味である可能性が高い」

「ぼくが探している女性は乗客であって、泥棒ではない」デヴィッドが言った。「同じ女性ではないのかもしれないな」

「あなたとのご関係は？」追いつめられたスパイクスが絞り出すように言う。

デヴィッドはステッキに体重をかけ、相手をじっと見つめた。「それはあなたには関係ない」穏やかな声で答える。

ふたりはしばらく視線だけで静かな戦いを繰り広げていた。デヴィッドは微動だにしなかったし、スパイクスも拳を握り締めて踏ん張った。

「はっきりさせておこう」ついにデヴィッドがゆっくりと言った。「問題の女性を監獄へ入れたのだとすれば、ぼくは非常に不愉快だ。彼女が無事であることを祈って、今すぐここへ連れてくるのだな。いいか？」

スパイクスが唇を湿らせ、歯を食いしばって言う。「その女性のお名前は？」

デヴィッドはアダムズに向かってかすかにうなずいた。「グレイさまです」すぐにアダムズが答えた。「ミセス・メアリー・グレイです」

「今すぐここへ連れてくるんだ」デヴィッドが繰り返した。

「どうしてその方がここにいると？」州長官が食い下がる。

「男が……」デヴィッドは再びアダムズを見た。

「ミスター・ジョン・パーマーです」アダムズが助言した。

「そうだ。兄はジョン・パーマーという男を雇っている。パーマーは昨日、先ほど述べた人相の女性と同じ馬車に乗り合わせたと言っていた」

スパイクスはひどく苦いものでも食べたような顔をした。「わかりました」不明瞭につぶやく。「見てまいります」スパイクスが部屋を出ていった。

サミュエル・スパイクスにとって、今日という日は非常にいやな展開を見せていた。始まりはすこぶるよかったはずだ。州内で悪名をとどろかせるブラック・デュークとその仲間をこの手でとらえた場面を回想しながら、誇らしい気分で目を覚ましたのだ。ボウ・ストリートの騎馬隊は彼の協力を称賛してくれた。内務大臣から表彰されるのも間違いない。昨夜は

〈熊と雄牛《ザ・ベア・アンド・ブル》〉で治安官や役人たちに酒をおごった。

人生最高の日になるはずだったのに、あの貴族がそれを台無しにしようとしている。ブラック・デュークの指輪を渡さなければならないだけでも最悪だ。スパイクスは最初から指輪が本物なのではないかと疑っていた。本物となればもちろん盗品ということになる。囚人たちをニューゲート監獄へ連行するためボウ・ストリートの連中が戻ってきたら、もったいぶって指輪を差し出すつもりだった。それが事務所にいる紳士にとり上げられたせいで、治安判事に披露することができなくなった。

そのうえ囚人のひとりを引き渡せとは！　スパイクスは歯ぎしりをして足音も荒く廊下を進んだ。チョーレイが腹をかきながら呆けたように立っている。「名前は？」スパイクスはぴしゃりと言った。「あの女の名前は？」

チョーレイはぽかんとしていた。「ええっと」

「確かめろ！」かっかしながら立っているスパイクスのもとへチョーレイが記録を持ってくる。

「グレイです。メアリー・グレイ」

スパイクスは奥歯を噛み締めた。「チョーレイ、ガターソンはあの女が強盗の一味だと断言していたな？　あいつは酔っていたわけじゃなかろうな」追いはぎとヴィヴィアンが知り合いだと発言したエーモス・ガターソンは、モレシャム監獄でもエール好きで有名なのだ。

昨日は、ブラック・デュークとその仲間をとらえたことに有頂天になるあまり、ガターソンの言葉を鵜呑《うの》みにして女も連行するよう指示したのだが、今になってその判断に自信がなくなってきた。

チョーレイはためらったのち、自信なさげに答えた。「それほどは……飲んでいなかったと思います」

「なんてこった！」スパイクスは周囲を見渡して声を落とした。「事務所の紳士があの女の釈放を要求している。その理由も根拠もわからん。だがな、エーモスの発言だけで公爵の弟君の要求を拒めると思うか？」スパイクスはさっと手を振った。「あの女を連れてこい。理由はまだ教えるんじゃないぞ。できることなら釈放したくないんだ。あの女はずる賢いから、この機会を利用しようとするかもしれん」チョーレイはうなずくと、小走りで去っていった。

スパイクスは自分を立て直そうとした。どうして貴族が追いはぎと顔見知りの若い女を助けるのだろう？　ロンドンに使いをやってボウ・ストリートの連中の指示を仰ぎたい。州長官宛《あて》に送られてきた書類には、ブラック・デュークについての詳細な記述はあったものの、仲間についてはほんの少ししか書いていなかった。そもそも女性に関する記述はまったくなかった。あの紳士が引き下がらなかったら自分で判断しなければならなくなる。貴族の要求を退けるか、有罪かどうかもわからない囚人を釈放するか。貴族ともなれば内務省や議会に知り合いがいるだろうから、腹いせになにをされるかわかったものじゃない。今の役職から解任されるかもしれない。

いやな選択肢と、さらにいやな選択肢に挟まれたスパイクスは、荒々しい足取りで歓迎しかねる訪問者のもとへ戻った。

施錠が外れる音にヴィヴィアンは目を覚ました。まばたきして壁から身を起こす。開いたドアの向こうに、昨日、自分を独房へ押し込んだずんぐりした治安官が立っていた。「来い」治安官は言った。「お呼びだ」

誰に呼ばれたのだろう？　ヴィヴィアンは必死に眠気を払いながらゆっくりと立ち上がった。光の具合から判断するに、まだ朝の早い時間だ。もう治安判事がやってきて判決を下したのだろうか。ヴィヴィアンは廊下に一歩踏み出した。寒い独房で縮こまって眠っていたために、硬直した筋肉が痛んだ。背後で、治安官が音をたてて独房の扉を閉める。治安官は手招きをして彼女を廊下の先へと促した。なんだか対応が優しい。昨日は腕をつかまれ、引きずられ、突き飛ばされたというのに。

サイモンが鉄格子のはまった小窓から顔をのぞかせた。「どこに連れていく気だ？」治安官はサイモンの問いを一蹴《いっしゅう》して鉄格子を叩いた。「その人を傷つけたら承知しないぞ！」サイモンが鋭く叫ぶ。

ヴィヴィアンは喉に綿がつまっているような気がした。弟に向かって弱々しくほほえむ。治安官がヴィヴィアンの体を軽くつついたが、彼女は廊下の角を曲がるまでずっとサイモンの顔を見ていた。ひょっとするとこれで見納めかもしれない。治安官の前で泣かないよう、歯を食いしばって目をしばたたく。

治安官が鍵のかかったドアを開け、短い廊下を通って狭くて飾り気のない部屋にヴィヴィアンを連れていった。ドアを開けると脇に寄り、なかへ入るよう促す。治安官は終始、妙に口数が少なかった。部屋にロープを手に持った死刑執行人が待っているのではないかと恐れながらも、ヴィヴィアンは勇気を振り絞ってなかに入った。

ところがそこにいたのはデヴィッドだった。劇場へエスコートしてくれたときのようないでたちだ。優雅で、物腰も落ち着いている。ヴィヴィアンは意外な光景に面食らってしまい、はたと立ちどまって激しくまばたきをした。こんなところで彼に会うなんて、これは運命が最後にもたらした残酷ないたずらだろうか。

「そうだ」デヴィッドは穏やかに言った。「この女性だ」

州長官が怒ったようにヴィヴィアンを見る。「確かですか?」

デヴィッドは長官に目をやった。「ぼくの目と記憶力は信用ならないか?」

「いいえ」長官がつぶやいた。「しかしですね、あなたさまがそうおっしゃったからといって、簡単に囚人を解放するわけにはいかないのです」

「なぜだ?」デヴィッドは声に驚きを漂わせた。

「この女は……この女は追いはぎですよ!」

「ばかなことを言うな。この女性は乗り合い馬車の乗客だった。違うか?」

「それは……」スパイクスが答えにつまる。

「ほかの乗客からなにかを奪ったのか?」

「いいえ」

「それならなんの証拠がある？」

「追いはぎのひとりが彼女と顔見知りでした」長官は挑戦するように言った。「部下がはっきり見たのです」

「つまりあなたは、彼女は無実だというぼくの言葉よりも、悪人がこの女性になんらかの合図を出したと言う第三者の意見を重んじるのだな？」

スパイクスは口を開いて、また閉じた。再びヴィヴィアンをにらみつける。

「けがはしませんでしたか？」デヴィッドは穏やかな口調を崩さずに尋ねた。ヴィヴィアンもデヴィッドがなにかを企んでいることはわかったので、首を振るだけに留めた。いずれにせよ、声など出せそうになかった。

「よろしい。それでは行きましょう」デヴィッドは彼女を直視してそう言った。しかし、動く気配はない。

ヴィヴィアンも動かなかった。「いやです」自分がそう答えるのが聞こえた。「できません」

デヴィッドは踵に体重を預けて彼女を見た。「なぜです？　一刻も早くここを出たがっているものだと思っていましたが」

「男の子がいるんです」ヴィヴィアンはわずかに声を震わせた。「まだ少年なのに牢に入れられています」

デヴィッドは問いかけるようにスパイクスを見た。州長官が顔を赤らめる。

「昨日の夜、その少年はわたしにとても親切にしてくれました」ヴィヴィアンは続けた。自然と涙が込み上げてくる。「彼の運命を思うととても……」彼女は無意識のうちにいつもの役柄に入り込んでいた。同情をそそるしぐさで、純真そうな声を出す。

「州長官が言うには、その少年は追いはぎです」デヴィッドは投げやりに言った。だが、それが演技であることはわかっている。ヴィヴィアンは彼に調子を合わせた。

瞳から涙がこぼれる。「あの少年は盗みがしたかったわけではありません。両親を亡くしたあと追いはぎに売られたんです。言うとおりにしなければ殴られたと言っていました」

「あなたは優しすぎる」

「そう言うあなたには心がないんだわ。ひどい運命を背負った年端もいかない少年を見捨てるなんて。あの少年はいい子です。治安官の部下に突き飛ばされたときもかばってくれました。つるし首になるとわかっていて置き去りにすることはできません」

「彼らはあなたを突き飛ばしたんですか？」デヴィッドはスパイクスを冷たくにらんだ。

「マダム、彼は泥棒なんですよ」スパイクスはいらいらして言った。「窃盗はつるし首です。部下の無礼はわたしからおわびします。しかし、我らは法を守り、乱暴な犯罪者を追いかけて――」

「あの子は犯罪者ではありません！」ヴィヴィアンの頬を再び涙が伝った。思いつめたような表情でデヴィッドを振り返る。「彼がつるし首になるのならわたしもここに残って最後まで彼を慰め、その魂を救います」

デヴィッドは唇を引き結び、ひどく不快そうな顔をした。「それはだめです。すぐにロンドンに戻りましょう」

「いやです！　どうしたらそこまで冷酷になれるのです？」ヴィヴィアンは両手で顔を覆い、肩を震わせて痛切な声で泣き始めた。

デヴィッドは渋い顔をしてスパイクスに向き直った。「少年を解放するのに一〇ギニー払おう」

「だめです」スパイクスは憮然《ぶぜん》として答えた。「あの少年は追いはぎの罪でつるし首です」

「一五ギニー」

「だめです。できません」スパイクスは顎を上げ、腕を組んだ。

デヴィッドは外套のポケットから財布をとり出した。きらきらと輝く金貨を一枚ずつ机の上に積み重ねていく。「絞首刑執行人は、少年がひとりくらい減ったところで気にしないと思うがね」デヴィッドは金貨を五枚重ねて脇にずらし、新たに積み重ね始めた。「この件に関して彼女の願いが通らないのなら、ぼくの心の平安も得られない」ヴィヴィアンがさらに大きな声ですすり泣いた。机の上に一〇ギニー分の金貨が積み重ねられる。スパイクスの目が金貨の上をさまよい、そこに留まった。デヴィッドは一〇枚の金貨の横に、さらに五枚の金貨を置いた。「ここまで事務弁護人を派遣して争うのも面倒だ」小さな音とともに、新しく五枚の金貨が机に落ちる。

スパイクスは金貨を見てため息をついた。「どうしてあの少年を解放することができましょう?」彼は悲しげに訴えた。「ボウ・ストリートの連中は今日にも全員をロンドンへ連行したがっているのですよ」

デヴィッドは懐から名刺をとり出して机にのせた。「ぼくのところへ来させればいい」

にっちもさっちもいかない状況に、スパイクスはほとんど泣き出しそうな顔をしていた。

「そんな話は聞いたことがありません」

「そうか?」デヴィッドは薄笑いを浮かべた。

小さな部屋のなかに沈黙が落ちる。スパイクスは金貨から、ヴィヴィアン、デヴィッド、そして金貨へと視線を移した。州長官の背が一秒ごとに縮んでいくように見えた。「チョーレイ、あの少年を連れてこい」ついにスパイクスが言った。

治安官は驚きにうなってよたよたと出ていった。「ほかにもいると言わないでしょうな?」

スパイクスが絶望的な声を出す。

デヴィッドはかすかにほほえんだ。「いないと思うね」

スパイクスは安堵のため息をついた。ヴィヴィアンは息をつめ、目をこすった。耳を澄ましていると、やがて二組の足音が近づいてきた。

サイモンが部屋に入ってくる。手首には鎖が巻かれ、痩せた肩を丸めていた。彼は青い瞳で部屋を見渡し、最後にヴィヴィアンに目を留めた。

「犯罪から足を洗い、誠実に生きたいと思う?」ヴィヴィアンは甘く曇りのない声で尋ねた。

サイモンは姉の頭がおかしくなったのではないかと疑うような目つきをした。「うん」しわがれ声で答える。ヴィヴィアンは手を打ち合わせてデヴィッドに笑いかけた。デヴィッドがため息をつき、ドアに向かって手を振る。デヴィッドのうしろに控えていた男が前に進み出たので、ヴィヴィアンはびくっとした。彼女はアダムズの存在に気づいてもいなかったのだ。アダムズはうちひしがれたスパイクスの耳元でなにかつぶやいた。スパイクスは見たこともないほど渋い顔をして、それにうなずいた。金貨が机から消えた。

「では行きましょうか」デヴィッドがのんびりと言う。ヴィヴィアンはうなずいた。治安官がドアを開け、一行は部屋から出た。廊下へ出ると、誰かの叫び声が聞こえてきた。フリンだ。彼はヴィヴィアンとサイモンが牢から連れ出されるのを見て、異変を察知したのだ。

「おれを閉じ込めておいて、あいつらを解放するなんて！」独房からフリンが叫ぶ。「そのろくでなしどもより、おれを釈放しろ。おまえらはだまされているんだ、この間抜けの太っちょめ。あいつらがぜんぶ仕組んだんだぞ。詐欺だ！　あいつらは詐欺師なんだ。おまえらはだまされてる！」

デヴィッドは立ちどまり、叫び声に耳を澄ませてからスパイクスに向き直った。「あれはなんだ？」

スパイクスは思わず胸を張った。「ブラック・デュークです。というより——」慌てて訂正する。「ブラック・デュークの名をかたっていた男です」

「確かか？」デヴィッドは念を押した。

スパイクスは誇らしげに答えた。

「わたしがこの手で、あいつの手から指輪を抜きとってやりました」

デヴィッドは指輪をはめた手を曲げ伸ばしした。「すばらしい。でかしたぞ、ミスター・スパイクス。思いきり高いとこへつるしてやれ、いいな？」

ここは貴族の心証をよくしておいたほうが得だと考えたのか、さらなる囚人を釈放しろと要求されなかったことにほっとしたのか、スパイクスは頭を下げた。「必ずや」

治安官が駆け寄って玄関のドアを開ける。デヴィッドはすがすがしい朝日のもとへ踏み出した。ヴィヴィアンは深呼吸して体の震えをこらえ、自由の身になったなんてとても現実とは考えられないと思っていた。絞首刑台へ続く階段をのぼるものだとばかりに絶望していたのに、今は青空を仰いでいる。そしてすぐうしろには弟がいた。サイモンは状況がわからず怯えているようだが、一緒にいることには違いない。どうやったにせよ、デヴィッドが助けてくれたのだ。

表には四頭の黒馬に引かれ黒い馬車が待機していた。灰色と青のベルベットの制服を着た召し使いがさっとドアを開ける。デヴィッドは立ちどまってヴィヴィアンに手を差し出した。ヴィヴィアンはしみひとつない手袋に包まれた手に、自分の汚れた手を置いて馬車に乗った。サイモンがあとに続く。さらにデヴィッドのうしろに控えていた男も乗り込んだ。ヴィヴィアンはデヴィッドを待っていたが、そのままドアは閉まった。ベルベットのカーテンを上げて外をのぞくと、立派な灰色の馬にまたがるデヴィッドの姿が見える。彼がヴィヴィアンが見ていることに気づかないままうなずいた。馬車が動き始める。スパイクスはさっきと同じ場所に立ちながらふくれたポケットに片手を突っ込んでいたが、その苦みばしった表情はやや緩んでいた。

# 22

馬車のなかはしばらく静まり返っていた。ヴィヴィアンとサイモンの向かいに座っていた男が急に歓声をあげる。

「なんて冒険だろう！　おじさんだってこんな経験はしていないはずだ！」

サイモンがヴィヴィアンの手をぎゅっと握った。ヴィヴィアンはその手を握り返すことで、余計なことを言わないよう弟に釘を刺した。「それはどういう意味？」

男が顔を輝かせて上体を寄せる。「あなたを監獄から救い出すことですよ！　デヴィッドさまから計画を聞かされたときは正直、無謀だと思ったんです。でもうまくいった。成功ですよ！」男はふたりに笑いかけた。ヴィヴィアンはサイモンと警戒するような視線を交わした。「あの、つかぬことをうかがいますが――」男が気遣わしげに言う。「あなた方はこの計画をご存じなかったのでしょうか？」

「知らないわ」ヴィヴィアンは言った。「なにが起こったのかわけがわからない」

「それではまず自己紹介をさせてください」男は素早く言った。「エクセター公爵の個人秘書を務めるロジャー・アダムズです」

ヴィヴィアンはまばたきもせずに相手を見つめた。エクセター公爵？　それって誰のこと？「今もそうなの？」

若い男はうなずいた。「はい、そのとおりです。ここ数週間というもの、つまり公爵さまがお留守のあいだ、デヴィッドさまの補佐をしておりました。正直申しまして、昨夜、デヴィッドさまに起こされてこの計画を聞かされたときは仰天いたしました」

「計画って？」デヴィッドの兄が公爵だという事実に吐き気が込み上げる。よりによって公爵とは！

「デヴィッドさまは、監獄に閉じ込められているレディを助けに行くとおっしゃったんです」アダムズは声を高めた。「そこでわたしは重要な役を演じることになると。まあ、おおむね筋書きどおりに進みましたが、あの方の思考についていくのは骨が折れましたよ。マーカスさまであったとしても、あれほど冷静に、我慢強く、臨機応変に対応することはできなかったでしょう」

ヴィヴィアンは目を見開き、驚きを隠すために顎を引いた。「ほんと」主人の賢さを肯定してほしがっているアダムズに向かって同意の言葉を唱える。臨機応変？　それよりもすごいのはあの度胸だ。サイモンが説明を催促するようにヴィヴィアンの手を握ったが、ヴィヴィアンは小さく首を振って待つように伝えた。そもそも質問されても答えられるとは思えなかった。「それで、これからどうするつもりなのかしら」

アダムズの顔から笑顔が消えた。「ええっと……それはわたしにもよくわかりません」

ヴィヴィアンは息を吐いた。そうするまで自分が息をつめていたことにすら気づいていなかった。次はどうなるのかが肝心だ。デヴィッドが見返りを求めずに自分たちを解放してくれたならそれでよしとすべきだろう。自分はもとより弟の命を救ってもらった恩など返しようがない。燦然《さんぜん》と輝く金貨の山が思い出される。「この馬車はどこへ向かっているの？」

「ロンドンへ戻るのだと思われます」アダムズは背もたれに寄りかかり、この世にはなんの悩みもないというようににっこりした。ヴィヴィアンは、アダムズに気づかれずに姉の注意を引こうとしている弟を無視して下唇を噛んだ。独房で一夜を明かしたために体がだるい。かびや腐ったわらのにおいが体にしみついているに違いない。弟ときたら自分に輪をかけてひどい状態だ。美しく掃き清められたデヴィッドの屋敷の前を、絞首刑を免れたばかりの泥棒姉弟が歩くなんてさぞかし見ものに違いない。

ヴィヴィアンはサイモンの手から自分の手を引き抜き、膝の上で両手を組んでじっと見つめた。わたしはばかだ。今の今まで、自分のやったことをなにひとつ後悔していなかった。公爵の弟とのおとぎばなしのような未来を夢見ていたのだと気づくまでは。貴族というだけでも悪いのに、公爵だなんて。今まで生きてきて、治安官の机に優雅に寄りかかっているデヴィッドを見たときほど胸が高鳴ったことはなかった。やっぱり来てくれたと思った。彼が来てくれたのは、その意味するところはきっと……。

でも違った。そんなはずはない。デヴィッドとの未来など、想像することさえばかげている。

ロンドンまでは長い道のりだったが、屋敷に到着するころになってもヴィヴィアンは落ち着きを取り戻してはいなかった。よく知った建物の前で馬車が停まる。彼女は不安げにサイモンを見た。馬車の外から、まぎれもないデヴィッドの声が響く。「ここはどこ?」サイモンがかすかな声で尋ねた。

「ロンドンです」ヴィヴィアンが口を開く前にアダムズが答えた。「デヴィッドさまのお屋敷ですよ」

「ああ、そう」サイモンが皮肉っぽく言った。「そうだよな」

ドアが勢いよく開くと、そこにはデヴィッド本人が立っていた。「みんな大丈夫か?」彼はぐるりと馬車のなかを見渡し、最後にヴィヴィアンを見た。「気分の悪い人はいないね?」

「大丈夫です」沈黙から解放され、しゃべりたくてうずうずしているアダムズが答える。「すべて順調に進みました。デヴィッドさまの計画どおりです」

「まあ、おおむねうまくいったな」デヴィッドがようやくヴィヴィアンから視線を外した。「ミスター・アダムズ、今後もぼくのもとで働かないか? 兄がいくら払っているとしても」デヴィッドは言葉を切って考え込んだ。「同じ額を払う。どうだ、引き受けてくれるか?」

秘書は目を丸くした。「は、は、はい」口ごもりながら答える。デヴィッドはうなずいた。

「よろしい。兄が帰国したらその旨を伝えておくように」

「わかりました」アダムズの顔に笑顔が戻った。「必ずや!」

「よし。この馬車をエクセター・ハウスに戻してくれ」

「わかりました」アダムズは今や異常なほどににこにこしていた。「それではまた」ヴィヴィアンに向かって言う。デヴィッドはドアの外で彼女に向かって手を差し伸べていた。

ヴィヴィアンは驚きのあまり動くこともできないまま、彼の手から秘書に視線を移した。

「ここはどこ?」耳元でサイモンがしつこく尋ねる。ヴィヴィアンは身震いした。

「ロンドンよ」彼女はデヴィッドの手を取って馬車から降りた。なにが起こっているのかわからないが、馬車のなかで考えていても埒《らち》が明かない。サイモンも地面に飛びおりた。デヴィッドはヴィヴィアンの手を握り締めたまま、屋敷に向き直って石段をのぼり始める。馬車が走り出し、アダムズが窓から手を振った。少なくとも彼は、今日という日の成果に非常に満足しているようだった。

「どこに行くの?」サイモンが警戒するように尋ねた。「ここはどこ?」

デヴィッドが立ちどまり、サイモンに向き直った。「ぼくの家だ」背後でドアが開く。「ミスター・ビーチャム、どうぞなかへ」

サイモンは目玉が飛び出しそうな顔をして姉を見た。ヴィヴィアンは唇を嚙み、弟に手招きしてデヴィッドに従った。

サイモンは玄関ホールまで入ったところで根が生えたように動かなくなり、ヴィヴィアンのよく知っている頑固な表情を浮かべている。「いったいどうなってるんだよ?」彼は姉に尋ねた。「この男はどうやってぼくらを牢から出したんだ? どうしてここに連れてきた? 姉貴はなんでこいつを知ってるんだ?」

デヴィッドは慌てなかった。監獄から助け出したあとのことはあまり考えていなかったし、自分でも首尾よくいったことに驚いていた。スパイクスがことの顚末《てんまつ》を話せば、ボウ・ストリートの捕り手が再びこの屋敷にやってくるだろうが、それは先のこと。ロンドンなら有利だ。リース家の特権もあるし、お抱えの事務弁護士を使うこともできる。今回の計画でもっとも難しいのは、この先の数分間になるだろう。「ようこそロンドンへ」デヴィッドは言った。「これまできみがいたところよりは気に入ってもらえると思うんだが」

サイモンは用心深く目を細めた。「誰だ?」

デヴィッドが口を開いたところでヴィヴィアンが割って入った。「あんたみたいな恩知らずの首を救ってくれた人よ」ぴしゃりと言い返す。「それ以上、なにか知る必要があるの?」

サイモンは再びデヴィッドに目をやってから、姉をまじまじと見た。「あるね」うなるように言う。「この男は姉貴のなんなんだ?」

ヴィヴィアンの頰が真っ赤に染まるのを見て、デヴィッドは内心嬉しかった。「彼は……彼は……あんたは黙ってなさい!」ヴィヴィアンが口ごもった。

「厨房に食事の準備ができているよ」デヴィッドはサイモンに言った。「それから二階の客間に温かい風呂を用意してある。ホッブズが案内するから、必要なものがあったら彼に言うといい。ぼくはきみのお姉さんに話があるんだ」静かに待機していた執事が前に進み出た。

「話ってなんだ?」サイモンが体の脇で握り拳を固めた。青ざめて瘦せ細った顔の中央で、青い瞳が不審の色を発している。デヴィッドのほうが一五センチは背が高く、体重もかなり重いというのに、姉の名誉を守るためであればいつでも飛びかかってくるだろうことがサイモンから伝わってきた。

「この状況を解決する方法についてだよ」デヴィッドは正直に言った。考えれば考えるほど、解決策はひとつしかないように思えた。ヴィヴィアンがプロポーズを受けてくれれば、彼女とサイモンを絞首刑から救うことができる。

「あんたはあっちへ行ってなさい」少年は決心がつかないようにふたりを見比べた。「わたしは大丈夫だから」ヴィヴィアンが言い添える。「さあ行って」

「それじゃあ……」肩をすぼめたサイモンは、急に幼くなったように見えた。「必要なときは呼べよ」悲しげな声で念を押す。

ヴィヴィアンは弟と同じくらい真剣な表情でうなずいた。デヴィッドが執事を見ると、ホッブズは頭を下げた。

「こちらです」ホッブズが厨房へ続く廊下を指し示した。サイモンはしばらくためらったあと、そちらのほうへ歩いていった。デヴィッドは執事に近寄り、声を落として言った。「ホッブズ、あの少年も悪の道から救ってきたところなんだ。面倒を見てやってくれ。居心地よく過ごせるようにしてやってほしい。しっかりした行き先が見つかるまで、しばらくうちに滞在させる」

執事の目がきらりと光る。「かしこまりました」ホッブズはささやき返した。「あの少年のことはわたしにお任せください」デヴィッドはうなずいて振り向きかけたが、執事はさらに続けた。「ご主人さま、ぶしつけかと存じますが、この屋敷に来てからあなたさまが不道徳なお仲間とお付き合いをなさっているといった噂を耳にしました。まさかあなたさまの意図が――」

「わかった、わかった」デヴィッドは居心地悪そうに言った。

「あなたさまの意図が、汚れなき慈愛の精神に裏打ちされたものだったとは想像もしておりませんでした」ホッブズは敬意らしきものを込めてデヴィッドを見つめた。「あなたさまにお仕えできてわたしは光栄でございます」

「それはよかった。しかし、非行少年の更生を習慣にするつもりはないぞ。一時的に人助けをする気分になったというか、いや、もちろん慈愛の心もあるが……ともかく、あの子を頼む」執事はすっとおじぎをして、急いでサイモンのもとへ戻った。デヴィッドは息をつき、この屋敷で酒宴をもうけるのはもうやめようと誓った。

ヴィヴィアンに向き直り、手を差し出す。「こっちへ」

彼女は暗い表情でうなずいて、導かれるまま居間へ入った。デヴィッドが両開きのドアを閉め、ヴィヴィアンのほうへ向き直る。彼女は身をこわばらせていた。今のデヴィッドには、彼女の不安を察することができた。

「わたしたちのためにあそこまでしてくれるなんて」ヴィヴィアンが言った。「わたしのために。とても感謝しきれないわ。サイモンのことは言うまでも――」

「サイモンのためにはなにもしていないよ。きみとの約束を守っただけさ」

ヴィヴィアンの頬がピンク色に染まる。「守るどころか、あんな約束をする必要もなかったのに」

デヴィッドは首を傾げた。「ぼくが守らないと思ったの？」

ヴィヴィアンの下唇が震える。「いいえ。守ろうとしてくれることはわかってた。でも、夢にも思わなかったの。あそこまでしてくれるなんて想像もしていなかったのよ」

彼女の言葉にデヴィッドはかすかに笑った。「おかしなものだ。ここのところ、いろんな人に似たようなことを言われる」

「この恩は返すわ」彼の言葉が聞こえなかったかのようにヴィヴィアンは続けた。「どうにかして」

「ほう」デヴィッドが答えた。「すばらしい。それを期待していたんだ」

ヴィヴィアンは口を開けたが、ひと言も発しないまま閉じた。デヴィッドが手を差し出す。

「座らないか？」

ヴィヴィアンはひどく不安だった。部屋を横切り、デヴィッドに促されるまま椅子に腰かけた。デヴィッドは彼女と向かい合うように小さなソファーの端に座った。膝がふれそうだ。

彼女はスカートのひだの下に手を差し入れて相手の出方を待った。

「ヴィヴィアン」デヴィッドはいったん言葉を切るとため息をつき、髪をかき上げてうつむいた。「ぼくは本当にどうしようもない人間なんだ。残念なことに、ぼくの人生はきみとたいして変わらない。いろんな意味できみより悪いかもしれない。きみと違って金もあるし、ひどい失敗をしたときに助けてくれる家族もいたんだから。彼らのもとに生まれたというだけでぼくは恵まれていた。今年も、兄が命懸けで助けてくれなければ流刑になるか殺されるかという事件があったばかりだ。ぼくは泥棒で、嘘つきで、快楽ばかり追い求め、ほかの男の妻に手を出してそれを笑っているようなやつだった。自分から求婚しておきながら、気が変わったからといって結婚するふりをし続けていたこともある」ヴィヴィアンは目を見開いた。こんな話を聞かされるとは予想もしていなかった。「ぼくは夫となるにふさわしい男じゃない。仮にふさわしいところがあるとしても、それは一族の名か兄の財産によるものだし、そんな理由で好かれたいとは思わない。世間の評判もひどいもんだ」デヴィッドが探るようにヴィヴィアンを見た。彼女は反応できなかった。「ぼくは金持ちですらないんだ。兄のくれた金を貯めておけばよかったのに使い果たしてしまった。しかし、少なくともこの家はぼくのものだ」ヴィヴィアンは改めて室内を眺めた。「つまり、まるきり貧乏でもない」デヴィッドは正直に告白する。「住むところはあるし、食べるくらいの金はある。それに兄が、理由はどうあれまだぼくを信頼してくれていて、新たなチャンスをくれそうなんだ。今度こそ自分でやっていけるだけの財産をつくりたいと思ってる」そこでしばらく間を置く。「余裕ができるまで時間はかかるだろうし、社交界ではもう受け入れてもらえないかもしれないが」

デヴィッドは、ヴィヴィアンの意見を待つように彼女を見守っていた。ヴィヴィアンは息をのんだ。「そう」

「でも、きみを愛しているんだ」切ない声で言う。「きみの根性と勇気、そして愛する人のためならすべてをなげうつところが大好きだ」

ヴィヴィアンはむせぶように息を吐いた。「だってそうするしかないでしょ？　わたしの身代わりであなたがつるし首になるかもしれなかった。わたしの代わりによ！　デヴィッド、そんなのとても……」

デヴィッドは目をしばたたいた。「ぼくはサイモンのことを言ったんだよ」

彼女はひざまずいてデヴィッドの手を両手で握った。「知らなかったの？」はにかんだ声で尋ねる。「わたしがあなたを愛してるってこと」

ヴィヴィアンにとって、男性からこんな目で見つめられるのは初めてだった。「愛してるよ」デヴィッドはヴィヴィアンの言葉を繰り返すと、彼女の手を口元に持っていって指の付け根に優しいキスをした。「それじゃあ、ぼくと結婚してくれるね？」

ヴィヴィアンは息をのんだ。驚きのあまり失神してしまいそうだ。「結婚？　でも……そんなのだめよ。まさかそんなつもりだなんて」

デヴィッドは彼女を引き寄せると同時に自分も彼女のほうへ体を寄せ、数センチの距離まで顔を接近させた。「じゃあ、どんなつもりだと思ったんだい？」

「それは、その……」ヴィヴィアンはまごついた。彼になにを期待していたのだろう？

「わからない。でもわたしは、あなたみたいな男性が結婚する女じゃないわ」

「ぼくだって、きみのような女性が結婚する男じゃないよ」デヴィッドがまぜっ返す。「きみは大いなるリスクを引き受けることになるんだ」

ヴィヴィアンは唇を引き結んで相手を見つめた。「わたしのような女って?」

「賢い女性さ」デヴッドは即答した。「聡明《そうめい》で、勇気があって、誠実な女性だ。ぼくみたいな責任感のない悪たれよりずっと上等な人だ」

ヴィヴィアンが目を細めた。「その責任感のない悪たれさんは、州長官のところへ出向いてわたしを釈放しろと脅しをかけ、相手を震え上がらせるだけの度胸の持ち主だわ」

「当然だろう? それでだめなら監獄の外で火薬樽《だる》を爆破させ、がれきのなかからきみを引っ張り出すつもりだった」

ヴィヴィアンは相手の無謀な発言に苦笑した。「ばかねえ」

「笑うなよ。ばかなことをするのはこれが初めてじゃないんだから」

その最たるものは追いはぎへのプロポーズだろう。それが現実に起こっているのだ。でも、こんなのきっと一時の気の迷いよ。ヴィヴィアンは切ないため息をついた。わたしにとって人生で最初の、そしてたぶん最後になるであろうプロポーズが相手の気の迷いだなんて。それも、ほんの一瞬のあいだの。「だめ」ヴィヴィアンは普通の声が出たことにほっとした。

「結婚なんてできるわけがないでしょう」

デヴィッドはうろたえたようだ。「だめ? なぜ?」

「むしろ、わたしが承知すると思った理由が知りたいわ」彼女は言い返した。「わたしがあなたと結婚するなんて、ばかばかしいにもほどがある。ベッドはともにしたじゃない。これ以上なにがほしいの？」

デヴィッドは言葉巧みに言い返したりせず、首を傾げ、わずかに眉をひそめてヴィヴィアンを見つめた。相手の沈黙に耐えられなくなったヴィヴィアンが体を引く。「ベッドでのことは……すてきだったわ」彼女はなんでもいいから話し続けた。「なんというか、その……〝天国みたいだった〟」ヴィヴィアンは心のなかで思った。「気持ちよかった」

デヴィッドは立ち上がった。「〝気持ちよかった〟だって？」

ヴィヴィアンは赤面し、慌てて立ち上がると相手の手が届かないところまで下がった。「すてきだし、楽しかったわ。その、わかるでしょ？」

デヴィッドが一歩前進する。「わからないね。わかっているとは思えない」ヴィヴィアンはあとずさりして彼との距離を保とうとしたが、デヴィッドに手をつかまれてしまった。引き抜こうとしても放してくれない。「女性に愛を告白するのはこれが初めてなんだ。心から結婚を申し込んで断られるのもね。それが断られただけじゃなく、ばかにされるなんて」

「ばかにする？」ヴィヴィアンは相手から身をよじって逃げようとした。「断られて傷ついたのはあなたの虚栄心でしょう」

「虚栄心だって？」デヴィッドが繰り返す。ヴィヴィアンはバランスを崩してよろめいた。体勢を立て直す前に彼の手がウエストにまわされる。相手の胸に両手をあてて押し返そうとしても無駄だった。「ぼくはきみに心をさらけ出しているんだよ。虚栄心なんて残っていないし、ぼくと愛を交わすことがきみにとって〝気持ちよかった〟とか〝すてき〟程度のものだなんて立ち直れないほどショックだ。ぼくにとっては〝よかった〟なんてもんじゃない。〝すてき〟でもない。まるで足を踏み入れたこともない楽園のようだった」デヴィッドがヴィヴィアンの顎をとらえる。「そういうことの違いがわかる程度には経験を積んでいるつもりだ。きみを愛するようにほかの女性を愛したことはない」言葉を切って彼女の顔を探る。ヴィヴィアンはひどく混乱していた。泣き出す前にすべてを冗談にして、彼を押しのけてしまいたい。だがその一方で、デヴィッドの言葉を信じたいとも思った。抱きついて、彼が差し出してくれるものを受けとりたい。「怖がる必要はないんだよ」

ヴィヴィアンはまばたきした。「怖がってなどいないわ！　あなたのことなんて怖くない」

デヴィッドの指が彼女の唇を押さえた。

「本当かい？」

嘘だ。死ぬほど怖い。あまりにすばらしすぎて、とても現実とは思えない。いつか彼が心変わりするのではないか、公爵家や社交界にふさわしくない女だと気づかれるのではないか。そう思うと恐ろしかった。彼に全身全霊を捧《ささ》げたあとで裏切られたら、わたしはどうなってしまうのだろう。「ちっとも怖くないわ」彼女はささやいた。

「それなら前回と同様、今回もイエスと言うまで閉じ込めてしまおうかな」

ヴィヴィアンはかっとなった。「サイモンが――」

「彼は好きなときに出入りすればいいさ」デヴィッドが抜け抜けと言う。「彼はぼくの客人であり、義理の兄弟になりたいと思っている人だからね。だが、きみはどこにも行かせない」

「あなたのご家族が許すはずないわ」

「こういうことは初めてじゃないし、そのうち慣れるだろう」

「でもお兄さんは公爵でしょう！」

「兄のせいにしないでくれ。マーカスはこの件に関してなんの発言権もないんだから」

ヴィヴィアンはヒステリックな笑いをのみ込んだ。こんなときにまでそんなことを言うなんて。「あなたはわたしみたいな女がもの珍しいだけよ。そのうち飽きるわ」

「数十年後にはそうなるかもしれないな。でも、当分のあいだは毎晩きみをくたくたにさせたいんだ」

「スキャンダルになるわよ。笑いものになるわ」

デヴィッドが笑った。「デンマークの王女と結婚するからかい？」

ヴィヴィアンはしかめっ面をした。「ちっともおかしくないわ！　冷静に考えてもらおうとしているのに」

デヴィッドが笑うのをやめる。「ヴィヴィアン、ぼくのことがいやならそう言ってくれ。本気でぼくと結婚したくないのなら、ぼくもふざけるのはやめる」

「そうしたほうがいいわね」背中をさする彼の手の感触に屈しそうになって、ヴィヴィアンは強がった。「やめて」いつものごとく、しだいに抵抗できなくなる。

「からかいはしないけど、説得はやめない」デヴィッドはヴィヴィアンの頬に手をあてて、顔をのぞき込んだ。

「ひと晩考えさせて」ヴィヴィアンは最後の抵抗を試みた。彼が本当にわたしのことを求めているのなら、なぜイエスと言っちゃいけないの？　上流階級の婦人らしくするのは無理かもしれないけれど、そんなことはどうでもいいじゃない。彼の申し出はあまりに魅力的だ。こんなにすてきな愛の言葉をどうして拒んだりできるだろう。

デヴィッドはいたずらっぽい目つきをした。「きみは二度とぼくと離れて眠ることはできないんだよ。さあ、イエスと言って」

ヴィヴィアンは頬を染めた。「あなたにノーと言えたことなんてある？」

「うむ。最初のときは地獄へ落ちろと言われたよ。それからしばらくひと言も口をきいてくれなかった。そのあとは、不愉快な嘘つきのごろつきって――」

「でも、あのときはキスしてくれなかったじゃない」ヴィヴィアンは彼の唇に手をあてた。

その手の下でデヴィッドの口元が弧を描く。「キスするだけでよかったのかい？」デヴィッドはどすんとソファーに座り、ヴィヴィアンを自分の膝に座らせて抱き締めた。「ぼくと結婚してくれ。執事に誠実な主人だという印象を与えたい」デヴィッドは彼女にキスをした。「ぼくの妻になって、尻軽女を追いかけまわす人生から解放してほしい」再び彼女にキスをする。「結婚してくれないか」彼女の唇に向かってささやく。「きみのことが好きで仕方がないから」

ヴィヴィアンは身を引いて相手を見た。「本当に？」

デヴィッドはヴィヴィアンの下唇の曲線をなぞるのをやめた。「本当さ。心からね」彼女の顎が小刻みに震える。デヴィッドの顔に得意げな笑みが浮かんだ。「きみがぼくのことを好きでたまらないのと同じくらい」

ヴィヴィアンはあきれたように目をまわし、相手をにらみつけた。「ばかなことばっかり言って」

「だからこそ結婚してくれなきゃ。きみはさっきからつまらないことばかり並べ立てているじゃないか。そんな調子だと、もっと悪さをしたくなる」デヴィッドが片手で彼女のスカートをまくり上げた。「たとえば、きみがどのくらいぼくのことを好きか、ここで証明してみせようか?」

ヴィヴィアンははっと息をのんでから笑い出し、彼の手が脚をなで上げると素直にため息をついた。「これがあなたの言う〝悪さ〟なの?」

デヴィッドが笑った。「そうさ。もっとしてほしいかい?」

ヴィヴィアンの胸が期待に高鳴った。大好きな人の腕に頭を預けてその顔を見上げる。

「わかったわ」ため息が出る。「結婚してあげる。だからもう一度キスしてちょうだい」

# 訳者あとがき

キャロライン・リンデンの『子爵が結婚する条件』、『ためらいの誓いを公爵と』に続く『公爵代理の麗しき災難』（“What A Rogue Deisres”）をお届けします。

前作の『ためらいの誓いを公爵と』では、自分の結婚相手を堅物の兄に押しつけるという破天荒な行動に出たデヴィッドですが、そのやんちゃぶりがいいと思ってくださった読者もいらっしゃるのではないでしょうか。今回の作品では、放蕩《ほうとう》の限りを尽くして周囲を途方に暮れさせていたあのデヴィッドが、追いはぎのブレーンを務めるヴィヴィアンに心を奪われ、彼女を守りたい一心で悪漢や治安官と対決します。

新婚旅行に旅立つ兄から公爵の代理業務を任されたデヴィッド。今度こそ兄の期待を裏切るまいと決意したものの、初日から大きな災難に見舞われます。しかしこれがきっかけとなって、交わるはずのない貴族と追いはぎの人生が交差するのです。

ヴィヴィアンを知るにつれ、恵まれた環境に甘えていた自分が恥ずかしくなったデヴィッドは、世間体や家族の期待とは関係なく、一人前の男になりたいと願うようになります。ところが人生のリセットボタンはそんなに簡単に押せるものではありません。公爵である兄の代理業務はさっぱり手に負えず、これまでの悪行がたたって社交界での評判も散々。そうして壁にぶつかるたびに悪態をついたり酒を飲んで憂さ晴らしをしたりする辺りは前作のデヴィッドを彷彿《ほうふつ》とさせ、しょうがないなあと思う一方でほほえましくもありました。なんといっても、従来のヒーロー像とは違った未熟さが彼の魅力なのですから。

ヒロインのヴィヴィアンも異色のキャラクターです。幼くして両親を亡くし、弟を養うために追いはぎの仲間入りをした彼女は世間の荒波にもまれた分、言動に荒っぽいところがあります。しかし本当は美しいものを愛する心優しい女性なのです。自分を監禁したデヴィッドに反発していたはずが、温かいベッドやおいしい食事、たくさんの本に囲まれているうち、すっかり彼の屋敷でくつろいでしまうというちゃっかりした一面も。デヴィッドが追いはぎの容疑をかけられ、名誉を回復するために真犯人をつかまえに行く場面では、世間知らずのお坊ちゃんはこれだからだめだと言わんばかりに、庶民の話し言葉を指南してやるのです。

ふたりを囲む人々も地味ながらいい味を出しています。ヴィヴィアンにそっと本を差し入れる寡黙な古参召し使いバネットや、曲がったことが大嫌いな執事のホッブズは、実直で好感の持てる名脇役と言えるでしょう。デヴィッドの義理の母であるロザリンドも魅力的です。早とちりではあるけれど、固定概念にとらわれることなく周囲を太陽のように照らしてくれます。彼女のような人がそばにいて〝大丈夫よ〟と言ってくれたら、いつも前向きに生きられるだろうなあと思いました。

さて、次作はいよいよデヴィッドの義理の妹であるシーリアがヒロインです。今回の作品には名前しか登場しなかったシーリアですが、『ためらいの誓いを公爵と』では天真爛漫《てんしんらんまん》な魅力を振りまいてマーカスとデヴィッドを翻弄《ほんろう》していましたね。彼女のお相手はいったい誰になるのでしょう？　わたしの頭のなかにもふたりほど恋人候補がいるのですが……。想像を巡らせながら、次回作を楽しみに待ちたいと思います。

二〇〇九年一〇月

ライムブックス

# 公爵代理《こうしゃくだいり》の麗《うるわ》しき災難《さいなん》

著　者　キャロライン・リンデン
訳　者　岡本三余《おかもとみよ》

2009年11月20日　初版第一刷発行

発行人　成瀬雅人
発行所　株式会社原書房
〒160-0022東京都新宿区新宿1-25-13
電話・代表03-3354-0685　http://www.harashobo.co.jp
振替・00150-6-151594
ブックデザイン　川島進（スタジオ・ギブ）
印刷所　中央精版印刷株式会社

落丁・乱丁本はお取り替えいたします。
定価は、カバーに表示してあります。
 ISBN978-4-562-04372-9　Printed in Japan